여자야구입문기

여자야구입문기

김입문 지음

위즈덤하우스

아직 가을이 남아 있다

야구를 한참 쉬었다. 잠깐만 쉬려는데 순식간에 몇 년이 후르륵 지나갔다. 그사이 많은 것이 변했다. 알고 있던 팀들이 사라졌고 건강한 몸도 없다. 이젠 더 이상 새로운 사람을 만나기는 어렵지 않을까? 그렇지도 않았다. 예전 팀 친구가 연습한다기에 같이 연습했다. 그렇게 겁 없이 새로운 팀에 들어가 다시 야구를 시작했다. 지난겨울이었다.

오랜만에 연습 시합에 들어갔다. 몇 년 만에 들어간 타석. 분명 첫 타석인데, 이상할 정도로 차분하다. 암 가드를 찬다. '팀 헬멧이 안 보이네.' 잠시 고민하는 내색을 했더니, 앞선 타석에 있던 친구가 자연스럽게 헬멧을 빌려준다. "언니, 여기요." 운동부면 무서울 거 같은데, 참 상냥하다. 그나저나 아, 이제 내가 언니구나…. 대기 타석으로 배트를 하나 들고 나간다. 붕붕 휘두른다. 머릿속에 여러 가지 생각이 든다.

붕! 한 번에 잡생각 하나.

붕! 이제 와 야구를 한다는 게 무슨 소용인가?

붕! 지금 공을 칠 수나 있을까?

붕! 다치면 뼈도 잘 안 붙을 텐데.

붕! 깨질 돈도 없는데.

붕! 연습으로 주말도 빠듯해질 텐데.

투수가 던진 공과 내 배트의 타이밍을 맞추려고 마운드를 바라본다. 어느새 앞 타자가 1루를 밟았다. 내 차례다. 홈 플레이트 쪽으로 저벅저벅 걸어간다. 배터 박스 앞에서 심판님께 "대타 김입문입니다" 하고 전달드린다. 배터 박스에 들어가자 "어서 오세요!" 상대 포수님 목소리가 들린다. 정겹다. 여전히 인사를 해주시는구나. 예전엔 놀라거나 당황했는데, 이젠 여유롭다. "와, 목소리 좋으시네요. 잘 부탁드립니다" 하고 너스레를 떨며 타석에 들어간다.

신발에 낀 흙을 툭툭 털어내고, 배터 박스 안에서 발의 위치를 잡는다. 배트로 홈 플레이트를 쿡 찍어본다. 오랜만인데 좀 먼가? 앞으로 한 발 나간다. 배트를 좌우로 흔든다. 투수를 바라보았다.

대기 타석에선 별별 생각이 다 들었는데, 막상 배터 박스에 들어서니 아무 생각이 들지 않는다. 나와 투수, 보이는 건 그뿐. 난 야구인이지, 프로선수가 아니다. 경력자이지만 자세가 어설프다. 게다가이처럼 우스운 체육복까지 입고 있으니… 영락없이 초보자로 보인다. 저 투수는 아까부터 제구가 잘 안 되고 있다. 그 상황에서 이런초보자가 나오면 포수는 투수의 기를 살려주고 싶지 않을까? 나라면 투수에게 한가운데에 스트라이크를 꽂으라고 신호를 보낼 것같다. 카운트는 잡을 수 있을 때 잡고 싶으니까. 그래서 스트라이크가 오리라 믿고 있었다.

"따악!"

좌익수 앞에 공이 뚝 떨어진다. 1루를 지나 2루를 향한다. 당황해서 1루를 제대로 못 밟았다. 한 발 뒤로 가 다시 베이스를 꾹 밟는다. 아이고 민망해라. 다행히 2루까진 도착했다. 좌익수 앞 2루타.시즌 첫 안타를 치고 말았다! 세상에…. 언니들의 말은 진짜였다.

"다시 하면 된다."

삶에서 여름과 같던 시간이 지나갔다.
봄도, 여름도 지나 가을. 이제 와 무엇을 다시 시작할까?

지쳐서 더 이상 달리고 싶지도 않다. 그렇지만 포기할 수 없다. 내 앞에 언니들이 아직도 달리고 있다. 수술했다고, 이제는 몸이 안 좋아서 더 뛸 수 없다더니 아직도 뛰고 있다. 언니들의 등이 말한다. 우리가 아직 뛰는데 네가 멈추면 안 된다고.

우리에겐 아직 가을이 남아 있다.*

 10여 년간 함께했던 세 팀의 이야기를 하나로 묶어서 재구성했습니다.

차
례

경기 후

경기 전

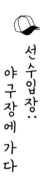

선수입장:
야구장에
가다

흔한 이야기다. 대학에 합격하고 서울로 올라왔다. 바리바리 싸온 짐 덕에 내 방은 예전과 제법 비슷하다. 창문 밖을 빼고. 놀라운 일이다. 창문을 열면 옆집이다. 하늘이 있어야 할 자리에 옆집이 보인다. 상상조차 해본 적이 없다. 창을 열면 옆집이 보이다니…. 처음이 어려웠지, 나중엔 익숙해졌다. 서울에선 오히려 창밖으로 하늘을 보는 게 더 어려운 일이었다. 대구에서는 누워서 창밖을 보면 새파란 하늘이 있었다. 하지만 이젠 없다. 파란 하늘 대신, 회색 벽. 그게 나와 서울의 첫 만남이었다.

문 밖도 좀 이상하다. 방문은 여전히 비슷한 모양이었지만 어딘가 묘하다. 방 밖이 이상하리만치 조용하다. 늘 사람 소리가 났는

데? TV 소리도 나야 하는데?? 쥐 죽은 듯 조용하다. 처음 느끼는 적막, 그리고 침묵은 나를 주눅 들게 했다. 주변 건물들은 높았고, 그늘이 드리운 곳은 많이 추웠다. 길에는 차가 많고 소란스러웠다. 창을 열어봐야 먼지밖에 들어오지 않는다. 게다가 옆집이 보인다. 어쩐지 무서웠다. 여간 공기가 답답한 날이 아니면 창문을 닫고 지냈다.

나도 푸른 초원에 살던 사람은 아니다. 내가 살던 곳도 대도시였다. 그래도 누우면 창밖은 늘 새파랬고, 멍하니 지나가는 구름을 볼 수 있었다. 은하수를 보지는 못해도, 별 몇 개와 달을 볼 수 있었다. 방학 때는 숙제의 정석이었던 월식이나 일식도 구경했다. 그게 꽤 사치스러운 일이었다는 걸, 서울에 오면서 알게 되었다. 독립하여 하나씩 포기하는 게 늘었다. 처음은 하늘이었는지도….

방에 있으면 어쩐지 불안하다. 조용하면서 적막하고 골목에서 들리는 소리는 음산하다. 그런 나에게 다행히 도서관이 있었다. 도서관엔 늘 소리와 사람이 있다. 자리에서 일어나 돌아다니면, 예전처럼 웅성거림이 있다. 운이 좋으면 친구들도 있다. 무엇보다 책 속에 많은 이들이 있다. 자는 시간을 빼고 거의 도서관에 있었다(도서관 체류 시간은 성적과 무관했다). 도서관은 가는 길마저 좋았다. 회색 건물들 사이에 유일한 잔디. 아는 이 하나 없는 삭막한 회색 도시에서 녹색 잔디는 동네 친구처럼 마음을 편안하게 했다.

대학교 캠퍼스는 고등학교와 사뭇 달랐다. 넓은 캠퍼스는 알아서 사람들 사이에 거리를 두게 만들었다. 서울의 깍쟁이들은 혼자 지내는 데 주저함이 없었다. 서로 너무 가까운 단체는 부담스러웠지만, 그렇다고 너무 먼 개인이 되는 건 쓸쓸했다. 이제 집은 없지만, 도서관이 있듯이. 여기 가족은 없지만, 어딘가 사람들은 필요했다. 너무 멀지도, 가깝지도 않은 그런….

야구는 그런 적당함이 있다. 축구처럼 하나를 향해 몰려다니지 않고, 농구처럼 너무 가까워서 밀치거나 땀 냄새를 맡을 필요도 없다.˙ 수비할 때는 글러브로 공을 잡을 때까진 온전히 혼자인 개인 스포츠다. 공이 구르기 시작하면 팀원들과 호흡을 맞춰 같이해야 하는 단체 스포츠다. 혼자서 할 때도 있고, 가끔 같이하기도 한다. 마음에 드는 적당한 거리감을 가진 운동이다.

늘 하늘을 보고 잔디밭을 보며 걸었다. 어렸을 땐 가족도 친구도 함께라 야구에 특별히 관심도 없었다. 하늘도 보이지 않는 회색 도시에서, 혼자여서일까? 적당한 거리감을 가지고 누군가와 함께 잔디밭에서 하늘을 보는 운동이 궁금해지는 건 선택이 아니라 필연이었는지도.

 당시엔! 그렇게 생각했다. 축구는 창의적인 공간 창출을 위한 발의 마법, 농구는 공을 던지는 순간 눈길을 뺏기고 마는 손의 예술이다.

이젠 진짜 야구가 보고 싶다. 하지만 쉽지 않았다. 작은 방엔 TV도 없어 야구 중계를 볼 수도 없었다. '실제 야구'는 내 머릿속에서 베일에 싸여 있다. 길 가다 스치듯 신문 1면에 '누군가의 20호 홈런', 이런 식의 기사를 봤지만, 어딘가 와닿지 않는다.

'야구장이 어디 있지?'

지도로 야구장을 찾는 데 한참이 걸렸다. ● 서울 사는 친구에게 물어보니 지하철을 타면 갈 수 있다고 한다. 학교에서 야구장까지 좀 멀어 보인다. 멀어 보여도 갈 만하다. 문제는 모르는 길을 헤매며, 넓은 곳에서 몇 시간 동안 혼자 경기를 보는 일이 아닐까? 자신이 없었다. 심심할 게 분명했기에, 원군을 부르기로 한다.

"우리 야구장 가자."

"엉? 야구장?"

"야구장."

"본 적 없는데…."

"보면서 치킨이랑 맥주를 먹을 수 있대. 내가 쏠게!"

치킨과 맥주는 마법의 단어다. 영업하기에 이보다 좋은 단어는 없다. 야구를 모르는 이에게 야구 보러 가자는 제안은 부담스럽다.

 지금이면 눈 감고 찍을 수 있다. 잠실이 오른쪽인지, 왼쪽인지도 몰랐다.

프랑스어를 모르는 나에게 3시간 동안 (자막 없이) 예술영화를 보러 가자는 수준과 비슷하지 않을까? 버티게 할 만한 뭔가 있어야 데려갈 수 있다. 내세울 만한 영업 사원 중에 치킨과 맥주는 나에게 3번, 4번 타자 같은 존재다. 꾸준하게 '야구장 가기' 안타를 쳐주고 점수를 내준다. 역사적인 첫 안타 역시 치킨과 맥주가 만들어주었다. 이 기세면 우리 팀의 치맥 선수가 영구결번*으로 지정될 날이 머지않았다.

월요일이지만 강의가 일찍 끝나서 바로 가기로 했다. 평일에는 자리가 남는다고 하니, 따로 예매는 하지 않았다. 예매보다 가는 길이 더 걱정이다. 길치라 처음 가는 길은 용기가 필요하다. 대구인의 용기를 갖추고, 서울인의 지혜를 빌리기로 했다. 서울인의 지혜로 헤매지 않고 잠실역에 도착했다. 야구장이라고 쓰인 출구가 없지만 나가면 보이겠지.

없다. 휑한데?

"아… 여기 석촌호수네. 여기가 아닐 텐데…"

지혜로운 서울인은 깨달았다. 용기 있는 대구인은 의아했다. 잠실구장은 의외로(?) 잠실역에 없다. 곰곰이 생각해보면 서울대입구

 영구결번. 팀에서 선수들의 등 번호로 사용하는 번호 중, 특별한 이유(기념, 추모, 애도)로 향후 영원히 사용하지 못하도록 빼놓은 번호를 말한다.

역에 서울대는 없다. 잘못 짚어도 크게 잘못 짚었다. 찾아보니 야구장은 종합운동장 안에 있어서 '종합운동장역'으로 가야 했다. 올림픽을 해서 그런가? 운동장이 참 많이도 있다. 다행히 지하철로 두 정거장 옆이라 바로 다시 가기로 했다. 야구가 시작할 시간인 6시는 훌쩍 지나고 있었지만 괜찮다. 우린 오늘 구경만 할 거니까.

종합운동장역에 도착하니, 이제야 '야구장'이라는 출구 이름이 보인다. 드디어 야구장에 왔다. 잠실역에서 왔다 갔다 하고 야구장 앞에서 또 계단을 오르고 한참을 걸어 들어갔다. 저질 체력이었던 우리는 여기서 진이 빠지고 말았다. 이제 막 수험생활을 마치고 올라온 운동도 한 번 한 적 없는 불량한 몸! 지칠 만도 하다.

뭔가 이상하다. 야구장인데 휑하다. 사람이 한 명도 없다. 숨 죽은 듯 조용하다. 하숙집 복도와 비슷하다. 날은 어둑어둑해지는데, 커다란 회색 건물에 불이 하나도 들어오지 않는다. 휴관일에 박물관 앞에 혼자 덩그러니 서 있는 황량한 분위기. 회색 건물에 불도 안 켜져서 컴컴하니 무섭기까지 하다. 아무리 건물 방음이 잘된다고 해도 이렇게 조용할 리는 없다. 어떤 아저씨가 다가온다. 덜컥 겁이 난다.

"야구 보러 왔어요?"

어둠 속에서 의외로 상냥한 목소리.

"네…."

"에고, 월요일은 안 해요. 경기가 없어."

반말이 신경 쓰일 새가 없다. 월요일은 경기가 없다니… 목욕탕도 아니고! 화도 나지만, 머쓱함이 몰려온다. 친구의 눈빛을 슬며시 피했다. 잠실역이라고 잘못 안 건 둘째치고 쉬는 날도 찾아보지 않다니! 책망의 눈길을 마주할 용기가 없다. 아이고 야구장엔 왔고 치킨과 맥주를 먹자. 작전상 후퇴를 선언하고 치킨과 맥주를 즐겼다.

무참한 실패를 겪고 나니, 다시 야구장에 가겠다는 마음을 먹기 쉽지 않다. 아쉽긴 하지만 미안해서 다시 야구장에 가자는 말을 꺼내기 참 머쓱하다. 패배한 대구인은 용기를 잃어버렸다. 그러던 어느 날 "그래도 야구장 가야지?"라며 서울인이 먼저 이야기를 꺼내 주었다. 지혜로운 서울인의 자애로, 용기를 되찾은 대구인은 '예매 후' 야구장에 갈 준비를 했다. 예매하려고 보니 알아야 할 게 많다. 야구는 월요일만 쉰다. 하지만, 잠실구장은 월요일만 '쉬는 게' 아니다. 야구를 광주에서도 하고 대구에서도 하니 때때로 서울에서 하지 않는 날도 있다. 그런 날은 야구장에 가봐야 소용이 없다.

'예매 안 했으면 또 칙칙한 건물만 보고 올 뻔했네…'

자리는 어디로 해야 하나? 1루 쪽은 홈구장 서울팀의 자리고 3루는 원정 대구팀 자리였다. 그냥 분위기가 어떤지 궁금했기에 양 팀의 한가운데에 앉기로 했다. 막상 예매하고 나니 하루하루가 천천히 갔다. 어제 왔어야 할 택배가 다음 주로 미뤄진 다음에 느끼는 기다림과 비슷했다.

그러다 주말이 왔다. 예습 덕에 야구장 가는 길은 수월했다. 이번엔 분위기가 사뭇 다르다. 출구를 따로 찾을 필요가 없다. 야구복을 입은 사람들이 여러 명 보이기 때문이다. 양 떼처럼 야구복을 입은 사람들을 따라가면 된다. 야구인들을 따라 계단을 오르자, 왁자지껄한 소리가 가득하다. 불도 환하니 야시장 같다. 지나가며 보니 치킨을 든 오토바이 아저씨, 김밥도 판다. 아이스박스가 보여서 물이 있나 보니, 맥주가 가득하다.

오토바이 아저씨가 들고 있는 치킨 중에 아무거나 하나를 사서 들어간다.* 야구장 안에서 파는 생맥주가 그렇게 맛있다고 한다. 맥주는 야구장 안에서 마시기로 한다. 지하철에서 나오자마자 보이는 매표소에서 예매했던 표를 받았다. 야구인들을 따라가면 내야석 들어가는 곳이 나온다. 피자집이 보여서 내친김에 피자도 한 판 산다. 야구가 재미없으면 3시간 내내 먹기라도 해야지. 무엇보다 여러 번의 실패를 겪고도 다시 가자고 해준 자애로운 서울인에게 고마웠다. 미안해서 이번엔 야구 규칙도 공부하고, 자리나 매점에

 요즘엔 야구장 내부에도 메뉴가 다양해졌다.

대해서도 열심히 찾아두었다.

기나긴 여정 끝에 야구장 안에 들어왔다. 널찍한 공간에 선수들 사진이 널려 있고, 여기저기 야구복을 파는 가게가 보인다. 천장 높이가 이렇게 높은 공간은 오랜만이다. 학교 강당보다 훨씬 높게 느껴진다. 흘깃 구경했지만 당장은 뭘 사야 할지 알 수 없다. 인파를 헤치며 지나간다. 굽이굽이 돌아, 높디높은 곳을 올라 드디어 야구장에 들어가는 317 자리 번호가 보인다. '317' 버스 번호 같지만 아니다. 다이아몬드가 있는 그곳, 포수 바로 뒤 자리 번호다. 높은 자리는 야구장 전체를 구경하기 좋다. 양 팀 사이 자리라 응원도 편하고 둥글고 넓은 야구장의 하늘, 화려한 빌딩의 불빛, 저녁노을, 다른 관중들의 소리, 여기에 맥주와 치킨을 먹으며 여유롭게 야구를 본다. 심지어 가격도 저렴하다.

어두운 터널처럼 317 입구가 길게 느껴진다. 옛날 권투 영화가 생각난다. 권투 선수가 앞이 보이지도 않는 어두운 통로를 지나 철문을 연다. 눈부신 조명 때문에 앞이 잠깐 보이지 않는다. 눈부신 조명 빛이 사라지면 수많은 관중이 기다리고 있다. 영화와 다른 건, 권투의 스파링 대신 녹색 잔디 구장이 기다리고 있다는 점이다. 야구장의 동그란 형태 때문에 노을을 머금은 하늘이 파노라마처럼 펼쳐진다. 늘 네모난 창문 너머의 조각난 네모 하늘만 봤는데, 이 하늘은 다르다. 이때까지 봤던 하늘 중 가장 넓고 둥근, 진짜 하늘이 여기에 있다. TV만 보다가 극장에 오면 느낄 수 있는 탁 트인 기분. 축제에서 들릴 법한 웅성거림은 도서관이 주는 안정감과 비슷했다. 한참을 멍하니 녹색 야구장을 바라보았다.

다 좋은데, 317은 너무 멀었다. 뮤지컬을 볼 때 3층에서 보는 느낌이다. 감동이 있긴 한데 좀 멀다. 노래가 귀로 들리긴 하지만, 가슴은 울리지 못한다. 대신 야구장 전체에서 들리는 환호가 좋다. 다음엔 내 팀을 응원해보고 싶다. 내 옆의 사람들은 '내 팀'을 응원하는 절실함이 있었다. 혹시 2층은 뭔가 다른 걸까? 곁눈질해서 봐둔 아래층 활기찬 자리가 궁금하다. 응원단상 앞자리다. 자리가 조금 비싸지는데… 무리해서 '207'을 예매했다.

무대 바로 앞이니 뮤지컬 공연 1층 비슷하지 않을까? 아니었다. 굳이 말하자면 라이브홀 스탠드석에 가깝다. 이름에 걸맞게 거의 서 있는다. 멀리서 보면 활기찬 곳이구나 싶다. 막상 가까이에서 보면 이성을 잃은 광란의 내한공연 현장이다. 가슴을 쿵쿵 때리는 북소리는 멀리서 듣던 소리와 차원이 다르다. 귀를 때리는 앰프 소리는 흥이 넘친다. 타자가 바뀔 때마다, 상황이 바뀔 때마다 쉴 틈 없이 변한다. 시간이 훨씬 빠르게 지나는 기분이 든다. 아쉬운 게 있다면 317처럼 치킨과 맥주를 여유롭게 먹을 수는 없다. 수비할 때 틈을 타 허겁지겁 먹고, 공격할 때 벌떡 일어나 응원한다.

가까이에서 보니 야구장 안은 놀라운 일투성이다. 도무지 잡지 못할 공을 죽어라 뛰어서 잡아낸다. 커다란 투수가 공을 뿌리는데 작은 타자가 거인처럼 홈런을 때려낸다. 흥과 뽕으로 가득 차 모두 하나가 되어 논다. 공수교대 하는 사이 현란한 치어리더의 공연을 구경한다. 응원을 어설프게 따라 해본다. 이곳은 노래방인가 야구장인가! 의자가 있지만 쓰지 않는다. 선수도 아닌데 경기를 뛰는 기분마저 든다.

　한두 번 가는 걸론 부족했다. 나는 실적에 목마른 영업 사원마냥 친구들과 야구장에 가야 하는 이유를 개발했다. 맛집을 사랑하는 친구에게는 치킨과 맥주를, 연예인을 좋아한다면 응원단장이나 선수를 팔았고, 파티를 좋아한다면 흥이 넘치는 응원석을 추천했다. 그것도 한계가 왔다. 돈도 없고, 더 데려갈 친구도 없다. 언젠가부터 혼자서 야구장을 가게 되었다. 비싸서 잘 가보지 못한 107로 내려갔다. 투수가 몸을 푸는 모습도, 바로 앞을 뛰어가는 타자의 모습도 볼 수 있다. 벤치에서 대기 중인 선수들이 왔다 갔다 한다. 알게 된 것이 많아진 만큼 '조용하게' 보더라도 머릿속은 바쁘다.

　야구장 안에서 들리는 소리도 다르다. 응원과 앰프 소리에 가려서 들리지 않았던 소리들이 들린다. 공이 글러브에 들어올 때 들리는 찰지게 싸대기를 때리는 듯한 절묘한 소리. 팔을 내저으며 "마

이!"* 수비수들끼리 위치를 맞추려고 내지르는 목소리. 선수들과 가까운 자리에 오기 전에는 전혀 들어본 적 없는 소리다. 나는 이제 틈날 때마다, 매일같이 야구를 보러 간다.

차갑고 외롭고 무서웠던 회색 도시. 처음으로 좋은 것이 생겼다. 나는 야구를 좋아하기로 했다.

 MLB에서 '마인(Mine)' 내 공이라는 뜻이다. 부딪힐 수 있으니 너무 가까이 오지 말라는 의미도 들어 있다.

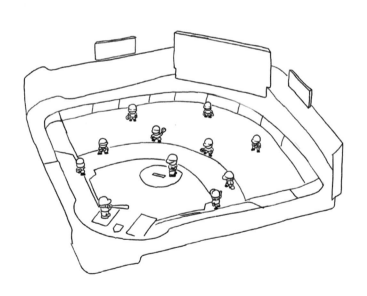

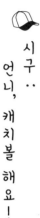

언니, 캐치볼해요!

시구‥

가을이 왔다. 가을 야구는 가슴이 웅장해진다. 야구장엔 깃발이 나부끼고, 야구팬들은 그 어느 때보다 열광한다. 야구장은 늘 재밌지만, 가을 야구는 다르다. 분위기에 압도된다. 원래 경기를 하던 스타일과 다르다. 경기를 하는 선수들도, 팀도 사생결단을 한 사람들처럼 달려든다. 평소엔 내일과 미래를 염두에 둔, 여력을 남겨두는 야구다. 가을에는 내일은 세상이 멸망할 것이라는 전제로 소진하듯 야구를 한다. 몇 경기는 (내 손가락이 꺾였는지) 예매를 못해서 중계로 보고, 몇 번은 야구장에 갔다. 그러다 한국 시리즈도 야구도 끝나버렸다. 가을 내내 야구를 봤지만, 뺑 뚫린 내 가슴의 헛헛함은 채울 수 없었다.

삶이 마음대로 되지 않을 때, 만화를 봤다. 오늘은 《크게 휘두르며》라는 만화[*]였다. 의외의 발견을 했다. 107에서 들렸던 선수들끼리 지르는 소리의 정체다. 무슨 소리였을지 상상할 수 있다. 중계에서는 볼 수 없는 선수들의 생각이 그려져 있어 재밌다. 말도 못하게 소심한 투수가 하나둘 친구를 만들고 팀이 되어가는 과정도 좋다. 방에 혼자 있어서 그런 걸까? 그렇게 같이 던지고 받는 일이 부러웠다. 하지만 만화니까 이게 얼마나 진짜인지 알 수가 없었다. 야구를 1년 내내 봤는데, 이런 생각들을 하는지 처음 알았다. 야구를 잘 보려면 야구를 해보는 수밖에 없지 않을까? 야구를 해봐야겠다.

막상 야구를 어디서 어떻게 하는지 알 수 없다(그땐 여자야구와 관련한 단체가 없었기에…). 집에 가는 길에 친구들에게 구시렁거렸다.

"야구 동아리는 없나 봐…."

"어? 어제 근처 학교에서 언니들 하는 거 본 거 같은데?"

"맞아. 우리 학교는 아니긴 한데 내 친구도 연대에서 축구할 때

처음 야구를 시작할 때만 해도 이 만화를 아는 사람이 별로 없었는데…. 이젠 우리 팀만 해도 이 만화를 보고 야구를 시작한 이들이 팀의 약 20퍼센트를 차지한다(총 팀원 수는 말하지 않겠다).

여자야구팀 봤다 그랬어.”

엥? 동네 아저씨들 조기축구 한다는 건 들어봤어도 언니들이 야구한다는 건 처음 들어봤다. 언니들이 동네 야구를 하고 있다니! 목격담 덕분에 용기를 얻었다. ‘여자야구’로 검색해보다 ‘신입 참가 가능’이라 쓰인 귀여운 홍보물을 발견. 무어라 야구단에 대한 설명이 쓰여 있었다. ‘야구를 함, 만든 지 얼마 안 됨, 단체사진’. 다 좋은데 정작 궁금한 내용이 없다. 얼마가 드는지, 무슨 요일에 몇 시간이나 한다는 건지 알 수가 없다.

그나마 명쾌한 건 번호, 010 뒤 일곱 자리 번호뿐이었다.•

전화를 거는 건 상당한 용기가 필요하다. “야구를 해보고 싶습니다.”《슬램덩크》의 정대만처럼, 엉엉 울면서 말하면 좋겠지만 그러지 못했다. 정대만과 나는 결정적으로 다른 게 있다. 난 농구를 해본 적이 없다. 아니, 야구를 해본 적이 없다. 정대만처럼 농구를 해본 다음에 그만두면 “농구가 너무 하고 싶어요” 하고 울어볼 수 있을 텐데. 나는 전혀 해본 적이 없어서 그렇게 절절하지도 뜨겁지도

• 10여 년 전에는 ‘여자야구’로 검색을 하면 여자야구팀이 잘 나오지 않았다. 고등학생 신동이라는 소녀의 인터뷰 정도…. 하지만 지금은 팀이 많이 늘었다. (사)한국여자야구연맹 웹사이트 및 커뮤니티(카페, 밴드 등)에서 ‘여자야구’로 검색하면 근처 팀을 찾을 수 있다.

않다. 야구를 해보고 싶지만 야구를 할 수 있는 사람인지조차 확신이 없다. 신입 사원이 아무것도 모르는 채로 "너무 해보고 싶고, 열심히 최선을 다하겠습니다"라고 일단 질러야 하는 기분과 비슷하달까.

고민했지만 답이 나올 리 없었다. 뭘 알아야 답이 나오지. 답을 알아낼 방법은 하나뿐이다. 해봐야만 한다. '하면 된다'가 아니라 '해야 안다.' 해보고 싶다는 생각이 드니 찾아본 것일 테고, 그러니 이렇게 번호를 들고 고민하고 있다. 주말마다 너무 힘들지는 않을지, 위험하지는 않을지 돈이 많이 들지 않을지, 뭘 사야 하는지. 더 이상 고민을 해봐야 소용이 없다. 야구가 힘들고, 위험한 운동이지만 '나도 그런지'는 내가 해보지 않으면 알 방법이 없다. 그렇게 마음이 툭 기울어졌다. 더 이상 파란 하늘과 시원한 공기, 이 좋은 가을날을 낭비할 수 없다. 결코 심심해서, 이제 야구 시즌이 끝나서, 더 볼 게 없어서, 이러는 게 아니다. '신입 참가 가능'이라는 단어만 믿고 용기를 내서… 문자를 보냈다.

'저는 김입문이라고 합니다. 야구를 시작해보고 싶어서요.'

바로 답이 왔다.

"아! 네, 혹시 지금 통화 가능하세요?"

전화! 압박이 느껴진다. 전화가 부담스러워서 문자를 보냈건만! 칼같이 전화가 울린다. 의외로 귀여운 "안녕하세요" 목소리. 남자가 전화할 줄 알았는데, 가녀린 목소리였다. 우렁찰 거라는 기대가 있었던 건 아니었지만(있었나?) 웬만한 콜센터보다 부드러운 목소리일 줄이야. 솔직히 전혀 예상하지 못했다. 홍보물도 귀여웠는데 왜 생각도 못했을까? 두려운 마음이 싹 가셨다. 내 마음의 가드가 풀린 걸 눈치챈걸까? 그녀는 조근조근한 목소리로 새로 나타난 초보 도전자에게 연거푸 질문 잽을 던졌다. 운동은 해본 사람인지, 어떤 운동을 해봤는지, 야구는 좋아하는지. 시원스레 대답한 건 야구 좋아하냐는 질문뿐이었다. 이내 몇 가지를 더 묻더니, 훅 들어왔다.

"내일은 시간되세요? 저희 ○○고 운동장에서 9시에 모여요."

내일 한다고 쓰여 있긴 했지. 토요일 오전. 조조할인 영화를 본 이후로는 내 사전에 토요일 오전에 약속은 없다. 근데 내 마음이… 아직 준비가 안 됐는데.

"내일?! 아… 내일! 저, 아무것도 장비가 없어서…."

나는 재빠르게 '회피'를 시전했다. 내일은 너무 빨라.

"운동화는 있으시죠?"

매일 신는다. 당연히 있다. 무서운 '카운터 어택'이 들어왔다. 아까 하지 못했던 시원스런 답을 할 수 있다.

"네."

"편한 옷도 있으시죠?"

무섭다. 지금 영상으로 보고 있나? 이미 상당히 편하게 입고 있다.

"네."

"그렇게만 오시면 돼요! 새 신발이 더 위험할 수도 있어요. 햇빛에 그을릴 수 있으니까 선크림 잘 발라주시구요."

다 있어서 할 말이 없다.

"네."

나는 이제 예스맨이다.

"그러면 내일 뵐게요."

…내일 보기로 했다.

야구가 좋아서 1년 내내 야구를 보더니 기어이 야구가 끝난 지 몇 주도 안 돼서 야구를 하러 간다며 친구들이 까르르 웃을 게 눈에 선하다. 막상 던지긴 했는데 두렵다. 새벽에 일어날 수나 있을지, 너무 충동적으로 이런 결정을 한 건 아닌지, 가서 잘 뛸지, 이게 괜찮은 결정이었는지 전혀 모르겠다. 체육 시간은 그늘에서 만화나 보던 나였다. 끝나고 땀 냄새 풍기며 교실에 들어오는 거 너무 싫다 그랬는데…. 그런 내가 야구를 한다니 전화를 끊자마자 후회가 밀려왔다.

우우웅! 진동이 울린다. 귀신 같은 야구팀. 나의 후회를 벌써 눈치챈 것인가? 무서운 동호회다. '오실 때 주소가 필요하실 거 같아서 문자로 다시 보내드려요. 내일 도착하시면 전화 한번 주세요.'

깔끔하고도 정확한 확인 (사살) 절차. 나는 '감사합니다. 내일 봬요' 하고 서면 확인을 보냈다. 돌이킬 수 없다. 이제 겨우 씻었는데 벌써 10시 반이다. 거기까지 가려면 아침 7시에는 출발해야 한다. 하루만 해도 힘들 것 같은데 이걸 매주 할 수 있을까?˙ 멀리 가지 말자. 다음 주에도 또 나갈 수 있을까? 이미 내일 간다고 문자는 했고, 몸도 피곤하니 일단 누웠다. 영 잠이 오질 않는다. 입학식 전날 같은 긴장과 불안, 기대가 뒤섞여서 이리저리 뒤척였다. 일찍 자야 하는데 뭐하는 건지.

집에 있기는 싫은데, 나가기도 싫다. 야구하러 가고 싶긴 한데, 막상 가는 건 싫다. 동전마냥 내 마음을 뒤집는다. 날이 흐려서 비라도 오면 좋겠다. 운동회, 소풍, 수학여행, 대학교 엠티, 사회에 나와서는 회사 워크숍. 이 모든 날의 전날은 야구 가기 전날 같다. 재밌겠지만 부담스럽다. 중간 과정도 결과도 비슷하다. 가서 엄청 재밌다가, 중간에 스트레스도 좀 받는다. 그러다 힘들어지면서, 티격태격도 하고, 술을 마셔서 애매하게 기억이 안 난다. 하여간 마지막엔 좋았다는 막연한 마음만 어딘가 남아 있다(야구도 그러면 좋겠는데). 뭐가 됐든 내일 일어나서 문을 열고 나가야 가능한 일이다.

 10여 년 뒤에도 하게 된다 (언니들을 보니 20년 뒤에도 할지도).

비가 올 수도 있고. 날도 꾸물꾸물한 것이 허리도 뻐근한 거 같고, 배도 아프다.

　새벽에 몽롱하게 일어나, 대충 머리를 감고 씻었다. 최소한의 예의상… 파운데이션 정도는 발라야 하지 않을까?＊ 잠시 고민에 빠졌다. 발표도 아니고, 일도 아닌데 귀찮았다. 나의 귀찮음이 당선되었다. 귀찮음 후보는 '적당히 모자로 가리되, 선크림을 발라'라는 실용적인 정책을 발표하여 나의 압도적인 지지를 얻었다. 로션을 바르고, 편한 반팔 티셔츠에 야구 모자를 쓰고 나간다.

　막상 나가려니 뭔가 내 발목을 턱 붙잡는다. 내가 마땅히 준비했어야 할 것들이 떠오른다. 갑자기 심한 운동을 하기엔 유연성도 없고, 달리다가 뒤처지면 어쩌지? 뛰다가 넘어지지는 않을까? 운동화나 이런 게 허접하면 부끄러운데… 돈이 너무 많이 들면 어쩌나? 막상 하고 싶다고 했는데 너무 못하면? 다칠 수도 있는데 괜찮을까? 글러브는 하나 들고 가야 할 거 같은데….

 1년 뒤, 팀은 연말 이벤트로 '뫄데'를 선물했다.

언제 준비가 되는지는 알 수 없다.* 내가 망칠 수도 있고, 실수할 수도 있다. 모자랄 수 있다. 그래서 다음으로 또 다음으로. 미루는 타협을 할지도 모른다. 그러다 보면 자꾸 타협만 하게 된다. 내 준비가 언제 끝나는지는 하기 전까진 결국 알 수 없다. 많이 넘어지고, 못해도. 괜찮다. 그저 해보는 수밖에 없다. 문을 열고, 나가기로 했다.

문을 열자 싸하고 축축한 새벽 공기가 목덜미를 스쳐 지나갔다. 닭살이 좌르륵 올라온다. 겨울은 아니지만, 겨울 같다. 안개를 들이마신다. 축축한 공기가 코에서 폐까지 서늘하게 들어온다. 아, 닭살. 걷다 보니 정신이 든다. 이 시간에는 역에도, 플랫폼에도 사람이 없다. 늘 사람이 많으면 번잡해서 싫은데 정작 이렇게 사람이 없으면 은근히 무섭다. 전철은 왜 이렇게 안 오지? 아무도 없으니 언제 오나 오매불망 기다린다. 다음 열차가 보이지도 않는다. 언제 올지 기약도 없다. 평소보다 더 길게 느껴진다. 새벽엔 배차 간격이 길어서다. 그나마 이어폰을 들으면 나은데, 그것도 혹시나 뒤에 누가 나타날까 봐 겁나서 소리를 크게 틀지도 못한다. 덩치는 큰 주제에 겁도 많다.

드디어 열차가 왔다. 후끈한 지하철 열기가 따스하다. 등산 가시

그날 첫 연습을 하러 가면서, 없어서 정말 아쉬웠던 건 물 한 병뿐이었다. 없어도 언니들이 나눠줘서 말라 죽지 않았다.

는 아주머니들이 드문드문 보이자 근거도 없이 마음이 놓인다. 다음 역에선 자전거 여러 대가 잔뜩 실렸다. 자전거 동호회 분들이다. 엉덩이랑 같이 마음도 털썩 의자 위로 내려놓는다. 아침 일찍 운동하러 가는 사람들이 이렇게 많다니, 오늘은 그중 나도 껴 있다니 신기하다. 마음을 풀어서 그런지 살짝 잠이 들었다. 다음 역이 내리는 역이다.

내린 역도 한산하기는 마찬가지다. 받은 주소로 가려면 건너편 사거리 버스정류장에서 갈아타야 한다. 이렇게 가는 게 맞나 자꾸 고민하게 된다. 친구들이 봤다는 고등학교 연습장과도 상당히 거리가 있는데… 갈아타는 게 일이지, 막상 타니 금방 도착하긴 했다. 내리고 나니 뭔가 이상했다. 주소로는 표시가 될 만한 건물도 없고, 여기가 맞는걸까? 터벅터벅 걸어가는데 나에 대한 불신과 의심이 겹쳐져 불안으로 승화된다. 가도 가도 연습할 만한 데는 안 보이고, 폐허 같은 건물과 쓰레기만 보인다. 하수구 냄새도 나고…. '대체 여기가 어딘가?' 누가 잡아가겠냐만, 누가 잡아가도 이상할 것 없는 동네다. 한참을 흙밭을 걷다가, 반가운 녹색 잔디가 보인다. 사람도 아니고, 규칙도 없이 무성하게 자란 잔디. 보자마자 불안함이 가신다. 때마침 전화가 온다. 참, 도착하면 전화 달라고 했는데. 어제 연락했던 주장님이었다.

"혹시 어디쯤이세요? 오늘 오시는 거 맞죠?"

아까부터 문자로 몇 번을 답한 거 같은데, 중간에 안 오는 사람들이 많은가 보다. 나도 내가 도착했는지는 다소 의문스럽다. 망설이다 말을 꺼냈다.

"네. 근처 오긴 왔는데 잔디랑 표지판, 뭔가 쓰레기도 있고 여기가 맞는지 잘…."

아니겠지. 여기는 아닌 거 같은데….

"맞아요! 거기서 좀 더 직진해서 들어오시면 구장이랑 천막이 보이실 거예요. 파란 유니폼 보고 오시면 돼요."

맞다고?

"네!"

의문을 뒤로하고 대답은 자신 있게 했다. 이렇게 공사판 같은 데서 야구를 하진 않겠지. 가도 가도 유니폼을 입은 여성들이 나올 법한 곳이 아니다. 사실은 대체 어디로 가야 직진인걸까?

그때쯤 익숙한 소리가 들렸다.

"카앙~!"

늘 야구장에서 듣던 소리보다 앙칼지고 높지만, 이 소리가 맞다. 야구부가 있는 학교를 지날 때면 들을 수 있다. 동전 넣고 치는 타격 연습장에서도 들을 수 있는 익숙한 쇳소리. 알루미늄 배트에 공 맞는 소리. 프로 경기는 나무 배트를 써서 꿀밤 맞는 듯한 "딱!" 소리가 나는데, 아마추어는 알루미늄을 써서 경쾌한 "캉!" 소리가 난다. 학

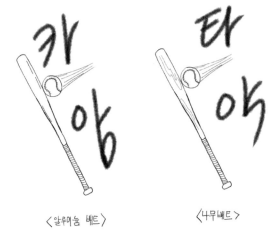

〈알루미늄 베트〉 〈나무베트〉

교도 아니고, 동전 연습장도 아닌 곳에서 들으니 새롭다.

멀리선 작게 점처럼 보였는데, 걸어가다 보니 서서히 사람 형태로 바뀌어 간다. 이제야 주장님이 말한 빨간색, 파란색, 노란색의 형형색색 사람들이 보인다. 구장은 하나인데 색이 다양하다.* 입학식에 도착한 어린아이마냥 쑥스럽고 긴장된다. 파란색 무리를 향해 쭈뼛쭈뼛 걸어간다. 다리가 부러진 양 어색하게 걷는 일반인을 발견하고 쓱, 빠르게 청색인 한 명이 다가온다. 아니나 다를까 주장님이다.

"오셨어요? 잠시만요."

어떻게 알아본 걸까? 뭐, 나라도 알아보겠다. 온 구장을 뒤져봐도 야구복 흰 바지가 아니라 청바지를 입은 건 나뿐이다. 동네에서부터 지하철까진 전 세계 공용 유니폼이 아닌가 싶었던 청바지와 티셔츠. 여기선 혼자 코스튬플레이라도 하는 듯 튄다. 구장에선 모두 야구복에 모자를 쓰고 있다. 모자를 쓰고 와서 망정이지 아무리 봐도 구경 온 사람이 아닌가.

* 나중에 알게 되었는데, 야구장이 하나 있으면 두 팀은 경기조, 나머지 두 팀은 대기조다. 빨간색, 파란색 팀이 이번 타임에 경기에 들어가는 팀이고, 대기조는 2시간 이후 경기를 대비해서 몸풀기를 하고 있다. 타이밍이 겹치면 이렇게 네 팀이 옹기종기 연습하는 듯한 모습이 된다. 야구장이 얼마나 없으면….

"감독님께 인사드리고, 연습 참여하실 거예요. 이쪽으로 오세요."

물 흐르는 듯 준비된 안내. 깔끔한 멘트. 나는 마르고 가녀리게 보이는 주장님을 따라갔다. 여성스럽지만 운동하는 사람답게 까무잡잡하다. 자세히 보면 가녀리지도 않고 잔근육이 엄청 나다. 머리는 바가지 같은 걸 뒤집어서 쓰고 있다. 맨질거려서 멀리서 보면 대머리(주장님 미안)인가 싶은 첫인상이다. 다리에는 로봇에 붙은 로켓처럼 뭐가 붙어 있다. 화장할 때 쓰는 삼각형 모양의 스펀지가 있는데, 그걸 확대해서 다리에 붙인 듯한 형상이다. 앞은 플라스틱으로 막고 뒤는 거대한 화장용 스펀지가 붙어 있으니, 전체적으로 로봇 같다. 금방 날아가지 않을까? 저렇게 튼튼해 보이는 장비를 하고 있는 포지션은 하나뿐이다.

'포수이신가?'

신기해하며 주장님을 따라갔다. 선글라스가 번쩍거리고, 이두박근 삼두박근, 포스가 넘치는 언니가 나타났다. 나이대는 부장님과 비슷하지 않을까? 하지만 남자 부장님보다 셀 거 같다. 살덩어리 부장님… 저 언니에게 맞으면 쓰러질 듯. 강렬한 인상에 잠시 멍해졌다. 담백하고 쿨하게 인사를 나눈다.

"어, 왔어요? 여기 주장이고, 저기 코치. 지금 몸풀기 끝난 참이니까 몸을 좀 덥히고 캐치볼 같이하면 되겠네."

감독님이 가리킨 방향에 파란색 옷들이 두 줄로 서 있다. 공을 던졌다 받기 편한 거리를 만들기 위해 적당히 뒤로 물러선다. 바로 시작하나 했더니 글러브를 내려놓고 어깨를 돌리고 새처럼 퍼덕퍼덕한다. 나도 하는 건가? 생각보다 빠른 전개가 아닌가? 만화에서 보면 공 잡기 전에 달리기를 하고, 타이어를 끌던데. 가만, 나 글러브가 없는데. 글러브가 없는 건 뻔히 보인다. 감독님은 내가 입을 열지도 않았는데 주장님에게 말을 건다.

"거기 글러브 남는 거, 포수 장비 가방 안에 없어?"

"아, 있었는데, 오늘은 없네요."

귀신같이 듣고는 누군가 글러브를 하나 가지고 온다. 이어지는 질문. 이미 전화로 들었던 질문이다.

"운동 뭐 하는 거 있어?"

아니요.

"평소에 운동은 해?"

아니요.

그리고 살짝 위아래로 준비 상태를 체크한다.

"음… 운동하러 온 애가 청바지?"

눈빛이 짜릿하다. 강렬한 눈빛으로 제압당한 나는 궁상맞은 변

명을 늘어놓기 시작한다.*

"스판이라 잘 늘어나는 편이에요. 으음 체육복이 안 말라서…."

거기까지 듣더니 글러브는 껴보지도 못하고 반납. 감독님에게 촉이 왔다. '운동을 잘 안 해봤다'는 건 두 종류가 있다. 운동선수 출신인 언니들은 너무 기대할까 봐 기대 수준을 낮추기 위해 겸손의 표현으로 '요즘 운동을 안 해서'라는 표현을 쓰곤 한다. 드물지만 진정 나처럼 단 한 번도 몸을 안 움직인 부류가 있다. 몸을 움직이는 일에는 도가 튼 언니들이었다. 척 보자마자 겸손이 아니라는 걸 알아냈다.

이미 언니들 눈에는 견적 다 나왔다. 팔 한번 만져보면 더 확실해지지만, 서 있는 자세만 봐도 알 수 있다. 우선 몸을 움직일 수 있는 범위가 좁다. 유연성이 낮고, 힘을 어떻게 쓰는지 모르니 허우적거린다.

'거짓말이 아니었군. 운동을 정말 안 해봤군. 옷을 보니 정말 초보로군. 평소에 하는 운동이 전혀 없군. 정말 관심만 있군.'

부끄럽다. 나 말고 다들 잘하고 있다. 통쾌하게 캐치볼 반에서 쫓

지금 생각하면 용기가 가상하다. 3~5시간씩 야외에서 발발로 운동을 하면 화상을 입을 수도 있다. 청바지라니! 수비 자세는 기본이 기마 자세다. 청바지의 신축성으로는 무릎을 자유롭게 움직일 수 없다.

겨나, 기초반으로 내려왔다. 어찌하리오. 캐치볼 반에서 공 몇 개 던져보지도 못한 (불쌍한) 주장님이 다시 차출되었다. '모르고, 못한다'를 스스로 인정하지 못하면 '알고 싶고, 배운다'라는 다음 단계로 나아갈 수 없다. 기초 체조부터 씩씩하게 하면 되는데 그때의 나는 그러지 못했다. 내 몸이 부족하더라도 부끄러워 할 필요는 없다. 몸은 저마다 달라서 수능마냥 '똑같이' 갈 수 없다. 나는 나의 시작점에서부터 성장하면 된다. 씩씩하고 뻔뻔하게 나만의 속도로. 다치지 않기 위해서는 몸을 충분히 그리고 열심히 움직여야 한다.

체조 전에 운동장을 천천히 두세 바퀴 돌고 몸을 따끈하게 한다. 목부터 팔, 다리 순으로 근육을 늘려주는 운동을 한다. 고개를 숙이고 뒷목을 팽팽히 시원하게 당기거나, 턱을 올려서 목 앞쪽의 근육을 늘려준다. 왼쪽 팔을 쭉 펴서 오른쪽으로 보낸다. 오른팔로 왼쪽 팔꿈치를 십자로 만들면서 살짝 당긴다. 평소에는 안 써서 살이 출렁거렸던 왼쪽 팔뚝 근육을 늘려주는 동작이다. 어느 것 하나 쉽지 않다. 책상에만 앉아서 거북스러운 내 목은 당길 때마다 두두두 소리를 냈고, 팔을 당기는 동작은 어색해서 모양만 따라 하고 있었다. 딱 걸렸다.

"지금 그냥 영혼 없이 따라 하시는 거죠? 근육 당기는 느낌이 없으면 몸이 안 풀려요. 크게 다쳐요!"

모자

썬크림

팔토시

잘 길든
운동화

발목까지
오는 양말

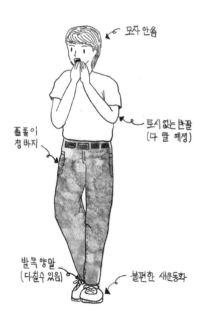

모자 안씀

토시 없는 반팔
(다 탈 예정)

좁쫄이
청바지

발목 양말
(다칠수 있음)

불편한 새운동화

상냥한 얼굴로 엄하다. 나름 열심히 해본다고 하는 건데 뭘 더 어떻게 해야 할지 막막하다. 보다 못한 주장님이 방향을 바꿔가며 천천히 보여준다. 그리고 직접 내 목을 천천히 아래로, 내가 근육의 감각을 느낄 때까지 당겨준다. 어? 확실히 이렇게 하니 시원하다. 영혼 없이 하던 국민체조와 다르다. 몸이 시원하고 가벼워지는 기분이다. 지금까지 제대로 해본 적이 없었다는 사실이 더 놀랍다. 내 몸을 꾹꾹 누르며 자세를 확인해줄 수 있는 여자 체육선생님이 없었다. 한 반에 수십 명이 몰려 있어 이렇게 한 명씩 제대로 봐줄 수도 없었다. 그러니 내 자신이 잘못된 자세로 운동을 하는지 전혀 깨닫지 못했다. 허리 동작도 다 의미가 있다. 빙글빙글 돌리는 게 아니라, 허리 주변 근육이 놀라지 않게 미리 늘여놓는다. 닭싸움 자세로 선 다음에 무릎을 굽힌 채로 두 팔로 잡고 위로 쭉 끌어당긴다. 고관절, 햄스트링 쪽을 늘려주는 동작이다. 바닥에 쪼그려 앉을 때 쓰는 엉덩이 주변 근육이 고관절, 엉덩이 아래 뒷다리 쪽이 햄스트링이다. 다리 안쪽 근육이 시원하게 당겨진다. 튼튼한 하체는 모든 운동의 기본이고, 야구도 예외는 아니다. 이렇게 한쪽 다리를 잡아 올렸을 때 흔들거리는 건, 하체에 그만큼 힘이 없기 때문이다. 반대쪽은 더 심하게 흔들린다. 조금 뛰었다고 다리에 힘이 풀려버린 모양이다. 다리를 풀고 팔꿈치를 잡아당겨 팔 뒤쪽 근육도 풀어준다. 공을 던지기 때문에 이 부분도 자주 쓰이는 부분이라 잘 풀어줘야 한다. 아이고 시원하다. 앉았다, 일어섰다, 다리를 쫙 쫙 펴주고 나니… 다 좋은데 살짝 지쳤다.

환한 표정의 주장님은 활짝 미소 짓는다. 이제 시작이라는 듯.

"언니, 캐치볼 해요!"

이렇게 헥헥거리고 있는데, 뭘 더 한단 말인가. 아! 드디어 글러브를 손에 껴보나? 근데 다시 글러브를 내려놓는다. 아니 그래도 명색이 캐치와 볼인데 공을 잡으려면 글러브는 있어야 하지 않을까?

"던지기 전에 어깨를 더 풀어줘야 해요."

아까는 몸 전체를 풀어준 거였다. 지금은 어깨를 중심으로 팔을 돌려주는 역할을 해주는 근육(전문용어로 회전근)을 풀어주는 스트레칭*을 한다. 팔이 빙글빙글 잘 돌아가게 해주는 운동이다. 왼팔을 아래로, 오른팔을 위로 번갈아가며 돌려주거나, 앞으로 뒤로 뱅글뱅글 돌려주고 손목, 발목도 한 번씩 더 풀어주고 나서 글러브님을 영접한다.

기다린 시간이 길어선지 글러브를 끼고 나서 살짝 감동했다. 소가죽이라 질감도 찰지고 묵직하다. 선수들은 바람같이 움직이길래 가벼운 줄 알았는데 아니다. 야구장에서 구경만 했던 물건을 직접

스트레칭을 집요하게 한다. 엘리트와 일반인 차이가 커서 다치지 않게 집요하게, 체계적으로 하는 편이다.

만져보니 신기하다. 글러브 안쪽은 반질반질 공 모양으로 자국이 나 있다. 무엇보다 공이 재밌었다. 직접 만지는 공도 처음이었다. 학교에서는 만져본 적이 없는 질감이었다. 공의 흰색 부분도 가죽이라 찰지다. 실밥이 도톰하니 재미있다. 반질반질한 공이 손에 꽉 쥐어진다. 동경만 하던 세상을 손에 쥔 기분이었다.

"이렇게 던지시면 돼요"하고 멋지게 공을 던지는 포즈를 보여준다. 멋지다. 바람 소리가 슉 하고 난다. 몇 번 보여준 뒤에 한 스무 걸음 뒤에서 공을 살짝 던져주었다. 본 건 있어서 공을 받긴 했다. 이제 던질 차례. '이렇게'란 대체 '어떻게'란 말인가? 일단 '이렇게' 던져보기로 한다.

"으음, 이렇게요?"

그렇게 공을 패대기쳤다. 한 번 만에 주장님의 글러브가 터지게 들어가는 멋진 공을 던질 수는 없었다. 주장님이 공을 주우러 뛰어갔다. '이렇게' 안에는 여러 가지가 숨어 있었다. '휘두른다' 그 전에 실밥을 검지, 중지 손가락으로 채기 쉽게 쥔다. 엄지는 공 아래를 살짝 받쳐준다. 팔을 직각으로 유지한 채 팔꿈치를 뒤로 보낸다. 공이 귀 옆에 왔을 때 어깨 힘으로 팔꿈치를 앞으로 보낸다. 손목에 스냅을 주며 힘차게 던진다. 이건 던지는 팔에만 해당하는 설명이다. 그와 동시에 글러브를 낀 손도 해야 할 동작이 있고, 오른발은 받을 사람 방향으로 향해야 하고… 할 게 많다. 그중 단 하나

도 이해하지 못하고 팔만 휘둘렀으니 공을 패대기칠 수밖에 없었다. '이렇게'를 말로 설명할 필요 없는 선수 출신 주장님은 그림의 대부 밥 선생님의 '쉽죠?'처럼 물어본다. 나의 대답은 그때나 지금이나 '아니요'다.

패대기를 수없이 쳤다. 패대기의 패턴을 분석한 주장님은 날렵하게 온갖 패대기 공을 잡아냈다. 보여주는 것만으론 이해하지 못한다는 걸 깨달은 그녀는 내 팔을 직접 잡고 동작을 만들어준다. 남자라면 이렇게 편하게 팔을 잡기 어려울 텐데, 마음이 편했다. 개인 트레이닝을 해보면 남자 트레이너 분들은 오해를 살까 싶어 몸을 짚어가며 진행하기 쉽지 않다. 가르쳐주기 쉽지 않지. 그렇다고 마구 만지는 것도 당하는 입장에서는 상당히 불편하니, 딜레마다. 언니들이 가르쳐주면 이런 게 좋구나.

직접 손으로 잡아주면서 알려준 덕분에, 정확하진 않아도 주장님 앞으로 공이 나갈 수 있게 되었다. 몸을 알면 알수록 '팔을 휘두르는 동작'에서 단계 별로 동작이 나뉘어 보인다. 팔은 어떻게 들었는지, 각도는 어떤지, 팔꿈치 위치는 어땠는지, 손목은 꺾이지 않았는지, 손가락은 빨간 심을 제대로 채고 있는지, 공을 놓는 지점은 어디쯤이었는지, 던지지 않는 글러브 쪽 팔, 다리 스텝과 발의 위치 등이 점점 세밀하게 보인다. 동작이 보이기 시작하면, 스스로 다른 자세를 시도해보기도 한다.

해가 어느새 빨간색으로 물들어간다. 뭐 대단한 걸 하는 게 아닌데 엄청나게 집중한다. 돌덩이 같은 공은 던질 때도 받을 때도 무섭다. 처음 차를 운전하는 초보운전자마냥 긴장한 상태로 공을 주고받는다. 야구장에서 선수들끼리 대충 편하게 주고받길래 나도 그럴 거라 믿었는데 아니었다. 캐치볼, 멀리서는 로맨틱 코미디처럼 보이지만 직접 해보면 액션 스릴러다. 주먹만 한 돌을 던지고 받는다. 맞으면 피멍이다. 세게 맞으면 뇌출혈이 생길 수 있다. 눈에 맞으면 실명하는 경우도 있다(이쯤 되면 액션이 아니라 호러인가?).

"엇! 미안합니다!"

"아니에요! 괜찮아요!"

공이 멀리 굴러가서 주우러 달려간다. 숨이 턱턱 막혀서 헉헉거리며 공 앞에 선다. 민망하다. 미안한 마음에 빨리 뛰어서 돌아간다. 숨이 거칠어져서 안정적으로 던지기 어렵다. 주장님도 몇 번이나 공을 주우러 갔다. 한번은 공을 살짝 놓쳐서 어깨에 맞았다. 인정하긴 싫었지만, 무심결에 몸이 공을 무서워하고 있다. 글러브를 몸 가까이에 붙여야 공이 빠져나가질 않는데, 글러브를 최대한 바깥으로 보내니 공을 잡을 수 있을 리 만무했다. 아예 못 잡는 게 아니라 살짝 놓치면서 공이 굴러가버린다. 캐치볼이라기보다 '바닥에 구르는 공 줍기'라는 새로운 종목에 가깝다.

"글러브를 빼고 해야겠어요."

아, 나는 캐치볼 직에서마저 보직 해제되었다. 그래, 너무 못 잡기는 했는데··· 공을 던지지도 받지도 못하면 야구는 못 하는 거겠지. 그래도 이렇게 시작하자마자 끝나다니 아쉬움이 남는다.

느닷없이 공이 날아왔다. 자연스럽게 공을 포근하게 안듯이 잡았다. 주장님이 살짝 공을 다시 던졌다. 맨손으로도 공을 주고받을 수 있다. 맨손으로 잡으면 내 몸 정면에서 잡을 수밖에 없다. 맞을까 싶어서 공이 날아오는 방향 옆으로 비켜선다. 그러면 공을 피하긴 하겠지만 잡을 수는 없다. 공은 잡아야 하는 대상이다. 피하지 말고 정면으로 마주해서 글러브에 들어오는 순간까지 봐야 제대로 잡을 수 있다. 살면서 접하는 문제를 풀어가는 요령이랑 비슷하다. 글러브를 끼고 다시 캐치볼을 시작했다. 이번엔 날아오는 공이 끝까지 보인다. 가슴팍 앞에 글러브를 그저 놓았을 뿐인데 '퍽' 하고 좋은 소리가 들린다. 아까랑 다른 소리다.

"어?", "그거예요!"

이거구나···. 공을 주우며 살짝 침울했던 기분이 한순간에 날아갔다. 드디어 공이 제대로 글러브 속에 들어왔다. 검지와 손바닥 사이가 살짝 얼얼하다. 그래도 한 번 잡았더니 두 번째도 잡아냈다.

"오~ 이제 좀 덜 무서워하시는데요?"

"잡을 수 있구나 싶어서 그런 거 같아요."

무서워했구나. 머리로는 그저 잡고 싶다는 생각은 하지만, 몸이 자꾸 바깥으로 나갔다. 무의식적으로 하는 동작이다. 내 몸은 정확하게 내가 판단하기도 전에 위험을 감지한다. 몸은 무서우면 내 몸을 보호하는 동작을 취한다. 위험한 물건이 날아오면 피하고 막을 수 있는 물건이 날아오면 막는다. 이젠 몸이 공을 '잡을 수 있다'고 느끼나 보다. 공을 잡는 경험을 했더니, 더 이상 공이 날아오는 방향에서 피하지 않는다. 공은 피해야 하는 대상에서 막을 수 있는 대상이 된다.

"공은 무서워하면 더 쫓아와요. 오지 말라고 하면 그쪽으로 와요. 피하지 않고, 기다리면 잡을 수 있어요."

기다리고 있으면 쫓아오지 않는다. 무서워하지 않으면 잡을 수 있다. 이번엔 피하지 않으려고 애를 썼다. 그러다 글러브에 살짝 튀어서 허벅지에 퍽 맞았다. 아프긴 했는데, 견딜 만했다. 맞은 건 난데 건너편 주장님 얼굴이 사색이 되었다.

"헐! 이 공은 그냥 돌이에요. 맞으면 큰일 납니다. 진짜 맞을 거 같으면 피하세요."

당연하다. 피하지 말고 잡아야지, 맞으면 안 된다. 잡지 못하고, 피하지 못해서 '공에 맞는다.' 선수였던 그녀에겐 상상할 수 없는 선택지였으리라. 야구공은 어릴 때 보던 테니스공과는 차원이 다르다. 하얗고 예쁘지만, 안은 단단하게 코르크로 채워져 있고 심까지 박혀 있다. 모양만 예쁘지 실상은 돌 같은 공이다. 맞으면 돌에 맞는 것과 크게 다르지 않다. 잡지 못하면 피해야 한다. 어렵다. 막아야 할지 피해야 할지 긴가민가한 채 연습이 끝나버렸다. 돌아올 때는 땀과 먼지에 절어 지하철을 탔다. 다행인지, 불행인지 사람들이 가까이 오지 않는다. 멍한 채로 집으로 기어간다. 피곤해서 붕붕 떠 있는 기분이다. 어두컴컴한 길이 무서울 새가 없다. 몽롱한 정신으로 씻고, 뻐근한 몸을 겨우 침대에 뉘었다. 샤워 때문인가, 운동 때문인가 가슴이 쿵쿵 뛴다. 아침만 해도 그렇게 추웠는데 몸 안에서 후끈후끈한 기운이 올라온다. 어릴 때 재밌게 놀고 나면 안 쓰던 그림일기를 쓰곤 했다. 그때처럼 갑자기 그림일기가 쓰고 싶어졌다. 멋진 문장은 나오지 않는다. 그래도 그냥 뭐라도 적어두고 싶다. 적막한 집이라 느낄 새도 없이 오늘은 푹 잠들 것 같다.

이젠 캐치볼을 하면서 공을 피하지 않는다. 거의 잡을 수 있기 때문이다. '이렇게' 던지면 된다는 말을 가끔 나도 한다. 나를 가르치면서 고민했던 수많은 언니들 덕분이다. 이제 캐치볼은 야구를 할 때 가장 즐거운 시간이다. 날이 좋으면 가장 먼저 생각난다. 바람 부는 날엔 배드민턴 대신 캐치볼을 하자고 말할 수 있다. 피하지 않고 맞지 않고 잡아내서 다행이다.

날짜		○년 ○월 ○일		날씨	☀	
	오	늘		야	구	를
처	음	했	다	.	아	,	재
밌	었	다	.	글	러	브
갖	고		싶	다		

애
국
포　가　..
도
당
이　보
우
하
사

나는 운동을 못한다. 체육시간을 좋아하지도 않았고, 운동회에서
활약한 기억도 없다. 달리기를 하면 100미터에 20초(다시 봐도 놀
랍다)가 나왔다. 네 명이 달리기를 하면 4등. 웬만하면 친구들끼리
서로 운동회에 나가보라고 할 법도 한데, 가장 친한 단짝 친구조차
감히 나에겐 그 말을 하지 못했다.

　학교 때부터 사회인이 된 20여 년 동안 하루 4시간 이상 운동을
한 기억이 없다. 오늘의 '야구 연습'이 8시간(9시~17시)으로 표시되

어 있다. 어떤 식으로 진행할지 얼마나 힘들지 감을 잡을 수 없다.•

지난주에 했던 캐치볼 때문에 팔이 이미 뻐근하다. 별거 하지도 않았는데, 다리도 알이 배긴 듯하다. 우리 팀도 그 정도 연습으로 팔과 다리가 후들거리는 자가 팀에 들어오리라 상상하기 어려웠을 터였다. 서로가 서로에게 준비가 되어 있지 않았다.

팀에서 매일 기초 체력 훈련(유산소와 웨이트 운동), 주말에 야구 두 번을 기본 스케줄로 소화하는 사람들이 많았다. 그들에겐 가벼운 운동이었다. 10여 년 동안 새벽, 오전, 오후, 야간 운동을 쉬지도 않고 해온 이들이었다. 눈 뜨면 운동하러 가서, 수업 끝나고 야간 자습이 다 끝날 때까지 하루 15시간 운동만 했다. 그러니 그들에게 일주일에 운동 두 번, 8시간은 가볍게 하는 정도다. 그들의 삶이 끊임없이 움직이는 삶이라면, 나의 삶은 그 자리에 가만히 고정된 삶이었다. 눈 뜨면 버스 타고 학교에 가서 수업이 끝날 때까지 하루 15시간, 책상에 앉아만 있다. 내가 운동을 그만큼 해본 사람을 만난 적이 없듯, 팀도 이토록 운동을 안 해본 사람을 본 적이 없다. 우리의 만남은 비극적일 수밖에.

하루 중 3분의 1씩만 서로 지독하게 노력한 것들을 했다면, 우

• 체력장 끝, 장거리 달리기 이후에 느낄 수 있는 목에 쇠맛 나는 고통을 잊어버린 것이다. 얼마나 힘들었는지 하나도 기억이 안 난다.

리네 삶은 조금 나아졌을까? 그랬다면 나는 회사에서 야근을 하다 말고 스트레칭을 했을 게 분명하다. 아무리 힘들어도 유산소나 웨이트 운동을 포기하지 않았을 거다. 내 몸에 대해서 알았다면, 그랬다면 나는 아마 허리를 다치거나 다리가 약해지지 않았을 테지. 엘리트 운동을 했던 그들도 다치거나, 운동의 길에서 막혔을 때, 은퇴한 후에 새로운 삶을 찾기 조금은 수월했을지도. 공부를 하는 이는 운동을 하지 않고, 운동을 하지 않는 이는 공부를 하지 않는 기이한 분리정책 영향으로 나와 주장님─운동 부족인과 스포츠 엘리트─의 간극은 너무 크다. 말로 설명하기 어려워 몸으로 설명하던 그들의 마음과 책으로라도 몸은 알고 싶었던 내 마음, 우리네 절실했던 마음이 어디선가 만나면 좋으련만.

그렇다. '야구 초보'와 '운동 초보'는 다르다. 오좌완 언니도 나도 팀에서 자신을 '야구 초보'라 소개했다. 야구 초보라고 스스로를 소개한 그녀는 전직 수상구조요원에 태권도 유단자였다. 걸어서 50미터 가는 것도 때때로 힘든 나와 50미터를 잠영으로 갈 수 있는 언니. 우리 사이에 운동 실력으로 벌어진 거리는 멀다. 은하계 사이의 거리만큼.

운동 초보와 운동 고수는 같은 야구 초보라도 '경험의 유무' 때문에 출발선이 다르다. 남과 비교하지 말라는 건 흔한 표어나 구호가 아니다. 비교할 수가 없어서 비교하지 말아야 한다. 남들이 다

하는 걸 나는 못할 수 있다. 이걸 인정해야 다음으로 나갈 수 있다. 충분한 연습과 준비가 없으면 쉬워 보여도 할 수 없다. 누군가 세게 잘 던진다고 해서 나도 바로 따라 하면 다친다. 내 몸은 그렇게 던질 준비가 안 되어 있는데, 근육을 찢어가면서 던지기 때문이다. 그러다가는 결국 몰라서가 아니라 아파서 야구를 할 수 없다. 반대로 남들이 하는 거라면 나도 언젠가 할 수 있다. 재능이나 출발선 따위 다르면 뭐 어떤가. 특별하지 않아도, 못 움직이고 넘어져도 괜찮다. 그럴 수밖에 없었으니까. 이제부터 충분히 연습하고 준비하면 할 수 있다. 그들이 잘하는 건 15시간씩 10여 년 동안 운동해서 그런 거 아닌가? 일단 하기로 했다. 하루에 운동 1시간도 안 해봤지만 8시간 운동하기로.

집합 시간 9시. 이 시간에 나오기 위해서는 새벽 6시부터 부산을 떨어야 한다. 이동하는 거리가 멀고, 평소 출근 준비보다 할 게 많다. 다른 지역에 있는 친구 결혼식에 가는 정도로 번거롭다. 옷도, 액세서리도 챙겨 갖춰 입고, 평소와 다른 치장을 하고 먼 거리를 간다. 티셔츠를 입기 전에 먼저 팔이나, 목, 다리 등 필요한 곳에 선크림을 발라준다. 처음엔 귀찮아서 아무것도 안 바른 상태로 반팔 티셔츠를 입고 갔다 사달이 났다. 껍질이 벗겨지고, 살이 빨갛게 변하는 화상을 입고 말았다. 아름다움의 문제가 아니라, 건강의

문제이므로 열심히 발라주자.

선크림을 바른 뒤엔 땀 흡수가 잘되는 언더티를 하나 입어야 한다. 언더티는 쉽게 말해 내복이다. 더운데 왜 내복을 입냐고? 더울 거 같지만 막상 입으나 안 입으나 더운 여름날은 덥고, 추운 날은 춥다. 언더티가 있으면 땀이 났어도 옷을 벗었을 때 (기분과 냄새 양쪽 다) 덜 찜찜하다. 일반적인 내복과 비교해서 재질도 좀 다르고, 길이도 다르다. 반들거리는 스포츠용 재질이라 땀을 잘 흡수하고, 건조도 빠르다. 햇빛이 쨍쨍한 여름날에는 물에 흠뻑 적셔놔도 금방 다 말라버린다. 팔은 팔목까지, 목은 라운드형 내복보다 목까지 올라오고, 풀오버보다는 훨씬 짧다. 살짝 목을 감싸는 정도의 길이다. 종류가 많아서 브이넥에 반팔로 된 티도 있고, 다 똑같은데 팔만 반팔인 것도 있고 재미있다. 하여간 햇빛에 타는 걸 막아주고 땀을 쫙 흡수해주는 옷감이다. 이게 내복이라 몸에 쫙 달라붙는다. 위에 아무것도 안 입으면 민망하다. 이 민망함을 가리기 위해 내복 위에 반팔 티셔츠를 입거나 연습용 유니폼을 덧입는다.

이제 바지를 입어야 한다. 바지를 입기 전에 긴 야구용 양말을 신는다. 양말이 허벅지까지 와서 바지를 먼저 입으면 신기가 힘들다.

언더티, 티셔츠, 바지와 양말. 이제 거의 다 입었다. 야구장엔 모자가 필요하다. 낮엔 선수든 관객이든 햇빛 때문에 너무 눈부셔서 패션 아이템이 아니라 필수품이다. 야외에서 야구 연습을 한다면 야구

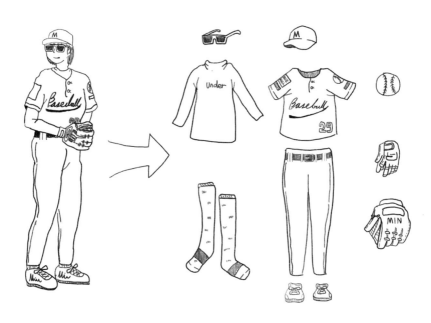

모자는 필수다. 모자가 없으면 햇빛에 눈이 부셔서 살 수가 없다.

그리고 또 뭘 준비해야 할지 막막하다면 이렇게 생각하면 어떨까? 8시간 동안 돌이 그냥 하늘에서 막 날아와서 피해야 하는 해변 (웬만하면 이런 데 가지를 말자)에 여행 간다고.

뭘 준비해야 할지 감이 올 것이다. 돌을 쳐내는 광부처럼 작업복 입고, 장갑도 챙겨야 하고 헬멧도 있어야 한다. 신발도 중요하다. 미끄러지지 않는 야구를 위한 신발이 필요하다. 늘 돌이 날아오기 때문에 패션용으로 가지고 있는 예쁜 선글라스는 안 된다. 깨져도 괜찮고, 부서져도 괜찮은 가볍고 튼튼한 운동용 선글라스가 있으면 좋다. 혹시나 시력이 안 좋다면 본인의 안경도 챙기자. 돌이 하늘에서 날아오는데 흐릿한 눈으로는 위험하기 때문이다. 하늘에서 날아오는 돌을 쳐내거나 막을 도구도 손에 들어야 한다. 그래서 장갑이 필요하다.•

지난번에는 공 던지는 연습만 했는데 이번에는 '전체 연습'을 하다 보니 공 치는 연습도 해야 했다. 주장님이 타격을 위한 '배팅 장

 초보는 운동복, 신발, 야구 장갑, 글러브를 준비하면 된다. 팀에 한 번 가서 다른 이들의 것을 구경한 다음에 사도 늦지 않다. 신발은 인조잔디화, 포인트화, 징 스파이크가 있다. 무턱대고 사지 말 것! 팀에서 주로 연습, 시합하는 구장의 컨디션마다 필요한 신발이 다르다.

갑'을 한 세트 정도 사두는 게 좋다고 해서 그것도 준비했다. 다른 장비에 비해서 비싸지는 않았다. 장갑에, 안경, 눈이 늘 건조해서 인공눈물, 립글로스를 넣고 출발했다.

이렇게 입고 챙기는 것만으로도 한세월이라, 아슬아슬하게 집합 시간에 맞춰 도착했다. 운동을 시작하기에 앞서 감독님이 두 가지를 물어보신다.

"다들 아침은 먹었지? 곧 시작한다. 화장실은? 안 다녀왔으면 지금 다녀오고."

처음에는 굉장히 부담스러웠다. 밥이야 그렇다 치고, 오자마자 화장실 확인…. 초등학생 때 이후로 들어본 적 없는 질문이다. 여기까지 오면서 배고픈데 뭐라도 먹을까 싶었다. 시간이 빠듯하기도 하고 괜히 배가 당길까 싶어서 결국 아무것도 못 먹고 그냥 왔다. 아침을 안 먹고 출근하는 건 자주 있는 일이었으니까. 그래서 질문을 흘려들었다.

무식하면 용감하다. 8시간 동안 땡볕에서 운동한다는 것이 어떤 일인지 전혀 몰랐다. 팀에서 설명하길 다들 운동을 적당히 잘하는 '평범한 사람들'이라고 했다. 현재는 프로선수가 아니지만, 엄연히 운동선수 출신으로 현재도 큰 부상 없이 적당히 잘 움직이는 여성들. 하지만 사회생활을 하며 운동을 해본 적이 없는 여대생의 기준으로 보면 '고수'가 아닐까?

단체 운동을 따라간다는 건 어마어마한 일이다. 해병대 사이에서 혼자 뛰는 기분과 비슷하다. 처음엔 운동장을 가볍게 뛰기 시작했다. 100미터 달리기보다 훨씬 느리고, 고등학교 때 다 함께 달리던 속도에 비해서는 빠른 듯한 속도였다. 거기까진 살짝 숨이 차는 정도였다. 몇 바퀴를 더 돌았을까? 수십 바퀴는 돈 것 같다(열 바퀴도 안 되었을 게 분명하다).

"이제 몸 좀 데워졌죠?"

나는 이미 녹았는데 무슨 소리이신지?

주루 연습 겸 순발력을 높이기 위한 단거리 왕복 달리기가 있다. 야구 베이스 사이 거리를 연습하기 위해 18미터, 셔틀런이라고 하는데 이게 처음엔 슬슬 걷는 것처럼 쉽게 느껴지지만 횟수가 많아지면 갑자기 입에서 단맛이 난다. 매운 떡볶이랑 비슷하다. 처음엔 별로 안 매운가 싶어서 먹다 보면 어느샌가 입에서 불타는 것 같다. 정신을 차리고 나면 우유를 들이켜고 있다. 사이드 스텝과 주루 연습을 할 때는 "고!", "백!" 할 때 들어오거나 도루를 하는 순발력 연습을 한다. 달리기와는 다른 순발력을 요하는 움직임이 많다. 처음엔 뭐, 할 만하네 싶다가 여러 번 하고 나면 갑자기 확 피로가 몰려온다.

지난주의 캐치볼은 맛보기였다. 이번 주는 제대로 '1주차 훈련'

이다. 풀코스 5단계로 짜여 있다. 스트레칭-캐치볼-수비-타격-마무리. 캐치볼은 해봤고 나머지는 한 번도 해보지 못했다. 오늘은 할 수 있는 데까지는 다 해보는 게 목표다. 캐치볼을 하는데 그래도 한 번 해봤다고 덜 떨어뜨린다. 공을 주우러 달려가는 시간이 줄어 기쁘다. 아주 먼 수풀로 튕겨 나가는 불상사도 줄었다. 지난 주보다는 나아져서 혼자 뿌듯하다.

"오! 언니 지난주보다 확실히 잘 잡으시는데요?"

이게 뭐라고, 이렇게 신난다. 주장님의 칭찬에 입꼬리가 귀에 걸린다. 쑥스러워서 고개를 숙여 공을 보는 척한다. 언젠가는 잘 잡아서 공을 주우러 가지 않는 날이 오기를!˚ 피구든 농구든 공을 던지는 건 좋아했는데, 캐치볼은 그런 점에서 정말 딱 내 취향이다. 공을 던질 때 팔을 지나가는 시원한 공기가 좋다. 공을 잘 받았을 때 나는 찰진 퍽 소리가 좋다. 손바닥에 살짝 남아 있는 얼얼한 감각마저. 야구팀에서 제대로 캐치볼을 해보니 밖에서 친구들과 하는 것과 또 한 곳이 다르다. 소가죽 글러브로 캐치볼용 공을 던지면 마트에서 급히 구한 글러브, 연식구로 캐치볼을 할 때와 공의 묵직함도 스피드도 다르다. 이전의 캐치볼이 놀이라면 이건 익스

 그날은 옵니다.

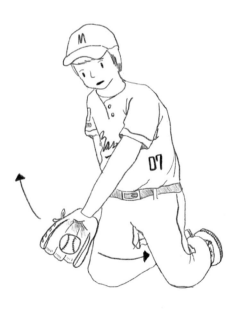

트림 스포츠다.

이제 수비 연습이다. 연습 중에 가장 힘들고, 시작하는 이들에게 가장 지루하게 느껴지는 파트가 여기다. 검도에서 '머리' 치기나 태권도의 '태! 권!'을 지르기, 권투의 '줄넘기'와 유사한 파트다. 지루하지만 피할 수 없고, 잘하면 본전이지만 못하면 손해인. 떡볶이 매운맛의 정도만큼 여러 가지 수준이 있다. 일단 착한 맛, 로제 떡볶이를 시작해본다. '글러브 핸들링.' 글러브는 어차피 손에 끼는데, 핸들처럼 돌리는 것도 아니고 뭘 핸들링한다는 걸까?

"일단 무릎을 꿇어주세요."

시작이 꽤 파격적이다. 운동부는 엄하다고 듣긴 했는데, 무릎을 꿇는 것부터 시작하다니. 주장님의 평온한 목소리와 달리, 줄줄이 서서 차례를 기다리는 초보반은 의문에 빠졌다. 특히 첫 타자인 내가 제일 의아하다.

"에이, 그냥 해봐."

감독님이 옆에서 속는 셈 치고 해보라는 듯 손으로 휘휘 젓는다. 몇 백 억 정도 손해가 나거나, 뭔가 사달이 나면 꿇어야 한다는 정도의 마음이 있었던 건 아닌데 그래도 내키지는…. 눈치를 살펴본다. 둘의 눈빛이 단호하다. 나라 잃는 것도 아니고, 사실 어마어마한 자존심도 없다. 일단 꿇어보자.

"글러브로 공 받을 준비를 해보세요."

연습하는 초보자는 무릎을 꿇고 공을 기다린다. 왼손으로 글러브를 끼고 가슴 언저리에 글러브 각도를 시계 1~2시 방향 정도로 꺾은 채로 공을 기다린다. 맞은 편에서 코치가 공을 살살 띄워준다. 공은 약하지만 방향은 예측 불가다. 왼쪽으로도 던지고, 오른쪽으로도 던진다. 위, 아래, 대각선 가리지 않고 날아온다. 글러브의 방향이 잘 잡혀 있으면 공이 떨어지지 않는다. 그렇지 않으면 공이 스르륵 빠져버린다. 이 과정에서 어떻게 해야 공이 잘 잡히는지 익히게 된다. 두터운 글러브를 끼고 있으면 아무것도 안 해도 공이 잡힐 것 같은데 그렇지가 않다. 공을 잡는 방향을 수직으로 세우면 공이 미끄러져 내려오고, 가로로 하면 튕기기도 한다. 내 몸에서 공이 날아오는 방향에 따라 공이 떨어지지 않고 안정적으로 잡을 수 있는 최적의 방향으로 돌려준다. 글러브를 자동차에 있는 핸들마냥 빙글빙글 여러 번 돌리다 보면 제법 공을 잘 잡게 된다.

상체와 팔이 자연스럽게 공을 잡는다 싶으면 그제야 일어난다. 이번에는 팔로 익힌 글러브 방향을 바탕으로 공에 대한 몸 전체의 순발력을 키우는 법을 익힌다. 옆에서 보면 쉬워 보이는데 해보면 땀이 뻘뻘 난다. 나 외에도 들어온 지 얼마 안 되는 초보자 그룹이 이 연습을 같이했다. 나머지 팀원들은 이른바 선수반으로 운동장에서 공을 치고 글러브로 받고 바쁘다. 남의 연습까지 제대로 지켜

볼 틈이 없다.

핸들링이 끝나자마자 기초적인 수비 자세를 배운다. 일단 기마 자세를 하는데 여기서부터 다리가 부들부들 떨린다. 허리를 앞으로 세워야 한다는데 내 몸은 마음대로 되지 않는다. 부들거리는 다리에 온 신경이 간다. 글러브 낀 손을 자연스럽게 다리 사이에 삼각형으로 놔야 하지만 팔로 버티고 싶어진다.

"자세를 더 낮춰야 하는데…."

감독님은 아무래도 만족스럽지 않다.

"더 내려갈 거 같은데?"

"이게 제일 낮춘 거예요…."

기어가는 소리로 말하자마자 으악, 어깨를 꾸욱 누르신다. 신비롭다. 내려가긴 한다. 하지만, 뒤로 쿵! 엉덩이가 땅에 철퍼덕 내려앉았다. 아이고 자세 유지가 안 된다. 지금 내려온 높이보다 훨씬 엉덩이가 낮게 내려와야 한다는데, 내 다리에는 힘이 들어가지를 않는다. 낮추려고만 하면 뒤로 넘어간다. 대체 어떻게 해야 더 낮아진다는 걸까?

"안 되겠다. 최대한 내려가는 만큼만 하고, 스쾃을 많이 해야겠네."

예언이었다. 하지만 엉덩이를 찧던 그때의 나는 그 말을 잘 이해할 수 없었다. 나중에 헬스를 다니면서 스쾃을 제대로 배우게 되

었는데 내 다리가 얼마나 약한지 알게 되었다. 수비 자세랑 똑같은 자세로 스쾃 자세를 하다가 결국 똑같이 뒤로 넘어가버렸다. 공중에 의자가 있다고 생각하고 앉으라니! 그게 말이나 되나? 공중엔 의자가 없는데 어떻게 앉으란 말인가? 앉으려고 하면 다리에 힘이 풀리면서 자연스럽게 뒤로 넘어가게 된다. 아프기보다는 민망하다. 수비하던 자세랑 똑같이 뒤로 쾅 넘어진다. 묵직한 엉덩이와 연약한 다리가 원인이었다. 이 운동과 수비 자세를 연습하고 나면 다음 날엔 화장실에 털썩 앉는 것조차 힘들 정도로 다리가 풀린다. 검도의 '머리!'가 그렇듯 이 과정은 참으로 지루하고도 괴롭다. '나는 왜 여기에'라는 철학의 존재론적 질문에서부터, 실질적인 고통에 입각한 분노에 다다른다. 그러다《근육운동 가이드》나《운동 수행능력 향상 트레이닝》같은 책을 보고서야 그 깊은 뜻을 조금 이해할 수 있었다. 선수들끼리는 다 아는 내용이라 따로 설명이 필요 없었겠지만 나에게는 필요했다.

여자는 신체적으로 지방이 잘 붙는 부분이 있는데, 특히 엉덩이 쪽은 남성에 비해 근육보다 지방이 훨씬 많다. 인위적으로 운동을 열심히 하거나 움직이지 않으면 근육이 잘 생기지 않는다. 공중 투명의자에 앉기 위해 사용하는 근육은 허벅지, 엉덩이, 척추 뒤의 근육인데 멋진 말로 대퇴사두근, 둔근, 척추기립근이다. 근육들이 유기적으로 이어져 있다. 운동과 관련한 근육들이 제 기능을 해야

비로소 기본적인 플레이를 할 수 있는 몸이 된다. 이걸 연습만으로도 정신없는 와중에 설명하기란 쉽지 않다. 야구선수들의 어마어마한 허벅지다.

기본자세만 익혔는데 벌써 다리가 후들거린다.

자세를 배웠으니 진짜 날아오는 공을 받을 차례다. 수비 연습, 펑고다. 감독님이 다양한 상황을 가정해서 공을 여러 방향으로 친다. 실제 경기에서 수비하듯이 공을 받아 주자를 아웃시키는 연습을 한다. 외야수 수비 위치에서 보면 감독님이 아주 작게 보인다. 멀다. 시작하기 전에 "어이!" 하고 외친다. 아니, 감독님에게 '어이'라니, 싫었는데 공을 치는 쪽에서 보니 받는 사람은 한 명인데 운동장에 나와 있는 사람은 여러 명이라 정확하게 어디로 쳐야 할지 헷갈린다. '어이'는 '여기로 쳐주세요'의 의미다. 앞에서 하는 대로 나도 "어이!" 하고 외쳤다. 혼자만 야구복이 아니라 까만 체육복이라 감독님은 식별이 쉽다. '초보 차례가 왔구만.' 그래서 나에게 데굴데굴 굴러오는 쉬운 공을 쳐주신다. 방금 배운 수비 자세를 복습하기 위해서다. 처음엔 쉬운 것 같아서 앞서 나갔더니 잔디에 부딪혀서 공이 살짝 튀어 올랐다. 다리 사이로 허무하게 빠져나가는 공…. 아니 잡을 수 있을 것 같았는데 분한 기분이 든다. 다섯 명이 먼저 하고 드디어 다시 내 차례가 왔다. 다시 "어이!" 공이 아까보다 좀 더 빠르게 온다. 파박! 하고 튀었는데 배운 대로 글러브를 직

각으로 세웠더니 자연스럽게 들어온다. 정말 내 손안에 쏙 들어왔다. 잡아 놓고도 신기하다. 잡아서 1루로 흐느적 던졌다. 1루에 바로 못 가고 공이 통통 튀어 들어간다. 처음으로 잡아서 그런지 웃음이 나온다. 뒤돌아서서 대기 줄로 간다. 공 하나 잡았는데 뭐가 이렇게 뿌듯한지.

이번에는 살짝 뜬 공이 온다. 첫 공은 빨라서 주눅이 들었다. 공이 내 망설임을 알고 있다. 그럴 리가 없는데 그런 기분이 든다. 무정한 공이 글러브에 튕겨 멀리 날아가버렸다.

"다시!"

아, 이걸 놓치네! 감독님이 한 번 더 하라고 소리쳤다. 다른 사람들은 훨씬 빠르고 먼 거리의 공도 저렇게 잘 잡는데 나는 눈앞에 날아오는 공도 잡지 못한다. 튕겨 나간 공이 데굴데굴 멀리도 굴러갔다. 집어서 망 한쪽으로 던져두고 원래 자리로 가니 금세 내 차례다. 잡지 못했기 때문에 또 못 잡을 것 같다는 기분이 든다. 역시나 놓쳤다. 공이 더 멀리 굴러가서 줍고 오니까 지쳐버렸다. 자꾸 놓치니 꼴사납고 부끄럽다. 공을 잡기 위해 뛰어가면 적어도 공이 떨어지는 지점 근처엔 있어야 하는데, 아무리 뛰어가도 공이 떨어지는 지점보다 한참 멀리 떨어져 있다. 다리가 느려서일까? 뛰어도 제자리걸음을 한 기분이 든다. 몇 번 뛰어갔다 오니 모래사장에서 걷는 듯 다리가 무겁다. 뒤로 빠진 공을 가지러 몇 번이나 야구장

끝을 왔다 갔다 한다. 다리가 점점 묵직해져서 몸을 움직이는 속도는 더 느려진다. 호통 소리가 들린다.

"공 나중에 가지러 가!"

어? 이게 뭐라고, 공 가지러 가는 일을 줄이니 조금 여유가 생긴다. 이번엔 잡을 수 있을 것 같다. 잡고 싶다. 그래야 저기로 안 뛰어가지. 숨을 내쉬고 '어이!'를 외쳤다. 딱! 하고 감독님이 공치는 소리가 나자마자, 공이 날아간 방향으로 첫발이 나갔다. 하늘에서 유유히 곡선을 그리며 공이 내려온다. 그 끝에 내 글러브를 자연스럽게 댄다. 착! 소리를 내며 공이 글러브 속에 빨려 들어갔다.

"아자!"

"오! 언니!!"

냉정하게 생각해보면 지치고 자신감을 잃은 초보자에게 선물을 준 거였다. '초보자가 잡을 수 있는 가장 편하면서, 나름 뿌듯한 기분을 느낄 수 있는 최적'의 공을 쳐준 감독님의 기술이 대단하다. 하지만 그때의 나는 냉정하게 생각할 틈이 없었다. 그저 공을 잡을 수 있어서 마냥 즐거웠다. 산책하는 개가 왜 그렇게 잔디밭에서 공을 쫓아다니나 궁금했는데, 이제 설명이 필요없다. 재밌다. 하늘에서 떨어지는 플라이볼을 '팡' 하고 잡는 순간이 좋다. 내 머릿속은 늘 바쁘다. 다음 달, 성적, 미래, 빚. 그런 것들로 언제나 머릿속 한 켠이 들어차 있는데 이 순간만은 아무 생각이 들지 않는다. 그저 떠오르는 공을 보고 잡는다. 그저 그 순간에 집중한다. 문장으론 쉬운데, 실제로 이게 쉽지 않다. 많은 소리와 불안이 우리의 삶 한 부분을 묶어둔다. 공을 모아둔 가방에 공이 다 떨어졌다. 주장님이 우렁차게 외친다.

"볼 미팅!"•

공을 가지러 가려고 몇 걸음을 걸었는데 털썩 무릎이 풀렸다. 앉으려고 한 게 아닌데? 뭔가 맞은 것처럼 머리가 멍하다. 의식이 살짝 멀어져간다. 공을 줍다 말고, 눈치 빠른 주장님이 다가와서 얼굴을 살핀다.

"언니 왜 그래요? 얼굴이 하얗게 떴는데? 파래진 건가? 밥은 먹고 온 거예요?"

"아, 아니."

먹을까 생각은 했지만.

"헐, 언니 미쳤어요! 잠깐만요!! 소금 갖고 올게요."

"어… 뭐? 소금?"

부드러운 주장님이 미쳤다고 한다. 밥을 안 먹는 게 미친 정도

 수비 연습을 하고 나면, 볼 가방에 모아둔 공이 여기저기 운동장에 굴러다닌다. 다음 연습을 위해 선수들이 공을 하나씩 주워서 다시 볼 가방에 정리한다. 선수들이 다 같이 모여서 정리를 해서 '볼을 위한 만남' 볼 미팅이라 부르는 듯.

의 일인 줄이야. 공을 줍다 말고 급하게 홈 플레이트. 감독님이 있는 쪽으로 달려간다. 벤치로 돌아가서 구급상자를 찾는다. 안에서 뭔가 껌통 같은 걸 가지고 온다. 껌통 안에 죽염이라도 들어 있나? 소금님은 상상 속 가루 형태가 아니셨다. 멍하게 쳐다보다 잠깐 놓쳤는데 어느샌가 주장님이 내 앞에 앉아 있다. 손에 하얀색 알약이 두 알 모셔져 있다.

"언니, 빨리 삼켜요."

짤 것 같은데… 다른 방법은 없나 잠시 고민했지만, 주장님은 나에게 고민할 여유를 주지 않았다. 물과 함께 꿀꺽 삼켰다. 짠맛은 나지 않고 바로 목구멍을 넘어간다. 소금의 이름은 식염포도당님, 그를 영접했다. 죽염통 속에 짜릿한 소금을 벌컥 들이켜는 모습을 상상했던 나에겐 다소 부족한 자극이었다. 껌통 안에 조그마한 스푼이 들어 있어서 죽염을 한입 가득 먹고 짜릿한 짠맛을 즐기는 모습을 상상했는데, 생각보다 현대 의학은 위대하다. 죽염은 할머니가 칫솔에 묻혀주셔서 양치를 하기만 해도 짰는데… 다행이다. 나와 소금의 첫 만남은 생각보다 싱거웠다.

흰색의 정제된 알약 형태인 식염포도당은 의외로 선수들에겐 일상적인(?) 알약이라고 한다. 먹는 일이 흔한 일이라고. 책상에만 앉아서 일만 하던 나에게는 새로운 알약이었다. 땀으로 배출된 염분

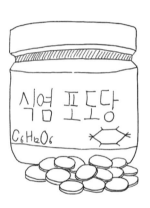

과 포도당을 보충해주는 용도로, 땀을 많이 흘리는 운동선수나 산업 현장에서 일하는 사람들이 종종 복용한다. 이 약은 나에겐 선택이었지만(밥만 먹었다면) 누군가에게는 의무였다. 더 좋은 성적을 만들기 위해서, 더 많은 땀을 흘리며 일하기 위해서. 나는 내가 그렇게 땀을 많이 흘리고 있는지 인지하지 못했다. 다른 이들도 마찬가지일 것이다. 내 몸의 아픔이나, 상태를 먼저 살피기보다는 눈앞에 일을 처리하기 바쁘다. 빠른 공을 붙잡거나, 지금 흘러나오는 저 뜨거운 철물을 보내거나. 땀을 흘리는 '나'를 위해 물을 마시거나, 쉴 생각이 들지 않는다. 경쟁 때문일 수도 있고, 나 자신을 쫓아오는 일들 때문일지도 모른다. 그렇게 나에게 무심하다 문득 훅 하고 쓰러진다. 깨달았을 때는 이미 약을 먹어야 하는 상황인 것이다. 아니, 그러지도 못하게 약으로 버틴다. 괜찮은 걸까?

"이런 약, 운동하다 보면 자주 먹는 거야?"

"그렇죠. 이건 약 축에도 못 들어요. 생리 기간 피하려고…."

알고 보면 약 축에도 못 든다는 이 약도 상당히 많은 부작용이 있다. 이런 부작용*을 알면서 또 다른 약을 먹고, 다시 달리는 언니들. 성적을 위한 욕심이 충족되지 않아서 지도자가 선수들에게 폭력을 휘두르기도 한다. 가혹한 환경은 서로에게 폭력을 가하게 만든다. 쓰러지지 않는 약이 아니라 성적을 올리는 마법의 약을 먹고 시합에 나가게 된다. 금메달을 놓고 고개를 숙인다. 그렇게 해서 얻어야 하는 승리라는 것은 대체 무엇일까? 승리하지 못한 이들은 무리하게 달리다 다친 경우가 태반이다. 운동선수가 일반인보다 멀쩡한 데가 없다. 십자인대가 파열되고, 팔꿈치 조각이 돌아다닌다. 몸이 산산조각이 나 있다. 밤엔 다친 몸으로 잠을 설친다. 승리자도 패배자도 만신창이다. 마음이 시큰하다.

한참을 그늘에 앉아 쉬었다. 볼 미팅을 하고, 다른 이들은 다음 수비 연습에 들어갔다. 나는 '강제 휴식령'이다. 시원한 바람이 목 옆을 스쳐 지나간다. 서서히 제정신으로 돌아온다. 방금 전까지 멀미하듯 띵했던 머리가 서서히 풀린다. '당 떨어진다.' 그 말이 이런

과하게 복용하게 되면 구토, 위장질환, 부종, 심부전 등이 올 수 있다고 적혀 있다. 선택을 할 수 있다면 굳이 이 약을 먹어가며 땀을 흘릴까? 여성의 경우, 훈련 일정에 생리를 하지 않기 위해 피임약을 먹기도 한다. 그 부작용으로 불임이 되는 경우도 있다. 무엇이 그렇게 그들을 몰아넣게 되는 걸까?

거구나. 돌아보니 벌써 또 공을 줍고 있다. 볼 가방이 하나 비워질 만큼 연습을 했나 보다. 저 사람들은 쇠로 만들었나? 저렇게 많이 연습하고도 멀쩡하다니. 공을 치고 받는 모습을 가까이서 보니 정말 신기하다. 인간이 어떻게 저렇게 움직일까 싶다. TV 화면에서 보는 가수의 노래보다, 콘서트에서 직접 듣는 노래가 훨씬 감동적이다. 프로선수들이 TV 속에서 환상적인 플레이를 할 때는 그렇게 신기하지 않았다. 여기서는 라이브로 멋있는 플레이를 본다. 게다가 몸치인 나와 비교하면 더 대단해 보인다. 이 언니들의 멋진 플레이를 보다 다시 TV로 프로야구를 보면 저건 또 다른 신의 영역이라는 생각이 든다. 먼 곳의 프로선수보다 가까운 언니들이 더 프로선수처럼 느껴질 때가 있다.

공 주우러 온 주장님이 내 얼굴을 살피러 근처에 왔다.
"이제 얼굴색이 좀 돌아왔네요. 에고, 큰일 나요, 진짜."
진짜 큰일 난다. 멍하게 있다가 돌덩이 야구공에 맞을 수도 있다. 쉬더라도 늘 긴장의 끈을 놓지 말아야 한다. 야구만큼 공이 위험한 스포츠는 없다. 공에 맞아서 다치기만 하면 운이 좋은 편이다. 다음엔 타격 연습이다. 비교적 덜 위험한 연습이긴 하지만, 쇠몽둥이를 들고 휘두르는 연습인 만큼 이것도 주변을 잘 보면서 연습해야 한다. 장난치다가 옆 사람을 칠 수도 있다. 하여간 포도당님이 보우하사 연습에 다시 참가할 수 있게 되었다.

배팅 장갑을 주섬주섬 챙겨 든다. 그래도 장비 중에 제일 싼 거라 하나 질렀다. 최초의 내 장비. 오토바이 장갑보다 좋은 장갑도 아닌데 뿌듯하다. 하얗게 질렸던 내 상태를 면밀하게 지켜봐야 해서 주장님이 코치로 나에게 붙었다. 볼을 여러 개 들고는 하나씩 내 배꼽 앞으로 던져준다. 그날 나는 가만히 놓고 치는 티배팅 장비가 없어서 처음부터 고급지게 사람이 던져주는 토스 배팅부터 시작했다.

"언니, 공을 무작정 맞히려고 하지 말고 정확한 궤도로 이렇게, 나가야 해요."

붕~ 바람 소리가 난다. '이렇게.' 이 단어는 참 어렵다. '이렇게' 말고 마땅히 정확하게 묘사할 방법도 없다. 배트 중심에 공을 맞히고, 배트를 끝까지 휘둘러준다. 이때 팔은 이렇게 저렇게, 손목은 이렇고 저렇고. 한 동작 안에 들어가 있는 동작이 너무 많다. 양쪽 발, 허리의 회전, 팔을 뻗는 방법, 손목의 마무리, 이걸 각각 따로따로 하나씩 배워도 어려운데 이어서 한 움직임으로 만들어야 한다. 어려운 게 당연하다. 다른 사람들이 20개씩 치는 동안, 나는 느린 그림으로 주장님의 멋진 배팅을 구경하고, 따라 해본다. 내가 느낀 동작으로 휘둘러본다. 내가 치는 장면을 영상으로 찍어서 보면 영 어딘가 우습다. 가녀리지만 주장님의 스윙은 다르다. 쭉 뻗어 나오면서, 힘찬 손목 회전, 배트가 마치 고무줄에서 풀린 것처럼 탕! 하고 탄력 있게 스윙 궤적을 그린다. 힘을 줘서 배트를 휘두른다고 나오는 궤적이 아니다. 힘이 세다고 멀리 가지 않는다. 연습을 해본 적이 없는 중년 아저씨보다, 정확한 타격을 익힌 초등학교 여자아이의 타구는 훨씬 멀리 날아간다.

열 번 중에 한 번 정도는 좋은 소리가 난다. 아직 멀었지만, 시작할 때는 공을 아예 맞히지도 못했는데 훨씬 나아졌다. 이제 조금 익숙해진다 싶었는데 토스 배팅을 마무리했다. 이제 라이브 배팅을 해야 한다고 한다. 내가 쳐낸 공을 줍기 위해 다시 볼 미팅. 글러브를 끼려고 배팅 장갑을 빼니 의외의 영광이 기다리고 있다. 손바닥에 빨갛고 동그랗게 살짝 물집이 올라와 있다. 손바닥이 얼얼하다. 수천 개 한 것 같은 손 모양이지만 몇 번 치지도 않았다.

나머지 팀원들은 라이브 배팅을 시작했고, 나는 그 모습을 구경했다. 힘이 없기도 했고, 물집도 생기긴 했지만 무엇보다 토스 배팅도 잘 못하고 있어서 다칠 염려도 있었다. 라이브 배팅은 실제로 투수가 타자를 마주한다고 상정하고 연습한다. 투수들이 승부를 걸어오기 때문에 칠 수 있는 공이 올 때도 있고, 피해야 하는 공도 있다. 누군가 손으로 직접 던지는 공은 마냥 신기했다. 멀리서 본 적은 있지만, 내 눈앞에서, 심판이나 포수 위치에서 보는 건 처음이다. 망이 있어 타자가 아니라도 뒤에서 공을 볼 수 있다. 기계

보다 훨씬 느린 공일 텐데도 빠르게 느껴진다. 한참 구경하느라 눈이 가 있는데 주장님이 고생했다면서 스윽 하고 뭔가 내민다.

"이거 금방 당 충전되고 진짜 좋아요."

초콜릿 바는 이빨에 끼고 불편하다. 대신에 '이건' 금방 먹을 수도 있고, 생각보다 너무 달지도 않다. 게다가 배부르지도 않아서, 먹고 나서 뛰는 데도 크게 지장이 없다. 가성비도 좋다. 이런 환상적인 스포츠용 과자인데도 어디서든 구할 수 있다. 편의점이나 슈퍼, 어디에나 찾을 수 있는 범용성. 여기까지 설명하면 스포츠 음료에 걸맞은 '파워' 어쩌고나, '단백질' 어쩌고 하면서 끝날 법한 전문적인 영양식품 광고 같다. 이 과자를 여기서 먹다니, 나로서는 상당히 의외였다. 이것은 쉽게 업신여겨지고, 무시당하기 일쑤인 과자다. 만약 직장이나 대학교 친구에게 '오다 주웠다'며 이 과자를 사주면 뭐라 한 소리 들을 공산이 크다. 죽엄통같이 할머니 방에서나 볼 수 있을 법한 녀석인데 이렇게 잘 뛰어다니는 젊은 선수가 이걸 먹다니.

'이것'의 정체는 양갱이다. 이 친구를 할머니들의 친구라고 오해하고 있었다. 운동을 하는 다른 10대 여성도, 20대 여성도 이 과자를 애용하고 있다. 아침을 먹는 게 제일 좋지만, 혹시라도 부족하다면 이 과자를 추천한다. 입에 끈덕지게 달라붙지 않고, 먹고 나서 배가 당기지 않는다. 보관하기도 편리하다.

우걱우걱 즐겁게 먹었더니 어느새 운동이 끝나 있다. 온몸이 뻐근하다. 마무리 스트레칭 내내 힘이 빠져 있더니 다음 주가 되자 모든 근육들이 딱딱하게 굳어버렸다. 다리에 힘이 안 들어가서 화장실에 갈 때 변기에 마저 털썩* 주저앉아야 하는 굴욕을 겪어야 했다. 다음 주 월요일은 잠과의 싸움이었다. 눈을 뜨고 있기도 쉽지 않다. 피곤함과 몽롱함은 화요일까지도 이어졌다.

결과적으로 내 몸은 팀에서 야구를 할 준비가 되어 있지 않았다. 그래도 팀의 배려로 끝까지 연습에 참여했다. 내 몸이 언제 준비될지는 알 수가 없다. 의사 선생님도, 체육 선생님, 헬스 관장님도 알 수가 없다. 내가 그 팀에서 야구를 할 수 있는지는 사람들과 함께 운동장에서 직접 해보지 않으면 알 수 없다. 결국 "저도 할 수 있을까요?"라는 질문에 일반 운동 동호회가 일단 '예스'라고 답하고 "OO고등학교 운동장으로 오세요"라고 말할 수밖에 없는 이유가 여기에 있다. 하지만 이건 처음 야구를 겪는 사람들에게는 결코 쉽지 않다. 전자제품 앞에서 구구절절한 설명을 듣고 살까 말까 한참을 고민하고선, 집에서 가격도 비교해보고 리뷰도 보고 주변 심층

설악산을 갔다 온 다음 날, 혹은 교실에서 벌로 스쾃을 100개 넘게 했던 다음 날 다리가 후들거리던 기분과 꼭 닮았다. 다리는 아파서 앉기도 걷기도 힘들다.

인터뷰까지 거친 후에야 겨우 구매 여정을 마치는 이들에게는 이 과정이 너무 갑작스럽다. 일단 써보고 생각해보라니 이 부담스러움 어쩌리오. 하지만 이 제품, 야구는 스마트폰이나 세탁 건조기와는 좀 다르다. 자동차나 부동산에 가깝다. 차는 사기 전에 설명서나 리뷰를 보는 것보다 시승해보는 게 낫고, 부동산은 100장의 사진보다는 직접 가서 '임장'하는 게 낫다. 데이터나, 분석 자료에 다 적을 수 없는 요소가 있기 때문이다. 야구도 그렇다.

운동선수라도 유연성만 강하다면, 힘이 부족해서 야구를 하는 게 쉽지 않을 수도 있다. 나처럼 기본 체력이 모자라서 실패할 수도 있다. 그리고 막상 실패했더라도, 계속해서 하다 보면 되기도 한다. 내 몸에 대한 실험과 실패와 성공은 직접 경험하지 않고는 알 수 없다. 결국은 달려봐야 알고 쳐봐야 안다. 실패해보지 않고, 남들에게 맡겨서는 '내 몸이 할 수 있는지'는 절대로 알 수 없다. 내 몸에 대한 건 가장 먼저 나만이 답할 수 있다. 그저 해보고, 아프면 어떻게 해야 안 아플지, 어떻게 하면 더 잘되는지 매번 고쳐나가는 수밖에 없다. 자신이 할 수 있을지에 대한 질문에는 결국 자신만이 대답할 수 있다.

내 몸이 내는 소리에 귀 기울인다. 할 수 있는 최선을 다한다. 몸이 따라가지 않으면, 패배를 인정하고 쉰다. 쉬고 나서 다시 최선을 다한다. 운동하러 가기 전에 양갱을 한 박스씩 사놓고 비상약처

럼 가방에 넣어둔다. 새벽에 벌떡 일어나서 아침을 챙겨 먹고, 양
갱과 물을 챙긴다. 배가 헛헛하거나 힘이 빠진다 싶으면 한 입 먹
어둔다. 비상약도 준비되어 있다. 쓰러져도, 실패해도 다시 일어날
수 있다.

포도당이 보우하사, 야구를 계속할 수 있다.

팀인사 ∴

양

야구하는 여자의 정체

달리기에선 4등을 했다. 네 명 중에 4등. 성적으로 치면 D다. 1등부터 3등은 손에 '도장'을 찍어준다. 그리고 도장을 확인한 선생님이 등수에 맞게 10권씩 3묶음, 2묶음, 1묶음 '상 노트'를 준다. 그렇게 1등을 몇 번 하고 나면, 손은 도장투성이가 되고 상 노트는 100여 권이 넘어가고 결국은 초등학생이 감당할 수 있는 무게를 넘게 되어 부모님들이 박스째 들고 다닌다. 4등은 말끔한 맨손과 노트 한두 권을 낱개로 받는다. 노트가 그렇게까지 탐이 나는 디자인은 아니었다. 표지는 지금 생각하면 적잖이 당혹스러운 레이아웃. 그 어느 디자이너도 고개를 저을 만한 강렬한 글자 크기로 '상'을 표지 한가운데 떡 붙여놓았다. 이것은 '상' 노트다. 나는 디자인

에 대해 뭘 좀 아는 아이였으므로 (하!) 디자인이 별로라며 젠체하며, 받지 않는 것이 다행이라는 듯이 행동했다.

살이 통통하고 하얀 나와 다르게, 단짝 친구 A는 날씬하고 까무잡잡한 아이였다. 외견뿐 아니라 달리기 성적도 달랐다. 머리를 질끈 묶고 달리면 곧잘 1등을 했다. 남자애들보다 철봉에도 잘 매달리고 심지어 몸을 움직이는 모든 종류의 골목 게임을 다 잘했다. '야구를 하는 여자'라는 타이틀은 나보다 A가 훨씬 잘 어울린다. 운동을 잘하는 체질, 약간 까무잡잡하고, 찰진 몸을 가져서 척 봐도 '저 사람 운동하네?' 같은 체질이었다. 일본 여자 프로야구 선수들 사진을 보면서 A를 많이 닮았다고 생각했다. 우리 팀에서 1, 2번 타자를 하는 친구들도 A를 닮았다.

나는 A와 친하다는 사실이 자랑스러웠다. A가 산더미처럼 '상' 노트를 이고 오면, 혁신적인 디자인도 용납할 수 있다. 용서고 뭐고 마냥 자랑하고 싶다. 나는 A 덕분에 굳이 1등을 하지 않아도(못하는 게 아니라?) 된다. 한 해가 끝날 때쯤, 반 아이들은 기억이 요요해진다. 내가 쓰는 상 노트를 보면서 '얘가 그래도 운동회에서 상을 탔었구나' 착각을 한다. 기분 좋은 누군가의 착각 앞에서 굳이 진실을 말하진 않는다. 침묵은 금이었다.

야구를 시작한 무렵에도 나는 여전히 도서관 깊은 곳, 혹은 사무실 깊숙한 곳에서 아르바이트를 했다. 아침에 건물로 들어가 밤마다 스멀스멀 나오는 드라큘라 생활이었다. 그래서 누군가 물어보지 않는 한 굳이 야구를 한다고 말하지 않는다. 좋아한다고, 거기까지는 괜찮다. 하지만 야구를 한다고 말하면, 대부분 눈이 동그랗게 변한다. 동그란 눈 속에는 호기심과 의심이 엿보인다. 의심이 가득한 사람과 말해봐야, 하고 싶지 않은 논쟁만 늘 뿐이라는 사실을 알게 된 건 사회생활을 시작하면서부터였다.

무언가를 증명할 필요가 없는 사람들은 여유롭다. 자존감도 꽉차 있어서 남이 가지고 있는 것에 대해서 깎아내리려고 하지 않는다. 순수한 호기심이 가득했다. 야구를 나보다 오래 한 경우도 많았다. '오, 야구를 하는 여자 드문데. 어떻게 하게 된 걸까?'라는 궁금증을 가진다. 이런 이들은 야구 그 자체에 대한 이야기를 많이한다. 야구를 좋아하는 이유, 혹은 팀. 그게 아니면 직접 하는 야구에 대한 이야기, 구력(야구를 한 경력을 말한다), 소속된 팀 이름이나리그, 포지션, 더 나아가면 장비 정도 물어본다. 다소 부정적인 의심을 바탕으로 물어보는 이들은 무언가 증명을 필요로 한다. 선수의 몸, 실력, 혹은 지식일 수도 있겠다. '선수 몸이 아닌데, 무슨 운동을 하느냐?', '남자도 아닌데', '야구를 알고 하는 거냐' 하는 눈빛. 나의 몸을 훑어보고 순간적으로 보고 판단하는 능력에 대해서는 때때로 놀랍다. 적외선이라도 달린 것일까? 이런 유형의 질문은

테스트를 가장한 자신의 지식 자랑이다. 질문이 대체로 "~은 알아요?"라는 식이다.

가장 기분이 나빴던 질문은 "근데 낫 아웃[*]은 아세요?"였다. 룰을 물어보는 경우는 의도가 있다. '이런 것도 모르면서 야구를 한다고 할 수 있어?'라는…. 제발 낫 아웃을 직접 당해보고서 물어봤으면 좋겠다. 아웃당하기 직전에 살기 위해 버둥버둥 뛰는 그 기분을 아는지 물어보고 싶다. 의심을 가진 이들은 실력 행사도 마다하지 않는다. 혹시라도 지나가면서 배팅장이 있으면 같이 해보고 싶어 한다. 마치 태권도 유단자(물론 나는 유단자가 아니지만)에게 도장에서 한판 해보자는 것과 다름이 없다. 술 마시고 그냥 휘둘러도 공을 치니까 만만해 보이나 본데 아마도 '여자가 야구를 할 리가 없다'라는 강한 믿음이 있는 모양이다. 처음엔 피했지만, 야구를 시작한 지 몇 년이 지나고 나서는 그런 도전을 피하지 않았다. 연습을 꾸준히 해온 다른 여자야구인, 우리 팀원들마저 우습게 보는 것 같아 피하지는 말자고 다짐했다.

나는 누군가 "저 축구도 보고, 조기축구도 해요"라고 하면 "오 그

 스트라이크 아웃 낫 아웃. 아웃인데 아웃이 아닌 상황. 1루가 비어 있거나 1루에 주자가 있더라도 투 아웃일 때. 세 번째 스트라이크를 포수가 제대로 못 잡은 경우 발생.

래요? 얼마나 하셨어요? 포지션은 어디에요? 주로 어디서 운동하세요?"라고 물어볼 것 같다. 아무리 아이디어를 짜내어보아도 "근데 오프사이드는 아세요?"라고 물어볼 생각이 들지 않는다. 나이가 많건 적건, 남자건 여자건 내가 안 해본 취미를 오랫동안 해온 사람에 대한 최소한의 존중이 있다면 그런 질문이 나올 거 같지 않다. 하지만 생각보다 존중이 없는 이는 많다. 그래서 불편하지 않기 위해 되도록 정말 야구를 좋아하는 사람이 아닌 듯하면 이 화제를 피하려고 노력한다. 실패하는 일이 많지만.

"다른 사람들은 뭐 하는 사람들이에요?"

그가 예상하는 대로, A를 닮은 이들이 야구를 한다.

"저희 팀은 경찰관, 소방관, 경호원, 레이서, 축구 선수, 수영 선수, 라이프가드, 요가 강사, 핸드볼 선수, 헬스 코치, 스키 선수, 골프 강사, 체육특기생, 트라이애슬론 선수 출신으로 꾸려져 있어요. 소프트볼 선수도 있구요."

나의 친구 A를 닮은 이들이 많이 하긴 한다. 주장님 역시 소프트볼 선수 출신이며, 야구 국가대표였다. 가녀려 보여도 다들 학생 시절에 철저한 엘리트 운동을 한 사람이다. 팔뚝을 만져보면 얇기만 할 뿐, 육포보다 딱딱하고 거북이 등껍질보다 튼실한 등근육이 있다. 여기까지 말하면 그 기대('보통 여자가 아니네')를 충족시킬 수 있는 걸 나는 안다. 하지만 사실을 말하지 않을 수 없다. 우리 팀에는 나와 비슷한 수많은 4등들도 야구에 도전한다.

"검은색 옷을 입고 야근을 해서 눈 밑이 까만 상황이지만… 피부가 아주 하얀 공무원, 이번 주 주말에도 취재하러 나가야 하는 기자, 손가락 근육이 튼튼한 홀쭉이 개발자, 마르고 여린 디자이너, 밝은 미소를 가진 변호사, 회계사. 보험인, 튼실한 기획자, 만화가, 일러스트레이터, 컨설턴트도 있습니다. 그리고 고등학생, 대학(원)생, 엄마도 있구요."

가장 희귀했던 직업은 주부가 아니었을까? 의외로 주부인 언니들이 적었다. 주부였던 언니들이 주말 이틀을 야구로 뺀다는 건 부담스러운 일이었다. 평일에는 늘 집에 있으니 너무 갑갑해서 주말에는 나오고 싶은데 야구로 주말 이틀을 나와버리고 나면 남편이 삐져 있다고 한다. 남편은 평일에 일했으니 주말에는 애를 보면 너무 힘들다는 것이다. 평일 내내 애를 보느라 지친 그녀의 주말은 누가 챙겨주는 것일까? 언니도 주말에는 아이로부터 벗어나고 싶을 텐데. 일은 힘들다. 하지만 일을 하지 않고, 집에 갇혀 아이와 지내는 건 정신적으로 무너진다. 생각만 해도 갑갑하다. 청소, 빨래, 밥 주고, 치우고 나면 하루가 다 가 있다. 언제 끝날지도 모를 그 시간들을 최소 1~3년은 보내야 한다. 연습만 짧게 참여하고, 팀원들이 다 같이 밥 먹을 때 그녀는 후다닥 짐을 챙겨서, 남편과 아이의 밥을 챙기러 이동한다. 몇 시간 동안 운동을 하고 나서, 굶은 채로 한두 시간은 이동을 한다. 큰 짐가방을 번쩍 매는 뒷모습을 볼 때마다 감탄한다. 그 강인함은 어디서 나오는지.

A와 많이 닮은 언니는 평일에는 애를 보느라 꼼짝 못한다. 그러니 주말에 나와서 야구를 하고 싶어 했다. 남편분은 다행히도 언니와 같이 운동을 한 사람이라, 집에 있을 언니가 얼마나 갑갑해 하는지 잘 이해해주는 이였다. 하지만 남편 일이 바빠지거나 하면 언니는 눈치를 보게 된다. 연습을 하다 말고 일찍 집에 가는 일이 많아졌다. 언니는 엄마이기 이전에, 작지만 날렵하고 센스 넘치는 내 야수이자 타자였다. A를 다시 만난다면 저런 옹골찬 모습이 아닐까 싶다. 언니가 애만 보고 하루 종일 앉아 있는 모습이 상상이 되지 않았다. 그런 언니가 어느 날 남편이 너무 힘들어 한다며 팀 연습에 나오지 않게 되었다.

저마다 바쁘고, 사연이 있는 평범한 여자들이었다. 길가에서 마주치는 여성들과는 조금 다르지만 엄청나게 특이한 사람들도 아니었다. 헬스장에서 운동을 하다 보면 '저 언니 몸이 좋네', '열심히 하네' 싶은 사람들이다. 1~2시간 러닝은 거뜬하고, 스쾃은 매일같이 하고, 은근히 계단만 찾아서 다니기도 한다. 다른 게 있다면, 시간이 날 때 공중에 볼을 던져 볼 컨트롤을 연습하고, 저녁에는 야구 중계를 보거나 하이라이트를 챙겨서 본다. 자기 포지션의 선수가 어떤 동작을 하는지, 어떤 수비 시프트로 상대 선수를 공략했는지, 어떤 공을 던지고 치는지를 연구한다. 그리고 주말에는 이미지 트레이닝한 동작을 머리에 넣어둔 채 운동장에 나와 연습을 한다. 공에 맞아서 다친 후에도 보호구를 쓰고 다시 공을 잡으러 간다. 본인들은 그게 대단한 일인지 잘 모른다. 본인들은 그게 누구나 하는 일이라고 하지만 내 눈엔 대단하게만 보인다.

이 여자들은 특별히 짧은 머리에, 어깨가 남자보다 넓은 기이한 여자들이 아니다. 나에게 낫 아웃을 물어본 그가 기대한 모임은 아닌 듯하다. 신기하지도 않다. 기이하고 독특해서 본 적이 없는 새로운 인류도 아니다. 머리가 길기도 하고 짧기도 하다. 어떤 여자는 머리가 허리보다 길게 내려오고, 툭 치면 쓰러질 것 같은 여자도 있다. 하얗고 뽀얗고 동글동글한데 유연하게 야구하는 여자도 있다. 웨이브 펌이 멋들어지게 들어간 분위기 있는 언니도 있다. 날씬하기도 하고 포실포실하기도 하다. 치마를 좋아하는 사람도 있고, 바지를 좋아하는 사람도 있다. 피부가 까만 사람도 있지만, 자외선 차단제의 힘으로 하얀 사람도 있다. 어디서나 볼 수 있을 법한 저마다 바쁘고, 사연이 있는 평범한 여자들이다. 아픈 사람도 건강한 사람도 있고, 돈이 많기도 하고 적기도 하다. 현실과 환상, 패배와 승리 사이에서 버둥거리며 노력한다. 그렇다. 이 여자들은 그냥 야구 좋아하는 여자들이다.

야구하는 언니들은 누구건 간에 나에게 '상' 노트를 대신 전해준 까무잡잡한 A랑 닮았다. 자신은 평범하다며 까만 코트와 정장을 입고 묵묵히 걸어다니는 이 언니들. 마음 속에 '자기 서사'로 꽉 차 있다. 치열하게 달리고 연습하는 이 언니들은 나에게 영원한 1등이고 A이다. 여기저기서 리그 우승을 하거나, MVP 상을 타온다. 상으로 받은 공이나 양말을 여기저기 나눠준다. 때때로 국가대표팀에서 모자나 공을 주기도 한다. 비록 나는 상을 타지 못했어도, '상' 노트를 건네받은 그날의 나처럼 언제나 이들을 자랑하고 싶고, 여전히 자랑스럽다.

경기 중

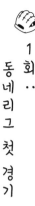

티켓을 예매하고 영화를 보러 간다. 들어설 때마다 느끼는 탁 트인 장소에서 매번 느끼는 작은 감동이 있다. 일상 속에서 극장만큼 넓은 공간에 들어설 일이 많지 않다. 영화관만 해도 이런 감동이 있는데, 야구장은 콜로세움 같은 웅장함이 있다. 영화관에서 함께 조용하게 있던 관중들이 야구장에선 큰 소리를 낸다. 영화관보다 거대한 장소에서 다 같이 하나가 된다. 매년 144경기 지켜올 만도 한데, 갈 때마다 야구장은 어딘가 뭉클하다. 해방감! 천장이 뚫려 있어서일까?

드디어 이번 주 우리 팀의 연습 공지가 떴는데 뭔가 다르다. '장

소: ○○야구장'. 이때까지 고등학교 운동장이었는데 오늘은 '야
구장'이다. 야구장이라니, 들뜨는 마음에 보조개가 자꾸 실룩거린
다. 게다가 오늘로 4주간의 신입 기간을 끝내고 정식 팀원이 된
다. 정식 팀원이 되면 본인의 등 번호와 선호하는 포지션을 신청
하고 회비를 낸다. 이 비용은 팀에서 운동장 예약을 하거나, 팀 장
비를 사는 데 사용된다. 팀원에게는 자기 등 번호가 붙은 유니폼
이 나온다.

"이제 다음 주면 수습기간이 끝나서요. 입단 절차 안내드릴려구
요. 입단비, 회비를 팀 계좌로 입금해주시구요. 원하는 등 번호랑
포지션 알려주세요."

"29번 중견수요."

팀에서는 괜찮다는 말 대신 내 번호가 인쇄된 유니폼을 주었다.
포지션과 등 번호를 부여받고 사회인 야구 사이트에 가입했다. 리
그에 등록하고 리그비를 낸다. 사고를 대비해 보험서류도 팀에 전
달한다. 등록 절차를 마무리하기 위해서 야구복을 입은 증명사진
이 필요하다. 집에서 가장 깨끗한 흰 벽을 배경으로 증명사진을 찍
었다. 이제 나의 경기 기록이 차곡차곡 쌓인다. 출전 횟수 0, 타율
0할 조촐한 내 야구 기록의 시작이다.

헬륨가스를 넣은 풍선마냥 자꾸 마음이 봉봉 떠오른다. 이번엔
제대로 된 야구장 같다. 바닥이 그저 녹색이면 좋겠다. 천연잔디가

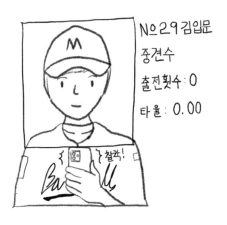

№29 김입문

중견수

출전횟수: 0

타율: 0.00

아니라 인조라도 좋다. 더그아웃*도 바라는 건 없다. 앉아만 있을
수 있으면 된다. 이왕이면 화장실이 있으면 좋겠다. 근처에 없어도
된다. 갈 수만 있으면! 주소가 강 주변이라 좋은 예감이 든다. 흙바
닥 대신 녹색 잔디를 밟아보고 싶었다. 스포츠 신문에서 '관중 난
입'으로 기사를 찾아보면 많은 관중들이 뛰쳐나와 잔디 위에서 달
린다. 이해는 간다. 밟고 싶지…. 밟지 말라고 쓰여 있으니까 더! 보
는 잔디는 많지만, 밟을 수 있는 잔디는 별로 없다.

지하철을 1시간 넘게 타고 또 버스를 갈아타고 한참을 걸어 한
강공원 같은 풍경이 보이기 시작했다. 주차장을 지나 한참 걸어가
니, 높은 망이 보이기 시작했다. 야구장이다.
이번엔 녹색 구장이었다. 처음으로 녹색 구장을 밟아본다. 넓은
구장에 이번에도 신입은 나뿐이다. 신입일 때 필요한 마음은 '꿋꿋
함'이다. 체육복 차림으로 동네를 나서면 한 번씩은 바라본다. 머
쓱하다. 운동장에 도착해서도 꿋꿋해야 한다. 드넓은 야구장, 양 팀
선수들 중 검은 바지를 입은 건 나 하나다. 다들 흰 바지를 입고 있
어서 저 운동장 끝에서도 누가 신입인지 알 수 있다.

 야구에서 파울라인 밖에 있는 각 팀들의 대기 구역. 작전을 짜는 감독과 코
치, 수행하는 대기 선수들이 있다.

먼저 도착한 주장님이 장사꾼처럼 책상 위에 장비를 늘어놓는
다. 궁금해서 기웃거려본다. 뭐라도 해야 덜 민망할 것 같다.

"경기 때 바로 꺼내서 쓸 수 있게 정리하는 거예요."

짐도 나르고, 정리도 한다. 별거 아닌 것처럼 보이지만, 공이 가
득 들어 있는 볼 백은 40킬로그램쯤 한다. 잘못 들면 허리를 다칠
수 있다. 두 명이 들어도 힘들다. 팀 배트가 들어 있는 가방도 꺼낸
다. 시간을 들여서 천천히 정리해야 한다. 배트는 잘 깨지기 때문
에 살살 조심스럽게 다뤄야 한다.

"자, 저기 시합 끝났으니까 빨리 볼 백부터 가자."

급한 김에 나와 후보 선수들이 공 가방을 들고 뛰어간다.

배트 정리는 헷갈린다. 숙련된 조교(나의 2주 선배)가 시범을 보여
준다. 좌에서 우로 배트의 길이(인치), 무게(온스) 순*으로 정리한다.
헬멧도 5개 사이즈 별(S, M, L)로 있다. 사이즈 순으로 가지런히 놓
는다. 암 가드는 사이즈가 없어서 깔끔하게 놓아둔다. 마지막으로
주루 장갑. 배팅을 할 때는 배트를 잘 쥘 수 있는 배팅 장갑을 낀다.

 키 150~160센티미터 선수는 31~32인치 배트를 사용한다. 무게는 근력에
따라 차이가 있지만 28온스로 시작하는 경우가 많다. 배트를 부를 때 배트
길이에서 무게를 뺀 '드롭(Dropweight)'이라는 용어를 쓰기도 한다. 예를들
어 32인치-28온스, 4드롭배트.

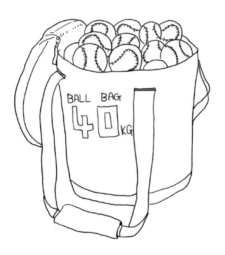

야구 중계에서 타자가 공을 치고 1루로 나가면 주섬주섬 무언가를 벗어서 주루 코치에게 넘겨준다. 암 가드(프로는 여기에 발 쪽을 보호하는 보호대인 풋가드도 있다)와 배팅용 장갑을 벗고 주루 장갑으로 바꾼다. 주루 장갑은 주자의 손을 보호하는 장갑이다. 슬라이딩을 할 때 손을 뻗어 베이스를 잡는다. 이때 손가락이 밟힐 수도 있고, 슬라이딩을 하다 손목이 꺾일 수도 있다. 수비수는 스케이트 날처럼 날카로운 징이 박힌 신발을 신고 있기 때문이다. 이걸 방어하기 위한 튼튼한 장갑으로 바꿔 끼는 것이다. 여기까지 놓고 나면 필요한 건 거의 다 준비됐다.

"신입 잠깐. 저기 심판한테 이거 좀."

"이게 뭐예요?"

종이다. 돈이라도 들었나? 그럴 리가 없지. 그냥 흰 종이다. 뒷면을 뒤집어보니, 오늘의 라인업이 적혀 있다. 경기에 나가는 선발 선수, 타순, 수비 위치가 적혀 있고 대기 인원의 이름과 등 번호도 적혀 있다. 들어온 지 4주도 안 된 나는 대기 인원 칸에도 이름이 없다. 선수 등록이 되어 있지 않기 때문이다. 이 종이를 포수 뒤에 있는 심판님에게 한 장, 다른 한 장은 공식 기록원에게 드렸다.

그냥 연습 시합인 줄 알았는데, 이 경기는 리그 경기라고 한다. 사회인 야구팀에겐 프로야구의 정규 시즌 경기와 무게감이 비슷하다. 한 경기 진다고 순위가 내려가진 않지만, 꾸준히 이겨야 한다.

이긴 경기가 많으면 1위에 가까워지고, 지는 경기가 많으면 꼴지에 가까워진다. 리그 경기 말고도 선수들의 시합 경험을 위해 열리는 친선 경기나, 연습 경기도 있다. 오늘 경기는 여러 팀들끼리 순위를 정하는 리그 경기인 만큼 심판도 기록원도 있어서 야구를 형식을 갖춰 하는 날이다.

아직은 싸늘한 야구장 잔디 위로 안개도 껴 있다. 이대론 경기하기 어려울 거 같은데 괜찮으려나? 경기 시작은 10시, 장비 정리를 마무리하고, 몸을 푼다. 연습 때와 순서는 비슷하지만 과정이 다르다. 연습할 때보다 빠르고 밀도 있게 한다. 집중해서 해도 시간이 모자란다. 더 많이 뛰고, 원래 뛰던 속도보다 빠르게 뛴다. 동작은 크고, 횟수가 많다. 짧은 시간 안에 몸을 데워서 바로 경기에 나갈 수 있는 상태로 만들기 위해서다. 펑고나 배팅은 되도록 선발* 위주로 하고, 대기 선수는 주변에서 간단한 수비, 토스 배팅을 한다. 지금 나가지 않더라도, 기회는 누구에게든 올 수 있다. 언제 교체되더라도 나갈 수 있게 준비하면 거짓말처럼 기회가 온다.

"집중해서 봐! 공이 어디서 날아올지 모른다!"

 스타팅 멤버. 시합에 맨 처음 투입되는 선수들을 말한다.

프로야구 야구장 관중석에서는 경기가 잘 보인다. 관중들이 앉아 있는 좌석 위치가 대부분 높다. 높은 곳에서 경기 상황을 한 번에 파악할 수 있다. 만약 어떤 상황인지 모르겠으면 중계를 보면 된다. 높은 데까지 촘촘하게 망이 쳐져 있어서 안전하다. 파울라인 근처 자리가 아니면 공이 날아오는 일도 잘 없다. 스트라이크나 볼, 아웃이 지금은 몇 개인지 항상 전광판에 떠 있다. 아마추어 경기에선 그런 게 없다. 먼 거리에서 심판의 소리도 잘 들리지 않는다. 잠깐 눈을 돌리면 아웃되어 있거나, 공수 교대를 한다. 집중해서 보고 있어야 경기 흐름을 따라갈 수 있다. 타자가 되면, 내 타석의 스트라이크와 볼 개수도 헷갈릴 때가 있다. 심판이나 주변 사람들이 매번 알려줄 수 없다.

관객 입장에서 보면 프로경기와 비교해서 확실히 지루한 전개다. 하지만 드라마도 있다. 프로처럼 평범한 상황이 쉽게 넘어가지 않는다. 프로에서는 타자가 공을 쳐서 띄우면 수비수가 가볍게 아웃을 하나 잡고 끝난다. 여기에선 뜬공이 올라가더라도 놓치지 않고 깔끔하게 마무리될 때까지 긴장을 놓을 수 없다. 프로야구에 비해선 기술적으론 지루하다. 하지만 아는 얼굴들이 나와서 뛰니까 변수도 많아서 재밌다.

처음 보는 우리 팀의 수비는 신기하다. 평소 TV에서는 우람한 투수가 터질 것 같은 허벅지로 폭발하듯이 공을 던진다. 곰보다 커다란 느낌의 듬직한 포수가 공을 거칠게 잡는다. 심판이 "스트롸이익!" 하고 대차게 외친다. 우리가 하는 야구는 좀 다르다. 투수는 폭발하는 허벅지를 가진 거구가 아니라, 작고 귀여운 얼굴에, 까무잡잡하고 뿔테를 낀 아이가 마운드에 올라간다. 호리호리 빼빼로 같은 주장님이 포수로 들어간다. 이게 현실 세계 야구구나. 약간 불안해 보이는 조합이지만 부드럽게 1회 초를 이끌어 나간다. 컨디션이 좋아 보였다. 작은 체구인데 공이 경쾌한 소리를 내며 주장님 미트에 빨려들어 간다. 시합들어갈 때 본 귀여운 표정과 다르게 마운드에서 각오가 남다르다. 땅볼이 나왔다. 데굴데굴 굴러가는 공을 잡아 2루에서 1루로 송구, 원 아웃. 투수 앞 땅볼이 또 나와서 그대로 1루로 송구, 투 아웃. 유격수 앞의 땅볼을 잡아서 스리 아웃. 순식간에 공수 교체다.

1회 말 공격에 들어간다. 아까 전까지 조용하고 심심했던 더그아웃이 갑자기 웅성웅성 시장 바닥 분위기로 바뀐다. 주장님이 우렁차게 소리치기 시작한다.

"1번 타자, 오좌완 안타 오좌완!"

잠이 확 깼다. 응원을 하니, 지루한 느낌이 확 사라진다. 선수별로 응원가도 정해져 있어 타석에 들어가면 당연한 듯이 응원하기 시작한다. 선발이라 힘을 아낀다는 사람들이 이렇게 응원은 열심히 하나!

"굿 아이! 굿 아이!"

"잘 본다!"

1번 타자가 차분하게 공을 지켜보면서 볼을 골라낸다. 초반에 상대 투수가 볼 컨트롤(제구)이 안 돼서 공이 머리 위로 온다. 마지막은 타자 몸 쪽을 칠 뻔했다. 날렵하게 피한 1번 타자, 볼 넷.

"소리를 내야 해. 그래야 다들 경기에 집중도 하고, 하는 사람도 보는 사람도 재밌지."

감독님의 짧은 코멘트. 가만히 볼 때보다 훨씬 재미있다. 다음 2번 타자 아웃, 3번 타자 1루타. 어느새 4번 타자까지 왔다. 4번 타자 응원은 주자가 있어 더 확실히 흥이 난다. 4번 타자가 멋지게 2루타를 쳤다. 상대 팀이 송구 실책을 하며 두 명 모두 들어왔다.

난리가 났다. 야구장에서 보는 야구가 응원 때문에 더 재밌듯이, 하는 야구도 응원이 재밌다(치면 더 재밌다). 우리 팀 타자 한 명에게, 모두가 기운을 모아 응원을 한다. 일상에선 가족끼리도 마음 모으기가 쉽지 않은데, 생판 남들끼리 모여 마음을 모을 수 있다는 게 신기하다. 티격태격할 때도 있지만 지금 이 순간은 하나가 된다. 나는 개인적인 생활을 좋아하지만, 때때로 함께 있을 때의 희열도 좋아한다. 2002년 월드컵, 대학교 축제날, 싱어롱 극장, 야구장은 뭔가 가슴이 웅장해지는, 혼자 있을 때와 다른 무언가가 있다.

느리지만 착실하게 경기가 진행되고 있었다. 2회 말까지 순조롭게 끝났다. 시계를 보더니 감독님이 갑자기 크게 외친다.

"시간 많이 지났네! 이번 수비 짧게 끝내야 한 번이라도 더 들어간다."

이제 3회인데 벌써 마지막을 이야기한다. 여자야구 리그에서는 4회 정도면 경기가 끝이 난다. 시간제한이 있는 경우가 많다. 예를 들어 경기 시작 후 1시간 50분 이후에는 새 이닝을 시작할 수 없다거나 하는 규정이 있다. 9회까지 시간제한이 없는 경기를 매일 할 수 있는 건 프로라서다. 응원하러 가려는 나를 감독님이 불러 세운다.

"저쪽에 이야기를 했고, 마지막에 대타 한 번 나갈 거니까 그렇게 알고 있어. 빈 스윙이라도 하라는 뜻이야."

대타? 빈 스윙?* 옆에서 귀를 쫑긋 세우고 있던 주장님이 어디선가 가벼운 배트를 하나 골라와 내 손에 쥐어준다. 타격 연습도 별로 한 적 없는데 일단 나가라니!

"오~ 입문이 첫 타석."

소문이 다 났다. 2루수 김이루 언니가 킬킬킬 웃는다. 살짝 볼록한 배가 매력적인 그녀는 이 팀에서 처음 만났다. 타석에 들어설

 허공에 스윙해보라는 뜻이다. 타격감을 놓치지 않기 위해, 타자들이 연습 삼아 한다.

때의 압박감은 4번 타자급이다. 개그력과 뛰어난 언변이 특징이다. 오늘의 첫 타자였던 오좌완 언니도 빵 터졌다. 데리고 다니는 갈색 강아지가 복실하니 귀엽다. 이 팀의 소중한 좌완 중 한 명이다. 나이가 비슷해서 곧잘 이야기하게 된다. 감독님이 크게 내 이름을 부른다.

"대타, 김입문! 나가면서 심판님께 전달드려."

막상 나간다고 생각하니, 손바닥 끝이 간질거린다. 긴장돼서 가슴 언저리도 쿡쿡 쑤신다. 아, 내가 정리해놓은 헬멧을 내가 직접 써본 적이 없다. 어떤 사이즈가 나한테 맞지? 한참을 헤매다 누군가 집어준 헬멧을 챙겨 쓰고는 헐레벌떡 뛰어나간다. 뒤에서 주장님이 뭐라 말한다.

"언니 천천히 나가도 돼요. 근데 언니 이거 가져가야…."

그 말을 들었어야 했는데, 내 귀엔 아무것도 들리지 않았다. 뭐라고 웅얼거리는 소리를 뒤로하고 서둘러 타석으로 나간다.

"대타 29번입니다."

심판님에게 나름 차분하게 말했는데, 어째 심판님이 침통하게 고개를 젓는다. 아니 아무리 그래도 심판이 대타를 거부할 수 있단 말인가? 어찌하여 고개를 저으신단 말인가?

"네? 안 된다고요? 들어가요?"

심판님이 손가락으로 더그아웃을 가리킨다. 의문이 가득한 채

뒤돌아보니 주장님이 뭘 흔들고 있다.

"언니~ 암 가드!!*"

정신이 번쩍 든다. 수도 없이 다른 선수의 암 가드를 챙겼는데, 정작 내 거를 못 챙겼다. 그렇다. 암 가드, 팔꿈치 보호대. 이 리그는 암 가드 착용이 의무라 없으면 타석에 들어서지 못한다. 그러니까 심판은 '초보 대타'를 거부한 게 아니라 '암 가드 미착용자'를 거부한 것이다. 음, 나무랄 데 없는 공명정대한 판단이다. 후다닥 뛰어 들어가서 얼른 암 가드를 차고 타석에 섰다.

투수는 투수판을 한 발로 딱 대고 기대섰다. 폼이 아주 여유롭다. 반면 나는 빈 스윙을 하며 잔뜩 얼어 있다. 막상 나가니 왜 이렇게 두근거리지? 배트를 쥐고 있는 손바닥이 아직도 간질거려 미치겠다. 아까까지 괜찮은 거 같았는데. 마음 놓고 응원할 때랑 경기에 나가는 기분이 이렇게 다르다니. 연습한 것처럼 스윙이 잘되질 않는다. 팔도 뻣뻣해진다. 이게 뭐라고, 몇 백 명 앉아 있는 강의실에서도, 기자들 앞에서도 잘만 재잘거리며 말하는데 고작 30~40명이 모여 있는 그라운드에서 막대기 하나 들고 휘두르는 게 뭐라고 이렇게 긴장되나. 심지어 구경하는 관중도 하나 없다. 나를 보는

 팔꿈치 보호대. 투수가 던지는 공에 맞아도 다치지 않게 해준다. 경기를 할 때는 반드시 차고 들어와야 한다. 팔꿈치에 공을 맞으면 골절되기 십상이다.

건 주차된 차들의 헤드라이트뿐이다. 몇 분도 안 되는 시간 동안 초보라고 온갖 티를 냈다. 정신이 하나도 없다. 더그아웃에서 언니들이 내 당황한 표정과 우스운 타격 자세에 빵 터져서 킥킥거리고 난리도 아니다. 여러분 팀인데 제 응원은 해주셔야 하는 거 아닙니까? 아니 귀띔도 없이 대뜸 나가게 하면 초보는 응당 당황하지 않겠습니까?

"언니 파이팅!"

"입문이 날려버려!"

"안~타 김입문!"

웃기도 하면서 응원해주고 있다. 배트를 쥔 내 귀엔 안 들렸지만. 네모 박스에 움찔움찔거리며 들어간다. 하얀 금 안에 막상 들어오니 막막하다. 이거 어디쯤 서야 하지? 어정쩡하게 박스 한가운데 섰다. 박스에서 엉거주춤 왔다 갔다 하는데, 포수님이 반갑게 인사를 해주신다.

"어서 오세요."

나는 무슨 식당에 온 것인가? 뭐라 말을 해야 하는데, 뭐라고 해야 할지 모르겠다.

"아, 네!"

네! 라니…. 안녕하든, 잘 부탁하든 뭔가 문장을 만들어서 대답했어야 하는데 그러지 못했다. 내가 붙잡은 정신이 '네'까지였나

보다. 막상 말하고 나서는 대답을 잘못했나 고민이 들기 시작했다. 혼란스러운 마음이 정리도 되지 않았는데 곧바로 첫 번째 공이 날아 들어온다.

"스트라이크!"

아니, (내 기준으로) 한참 먼데 스트라이크라니! 이 스트라이크 존 너무 넓다. 저렇게 멀리 높이 던져도 스트라이크란 말인가? 어디까지가 스트라이크인지 알 수 없다. 공이 거의 내 눈앞이었는데 여기도 스트라이크라니!

"언니 박스 앞으로 좀 당겨요!⦁"

"앞으로 와, 앞으로!"

주장님 흥분. 앞은 어딜 기준으로 앞이지? 투수가 있는 왼쪽으로 한 칸 게다리 전진.

"아니! 앞으로 오른발로 박스 앞으로 와!"

김이루 언니는 가슴이 터질 듯이 갑갑하다. 오른발 쪽으로 게다리 한 칸 후퇴.

왜 앞으로 가라는걸까? 앞으로 간다는 건 두 가지 방향이 있다. 첫 번째는 투수 쪽으로, 두 번째는 홈 플레이트 쪽으로다. 투수 쪽으로 가면 포수 기준으로 상하 변화가 큰 변화구를 대응하기 쉬워진다. 홈 플레이트 쪽으로 가면 좌우를 폭 넓게 칠 수 있다.

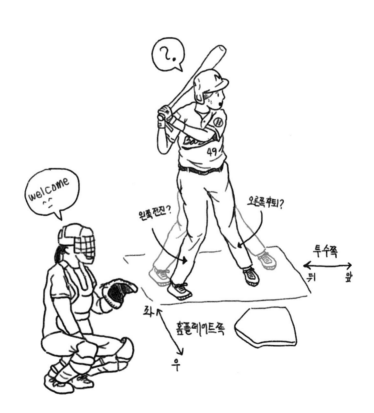

"아니! 발을 앞으로 내밀어!"

드디어 오좌완 언니가 폭발. 아… 앞으로. 나는 홈 플레이트 가장 가까이에 다시 섰다. 상대 팀 포수가 피식하고 웃는다. 아, 민망해. 얼굴이 달아오른 것처럼 뜨겁다. 어벙벙한 자세에 탁 트인 안쪽. 내 팔꿈치 밑을 노리는 강력한 직구가 쇄도해온다. 쫄았다. 가만히 있으면 안 된다 싶으니 냅다 휘둘렀다. 민망할 틈도 없이 투 스트라이크. 순식간에 몰려버리고 말았다.

뭐라도 해야 한다는 강렬한 부담감이 엄습해온다. 연습하면서 타자는 자기 타이밍을 지켜야 하고, 타이밍 싸움이고… 다 들었지만, 아무 소용이 없었다. 중계로만 수백 번, 연습하면서도 수십 번 들었지만 실전은 달랐다. 이미 당황했고, 보이지도 들리지도 않는다. 타격 연습장에서의 타격 백 번과 진짜 투수 앞 한 번은 다르다. 연습할 수가 없다. 마치 삶도 연습할 수 없는 것처럼…. 타자에겐 '루틴'이리고 타석에서 선수들이 준비 동작을 하는 행위들이 있는데 나는 애초에 준비를 해본 적이 없으니 루틴이고 뭐고 냅다 덜덜 떨며 배트만 들고 서 있다. 상대 포수 입장에서 보자면 '요놈 딱 보니 초짜구나~' 싶은 자세. 어설픈 초보라고 승부의 세계에서 봐줄 수 없다. 회심의 미소를 지으며 투수에게 사인을 보낸다.

'배트는 한번 휘두르고 죽어야 하지 않겠는가.'

나 역시 이순신 장군급 기합을 넣고 있었다. 우승 직전 한국 시리즈 7차전에 나간 선수마냥 바깥쪽으로 빠른 직구가 슉 하고 들어온다. 투수는 내 배트를 2개 갖다 붙여도 닿지 않을 머나먼 곳으로 볼을 던졌다. 나는 네덜란드에서 볼 수 있을 법한 풍차를 돌리며 화려하게 헛스윙을 했다. 게다리 및 네덜란드 튤립 풍차로 순식간에 아웃! 삼진 아웃. 삼구삼진. 당하는 사람은 기분 나쁘다. 공 3개로 깔끔하게 스리 스트라이크 아웃이라니. 반대로 투수는 신난다. 당당히 마운드를 내려간다. 저 사람 분명 패전 투순데 대체 저 웅장함, 무엇인가…. (내가 키워낸 웅장함이다.) 스트라이크 존에서도 한참 먼, 배트를 쭉 뻗어도 닿지 않을 그 공을 치려했다니 대단하다. 방망이를 돌리고 나서도 그게 볼이었는지 스트라이크였는지 긴가민가하다.

뭐가 이리 짧고 섭섭한지 터덜터덜 걸어간다. 타석에서 더그아웃으로 돌아오는 길이 멀게 느껴진다. 더그아웃은 나와 다르게 어두운 기색 하나 없다. 아무도 기대하지 않았다며 킥킥 웃으며 언니들이 반긴다. 오좌완 언니다. 언니는 얼굴에 미소가 가득하다.

"어땠어?"라고 물어보는데 "갑자기 끝났어" 하고 시무룩하게 대답했다. 오좌완 언니가 꺄르르 하고 넘어간다. 죄지은 기분이 들었

는데, 언니가 가볍게 "별거 아냐" 하고 어깨를 쳐준 덕분에 별일 아닌 것 같다. 길고 대단한 위로를 해준 것도 아닌데 침울한 마음이 가라앉는다. 그래, 내가 바로 살아 있는 몸치 개그우먼이자, 언니들 웃음 벨이다. 프로리그급 긴장감을 조성한 첫 타석은 이렇게 시시하게 끝났다.

게임 끝! 우리 팀은 승리했고 나는 패배했다. 잔디를 밟아 헬륨 가스 넣은 풍선 같은 내 마음은 삼구삼진으로 빵 터져버렸다. 갑자기 기회가 찾아왔지만 나는 준비되어 있지 않았다. 준비되지 않은 이에게 온 기회는 기회가 아니었다. 적어도 이번은 아니었던 모양이다.

"처음엔 다 그래."

멍하니 배트를 집어 넣고 있는데, 옆에서 감독님이 당당하게 말하고 지나간다. 열심히 휘두르긴 했지만 엉뚱한 곳에 배트를 휘둘렀고, 내 어설픈 타격 덕분에 상대 팀 패전 투수는 전설의 투수같이 기세가 올랐다.

"처음엔 다 그래. 다시 하면 돼."

같이 헬멧을 넣던 김이루 언니가 다가왔다. 시무룩해 보였는지 장난도 안 치고 머리를 쓰다듬고는 가버렸다. 과하지 않은 경상도식 위로가 삭막한 서울 야구장에서 도움이 된다. 나는 언젠가 칠 거고, 삼구삼진이건, 플라이 아웃이건 계속 실수도 할 거다. 그때마다 툴툴 털고 다시 일어나, 배터 박스에 서자. 다음엔 적어도 게다리는 안 할 테니까. 또 그다음엔 네덜란드 풍차를 안 하게 될 거다. 계속 다시, 언젠가.

진짜 닭도, 야구에서도 알까기 자세는 민망하다. 야구는 한 점에 집중하는 순간이 긴 스포츠다. 그 시간 동안은 카메라도, 관중도 공을 가진 한 명만 바라본다. 잠시 야구장의 모든 눈이 한 명에게 간다. 투수가 공을 가지고 있을 때는 온 야구장이 투수만 바라본다. 야구공을 던지고 타자에게 가는 순간, 공이 배트에 맞을 때까지 모두 타자만 바라본다. 타자가 친 공을 수비수가 받을 수 있을지, 공이 떨어지는 지점의 수비수만 바라보게 된다. 그때 다리 아래로 하얀색 공이 굴러서 데굴데굴 지나가버리면, 수비수는 알을 까는 새처럼 보인다. 그걸 모두가 보고 있다. 내 다리 사이도, 굴러가는 알도.

"원을 그리면서 공이 떨어지는 지점에 가야지! 바로 가면 뒤로 빠진다고!"

운동장에 공 치는 소리를 듣고 점프하며 공이 오는 방향을 본다. 어디에 떨어지는지 예상하고 그 지점을 향해 숨이 턱에 찰 때까지 달린다. 공이 어디에 떨어지는지 아는 게 어렵다.

이 연습을 몇 시간이고, 몇 번이고 반복한다. 사실 경기 중에 내 자리로 공이 안 오는 경우도 많다. 올지 안 올지 모르는 공 하나를 위해 몇 시간, 몇 주, 몇 년간 연습한다. 프로선수는 어릴 때부터니까 몇 십 년 동안 연습한 결과다.

"으아 시합하기도 전에 죽이 되겠다."

김이루 언니는 창단 멤버다. 팀이 만들어질 때부터 있었고 그래선지 정신적으로도 팀의 중심이다. 다소 큰 몸집과 다르게 의외로 유연해서 땅볼도 잘 잡는다. 바운드되어 오는 공도 글러브 속에 싸악 들어간다. 높이 오는 공도 점프해서 잡는다. 거대하지만 유연, 민첩, 날렵, 고대 시조새와 같은 존재다.

프로야구 슈퍼스타급 4번 타자가 인터뷰에서 본인도 몸에 대해 관중과 기자들로부터 끊임없이 놀림을 받았다고 했다. 야구를 모르는 일반인과 기자들에게 20년간 다치지 않고 프로로 운동한 '프로야구 1군 선수' 4번 타자가 놀림을 받다니, 그것도 '몸' 때문에. 어떻게 그런 게 가능할까? 그게 가능한 게 이 나라다. 프로마저 놀리는데 일반인에게는 어떨까? 가혹하다. 살이 찌면 마치 계급이 내려가는 기분이 든다. 살이 찌는 만큼 계급이 내려간다. 자신을 긍정적으로 바라보기 어렵다. 주변 시선도 신경 쓰인다. 운동하러 가면 건강을 위하기보다 온통 뼈밖에 안 남도록 살을 없애려 한다. 나는 공을 잘 던지고 싶고, 야구를 잘하고 싶다. 다치고 싶지 않다. 동그란 내 몸을 있는 그대로 받아들이는 일은 말처럼 쉽지 않다. 남들의 시선을 이겨내야 겨우 가능하다. 슈퍼스타에게도 쉽지 않은 일이다.

이루 언니는 슈퍼스타 같은 스타일은 아니다. 반사신경도 급이 다르다. 언니가 노력을 많이 해도 엘리트 체육인을 따라가기는 어렵다. 우리 팀 내야는 철저하게 '엘리트 체육을 경험한' 수준의 선수들이 채우고 있었다. 언니는 내야 중에서 모자란 자신에게 부족함을 느꼈다. 내 눈엔 일반인이 선수 출신들과 저 정도로 맞춰서 할 수 있다는 것만으로도 정말 대단하다. 그다지 열정이 없어 보이는 표정과 다르게 언니는 연습을 성실하게 참가했다. 평일에 퇴근하고 나서 혼자 타격하러 가고, 연습도 따로 더 한다. 묘하게 불타는 열정이 있어서 언니가 배터 박스에 서면 기대가 된다. 안경 쓴 모습이 잘 어울리는 언니는 일반인인 나도 야구를 하다 보면 언젠가 될 수 있는 가까운 미래처럼 보인다. 선수 출신 언니들의 야구

는 아득하게 먼 미래 같다. 평생해도 못 따라갈 것 같다.* 하지만 이루 언니가 몽글거리는 몸으로 해내는 야구는 친근하다. 너무 멀지 않고 가깝게 느껴져서 따라갈 수 있다는 희망이 생긴다. 내야수 수비 연습을 위해 2루수를 부른다. 우익수가 내려와서 잡아야 할 법한 공도 언니가 앞에서 우아하게 점프해 백핸드 캐치로 잡아내곤 했다. 수비할 때 백핸드 캐치는 주차 티켓 물고 거칠게 후진하는 듯한 매력이 있다. 느린 발에 불안한 수비, 누군가가 대신 잡아주면 얼마나 안도가 되었는지. 그런 언니가 못 잡은 공은 내가 어떻게든 백업해서 줍고 싶었다.

사회인 야구는 프로와 다르게 기술적으로 타구 방향을 바꿀 수 있는 선수가 많지 않다. 오른손잡이 타자가 친 공은 좌익수 방향으로 많이 간다. 고로 우익수는 비교적 다른 포지션에 비해 약한 포지션이다. 잘 치는 선수들은 공을 우측으로 보낼 수 있고, 좌타자도 오른쪽으로 보내니 마냥 손 놓고 있을 수 있는 포지션도 아니다. 내가 우익수라 2루수였던 이루 언니와 자주 마주쳤다. 2루 뒤 우익수 방향으로 넘어오는 공을 잡으러 갈 때, 언니는 뒤로 뛰어오고 나는 앞으로 언니를 커버하러 간다. 그 중간 어디쯤에서 마주친

 먼 미래가 맞다. 엘리트 선수는 하루 15시간, 365일, 10년 동안 운동을 해왔다. 따라갈 수 없다. 주 8시간 정도 운동하면 약 100년 정도 걸린다.

다. 언니는 나랑 체격이 비슷한데, 앞에서 죽을힘으로 운동하니 나도 덩달아 열심히 할 수밖에 없다. 멋있다. 실력이 좋아서도, 외모가 화려해서도 아니지만 언니는 자신의 벽(한계치)을 조금씩 부숴서 전에는 못하던 걸 해내곤 했다. 못 잡았던 공을 잡거나, 못 치던 공을 쳤다.

야구장은 흙바닥과 잔디바닥이 있다. 야구장 한가운데 동그란 마운드 근처 흙바닥, 1루부터 3루까지 베이스에서 수비하는 선수들을 내야수라고 한다. 그리고 잔디밭에서 베이스에서 떨어진 곳을 수비하는 선수를 외야수라고 한다. 강한 땅볼이 날아오는 내야수는 순발력이 좋아야 한다. 반면에 외야수는 빠른 발로 플라이볼을 잡아낼 수 있어야 한다. 땅볼이 많으니 내야수는 자세가 낮고, 외야수는 바로 뛰어야 하니 상대적으로 자세가 조금 높다. 프로 기준으론 그 정도 차이밖엔 없다. 아마추어 기준으로 선수 숫자가 적다 보니 잘하는 선수들은 대부분 내야로 들어가고, 외야수는 좀 약하다. 선수 출신 멤버들이 대부분 내야를 차지하고, 비선출 멤버는 외야, 운이 좋으면 2루 정도에 들어갈 수 있다. 거기에 김이루 언니가 서 있다.

창단 때부터 꾸준히 운동해서 얻어낸 자리였다. 선수 출신들 사이에서 꿋꿋이 2루를 책임지고 있다. 2루수가 잘하면 원 아웃을 투 아웃으로 만들기도 하고 2, 3루로 갈 타구를 1루까지만 가게 막기

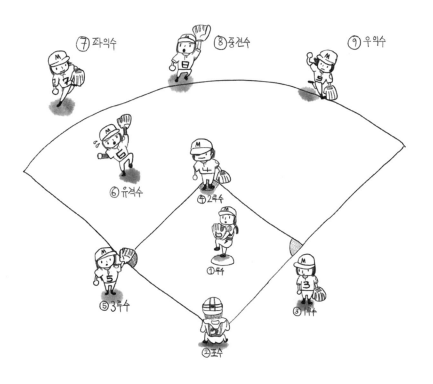

⑦ 좌익수 ⑧ 중견수 ⑨ 우익수

⑥ 유격수 ④ 2루수

① 투수

⑤ 3루수 ③ 1루수

② 포수

도 한다. 아마추어에서는 '중간만' 가도 대단하다. 큰 실수, 본 헤드 플레이*만 안 해도 다행이라는 뜻이다. 시야가 좁은 아마추어 야구인은 투 아웃 잡을 걸 원 아웃으로 만들거나, 원 아웃을 만들어야 하는데 살려서 3루로 보내기도 한다. 관중석에서 보면 멍청해 보이는 플레이를 하고야 마는 게 실상이다. 주말마다 그런 플레이를 보다 관중석에 앉아 '실책 0'으로 끝나는 프로야구를 보고 나면 '오, 이것이 돈을 내고 보는 야구!'인가 싶다. 담백하고 끝 맛이 깔끔한 견제, 1루에 나온 주자가 2루로 가는 걸 막기 위한 포수의 레이저 송구. 이걸 우리 팀 리그 경기에서 실제로 보면 상당히 조마조마하다. 공이 안 빠지게 잘 잡고, 견제 플레이만 해도 함성을 지르고 싶어진다. 베이스에서 서너 걸음 떨어져 있다가 민첩하게 사인을 보고 달려와 공을 탁 잡는 모습이란. 국가대표 2루수도 아닌데 어찌 저리 날렵해 보이는지.

그만큼 공이 빠지는 경우도 많다. 타자가 공을 치면 대충 이 셋중 하나다. 가장 큰 포물선을 그리며 멀리까지 날아가거나, 빨랫줄처럼 빠르게 공이 직선처럼 날아가거나, 통통 땅바닥에 굴러서 온다. 이 중에 내야수에게 특히 까다로운 게 땅바닥에서 굴러오는 타

 잘못된 판단이나 미숙한 대처로 발생하는 실책.

구다. 아마추어 야구장의 흙바닥은 딱딱하기도 하고 무르기도 해서 공이 제멋대로 튄다. 타구도 깔끔하게 친 게 아니면, 회전이 이상하게 들어가서 신박하게 공이 튀어 오른다. 불규칙 바운드라고 해서 예측이 어려우니 놓치기 쉽다. 규칙적이라고 해서 잡기 쉬운 것도 아니다 보니, 일단 공이 땅에 굴러간다 싶으면 놓칠까 조마조마하다. 흐느적한 타구가 데굴데굴 굴러가는 사이… 굴러오는 공을 보며 이걸 진짜 내가 잡을 수 있나 고민하는 그 순간은 잠시 나만의 서스펜스다.

바운드는 무섭다. 공이 통통 튀어 오는 게 뭐가 무섭냐고? 이게 어릴 때 하던 탱탱볼과는 근본적으로 다르다. 스피드는 탱탱볼처럼 빠르고 힘찬데, 날아오는 건 부드럽고 귀여운 탱탱볼이 아니라 짱돌이다. 축구나 농구처럼 공이 크지도 않다. 물수제비를 하면 얇고 납작한 돌이 날아가듯이 통통통 튕겨 나간다. 그 느낌 그대로 짱돌이 튕겨 나에게 날아오고 있다. 그런 게 굴러오면 나는 머리통을 굴려볼 수밖에 없다.

1. 돌을 잡을 만한 위치에 있는가?
2. 돌을 잡을 마음의 준비가 되어 있는가?
3. 아니면 이 돌에 맞아서라도 공을 멈추겠는가?
4. 이 돌을 피하고 구경하겠는가?

1~3까지 몇 초 만에 지나간다. 잡을 만한 위치에 서 있기도, 잡기도, 맞을 수도 없어서 놓치게 된다. 오랜 기간 연습한 사람만이 공을 잡을 만한 위치로 달려가서, 잡을 수 있고, 마무리로 던져서 아웃도 잡을 수 있다. 잡는다 싶다가 살짝 놓쳐서 정강이에 맞을 수도 있고, 완전히 자세를 낮췄다 싶었는데 우습게도 다리 사이를 유유히 빠져나가서 하얀 알을 까는 닭이 된다. 으악.

닭이 되는 건 괜찮은데 뒤에 몇몇 얄미운 이들이 째려볼 때가 있다. 그 눈빛. 교실에서 일진들이 깔보는 듯한. '약해 보이는 아이'에게 더 강한 척 드세 보이려고 하는 이들이 있다. 불편하다고 말하면서 고쳐나가고 있지만 이 불편함은 어딘가 조금씩 남아 있다. 폭력과 위계질서가 드리운 그늘 같은 면이.

"아! 그걸 놓치네!!"

유격이의 날 선 비난이 거슬린다. 남을 혹독하고 그릇되게 비난하는 자들로부터 자신을 지키는 건 쉽지 않다. 신났던 기분마저 탁접한다. 이투수 언니와 유격이는 소프트볼 선수 출신이다. 여자가 할 수 있는 엘리트 운동 중, 야구에 가장 가까운 종목을 했기 때문에 팀에서도 독보적인 존재다. 운동선수 출신들은 기본적으로 운동 능력이 좋지만 전문적으로 야구에 가장 가까운 운동을 한 이들은 또 다르다. 피아노 연주 선수팀에 바이올린 연주자를 영입한 느낌이다. 선수들 사이에서 운동을 하다 일반인의 경기를 보면 실망스러울 수밖에 없다. 노골적으로 화를 내거나 침울해하는 건 누구에게도 도움이 되지 않는다. 프로들도 그렇게 운동을 한다고 하면 뭐라 할 순 없지만 그런 말과 태도가 팀에 도움이 된다고 생각하지는 않는다. 팀의 전체 분위기를 밝고 긍정적으로 바꾸는 건 '이기는 팀'을 만들기 위해서라도 필요한 일이다. 몰아세우는 공포정치로는 한계가 있다. 성장을 북돋고, 동기부여를 하고 서로 긍정적인 영향을 주는 팀은 계속 성장할 수 있다.

언니는 2루, 나는 벤치. 오늘은 열 명밖에 없어서 언제라도 외야나 대주자, 대타로 들어갈 수 있으니 마음의 준비를 하고 있으라는 이야기를 들었다. 내가 들어간다고 생각하고 경기를 보고 있으니 경기 흐름을 보느라 정신이 없다. 그 와중에도 해야 할 일은 많다. 팀원들이 잘해서 안타를 치고 나면 주섬주섬 배트를 주우러 가야 하고, 우리 쪽 파울라인에 떨어진 공도 빠르게 뛰어나가 치워야 한다. 주자로 뛰어야 하는 선수의 암 가드도 가지러 다녀와야 하고… 그러다 누가 공을 맞으면 파스를 들고 헐레벌떡 뛰어간다. 생각보다 주변에서 해야 할 여러 가지 잡무가 많다. 무슨 일이건 화려한 일 뒤에는 자질구레한 일들이 기다리고 있다.

영화 촬영장에서도 '컷!'을 외치는 사람 혼자 앉아 있다고 영화가 만들어지는 게 아니듯이 소품이나 의상을 주렁주렁 들고 다니는 이들, 장소를 섭외하고 스태프들의 식당을 예약하는 이들이 어디선가 멋없이 땀 흘리고 뛰어다녔기 때문에 누군가는 집중해서 멋진 컷을 찍는다. 어렸을 때는 멀리서 '컷!' 하는 사람들만 보였다. 이제는 내가 그 말을 외치는 사람이 되어도 주변에서 땀 흘리는 이들이 눈에 들어온다. '밖'에서 이런 일들을 깔끔하게 정리해주면, 그만큼 '안'에서는 경기에만 집중할 수 있다. 그런 팀은 '안'에서도 잘한다. 더 좋은 팀은 '안'에서 고마움을 알기에 돌려준다. '밖'은 더 열심히 챙겨줄 수밖에 없다. 그러면서 안팎이 성장한다. 지금은 내가 안타를 치고 나가면, 누군가 배트를 들고 들어가준다. 과거의 내가 지금의 나를 돌봐주는 기분이 든다. 고마움을 잊기 쉽지만, 잊지 말아야 한다. 지금 내가 서 있는 '선수' 자리는 어쩌면 누군가 지독히도 되고 싶었던 자리이기도 하기에. 할 수만 있다면, 지금의 내가 과거의 나를 지켜주고 싶다. 쫄지 말고, 기죽지 말라고. 계속하라고.

주자 3루, 원 아웃. 아주 밋밋한 플라이볼이 2루를 향해 날아오고 있었다. 이루 언니가 특별히 움직이지 않아도 잡을 수 있는 여유로운 내야 플라이볼이었다. 정식경기였다면 그 자리에서 심판이

'인필드 플라이'* 를 외쳤을 볼이다. 문제는 느리고 우아한 포물선을 그린 공을 언니가 잡고 나서였다. 늘 하듯이 볼을 돌리려고 1루 쪽으로 공을 보낸다. 아웃을 잡고 나면 잡은 볼을 내야들끼리 돌리고 투수에게 돌려준다. 다음 아웃도 이어서 잘 잡으라고. 자주 하니 습관처럼 몸에 배어 있다. 그런데 아차. 2루 플라이로 아웃을 잡는 순간부터 3루 주자는 '태그업'해서 뛸 수 있다. 이 거리에서 보통 태그업을 하지 않지만 이루 언니가 플라이 아웃을 잡고, 무의식중에 1루로 볼을 돌리는 순간 3루에서 주자가 틈을 노려 홈을 향해 달려갔다. 이루 언니의 눈에 3루 주자가 잠시 사라졌기 때문에 생긴 일이었다. 뒤늦게 1루수가 홈으로 공을 던지려고 했지만 당황하는 바람에 박자를 놓치고, 이미 주자는 홈을 밟고 말았다. 안 줘도 되는 점수 1점을 주고 말았다.

"하아… 언니."

짜증 섞인 유격이의 탄식. 목소리가 얼마나 컸는지 더그아웃 안에 다 들렸다. 찬물을 끼얹은 듯 분위기가 가라앉는다. 의외로 한

 인필드 플라이(Infield fly) 달빛요정만루홈런의 1집 타이틀 제목… 이 아니라 내야 뜬공을 고의로 떨어뜨려서 아웃을 잡으려는 야비한 플레이를 막기 위해 만들어진 규칙. 쉬운 내야 뜬공을 '인필드 플라이'로 심판이 선언하면 아웃 처리 된다.

사람의 탄식이 쉽게 팀 분위기를 전염시킨다. 팀 경기는 흐름을 탄다. 서로를 비난하는 부정적인 분위기가 만들어지면 자연스럽게 다른 선수들의 동작이 위축된다. '실수하지 말아야지'라는 강박이 생긴다. 동작이 어색해지고 이번엔 다른 쪽에서 실수가 이어진다. 마음이 불편한데 동작이 편하게 될 리가 없다. 실망스럽고 부정적인 마음이 들어도 서로 응원하고 긍정적인 이야기를 경기 중에 하려고 노력하면 의외로 나쁜 기운이 빨리 멀리 가버린다. 좋은 분위기는 승리를 데려오지만, 나쁜 분위기는 패배를 안고 온다. 야구장 밖에 있는 내가 다 저 자리에서 실수를 한 기분마저 든다. 다그쳐서 해결될 일이면, 실수는 생기지 않는다. 말로 인해 사람은 죽는다. 그때였다.

"언니 괜찮아용! 투 아웃! 내야 볼 퍼스트!"

말로 인해 사람이 살아나기도 한다. 포수는 이럴 때 한 번에 팀 분위기를 바꾸는 야구장 안의 사령탑이다. 주장님은 뼈밖에 없어서 작고 위태로워 보이는데 이럴 때는 거인 같다. 역시 '주장님'이다. 이런 때야말로 '주장님'이 나설 때가 아닌가? 가녀리지만 흔들려도 늘 제자리로 돌아오는 대나무처럼 든든하다. 주장님의 마음은 몸만 커다란 우리보다 더 곧다. 위기 속에서 강한 척하는 사람과 진짜 강한 사람의 차이가 드러난다. 무너지는지, 다시 일어나는지가 중요하다.

"그래 하나만 잡자! 나이스 피처 캐처!"

포수가 먼저 외치자, 내야도 덩달아 구호를 외친다. 어차피 벌어진 일이다. 반성은 끝난 다음에 실컷 하고 지금은 날아오는 공을 잡아야 한다.

"아! 다들 미안! 내야 볼 퍼스트!"

이루 언니도 잠시 정신이 나갈 뻔했다. '내가 뭘 짓을 저질렀나.' 어안이 벙벙하다. 하지만 멍하게 있을 틈이 없다. 팀원들의 콜을 듣고 툭툭 털어낸다. '이제 와 뭐 어떡해. 일단 다음 공은 잡자.'

"내야 볼 퍼스트! 외야 볼 세컨!"

외야까지 정리되고 나서 투수가 다시 던질 준비를 한다. 이제 끝나가니까 마무리 투수로 끝판대장 이투수 언니가 올라갔다. 언니는 순식간에 남은 아웃 카운트를 삼진으로 잡고 유유히 내려왔다. 카리스마가 넘쳐서 편안하게 다가갈 수 있는 스타일은 아니지만 야구에 관해서 프로 같은 마인드로 진지하게 대한다. 실수 없이 플레이하기 위해 노력한다. 만약에 여자 프로야구 선수가 있다면 이런 모습일까?

3회 초 마지막 공격, 김이루 언니는 이를 악물고 배트를 쥘 수밖에 없었다. 실수해서 누가 크게 손해 보거나 다친 것도 아닌데 묵직한 마음을 털어낼 수가 없다. 내가 실수해서 만든 1점은 2점으로 갚아주고 싶은 마음이 타오른다. 이게 적당하면 약이 되지만 너무 세면 독이 된다. 점수를 냈다고 해서 이전에 한 실수가 없어지는 게 아니라는 걸 언니도 안다. 알지만, 그렇게라도 하고 싶어진다. 다들 이루 언니의 마음을 알고 있었는지 공격이 순조롭다. 원 아웃, 주자 2루 상태에서 이루 언니의 타석이 돌아왔다.

"앞뒤가 똑같은 전화번호 22번! 22번!"

이루 언니가 허리를 빨래 짜듯이 팩 돌린다. 살짝 흔들리는 뱃살보다 훨씬 빠른 속력으로 배트가 탄력 있게 돌아간다(배트 돌아가는 탄력이 매력 있어). 욕심이 과했는지 너무 당겨 쳤다. 3루 쪽으로 맹렬하게 날아가는 공. 직선으로 날아간다. 잡히나? 잡히건 말건 막 뛰어간다. 보기엔 안 빠른데 막상 같이 뛰면 이 언니 상당히 빠르다.

"3루 빠졌다!! 돌아, 돌아!!"

주루 코치가 언니를 2루까지 돌린다. 3루수가 놓치면서 좌익수 뒤로 빠진 공이 야구장 왼쪽 끝으로 데굴데굴 굴러간다. 힘겹게 도착. 이루 언니가 2루타를 만들어냈다.

"으아아~ 언니 나이스! 2루타! 김이루! 김이루! 안~타 김이루!"

벤치가 삽시간에 김이루 콘서트 장이 된다. 아까의 실책은 잊어버린 지 오래다. 회마다, 아니 아웃을 잡을 때마다, 아니 아니 매 타석마다 불끈 성질이 올라오지만 서로 참고 다음으로 넘긴다. 아쉽거나 부족한 건 다음 연습할 때 메꾸면 된다. 너도 나도 완벽하지 않으니까. 그렇게 이루 언니가 2루에 있다가 집(홈 베이스)으로 돌아오면서 마지막 공격도 끝이 났다. 경기가 끝나기엔 이르지만 우리 공격이 생각보다 길어지면서 3회 말까지만 하면 이번 경기는 끝이다.

주자가 1명 있는 상황에서 우리는 마지막으로 이투수 언니를 투수로 올렸다. 이투수 언니의 공은 돌부처의 직구처럼 묵직하다. 두 번째 타자가 친 공이 투수 쪽으로 굴러갈 때, 이미 예견된 불행이었는지도 모른다. 공이 너무 빨랐다. 땅볼을 잡아 2루에 있는 이루 언니에게 힘껏 던졌다. 송구가 너무 빨라서 이루 언니 글러브에서 공이 튕겨 나갔다. 붕 뜬 공과 함께 이루 언니의 표정이 아득해졌다. 망연자실.

"어어~ 넘어간다!"

눈이 공중에 뜬 공만 따라간다. 공이 한 번 바닥을 쳤다. 거기에 또 다른 글러브가 있었다. "탁!" 유격이었다. 얄밉지만 언제나 필요한 데 있어준다. 잡은 공을 다시 이루 언니한테 가볍게 띄워서 준다. 빠르고 묵직하게 1루로 송구. 무사히 투 아웃이다. 한참 전에 달려와 이미 이루 언니 뒤에 서 있었다. 투정부리고, 미워해도 결국 우리는 같은 팀이기에 누군가의 뒤를 지키기 위해 뛰어간다. 중견수 뒤에는 내가 간다. 1루 뒤도, 2루 뒤도 간다. 티격태격 우리끼리 싸워도 우리 팀이 남한테 맞는 건 안 된다. 그렇게 서로의 뒤를 봐준다. 뒤를 봐줄 수 있는 누군가가 있다는 건 안심이 된다. 살아가면서 내 뒤를 봐주는 누군가가 있다는 건 행운이다.

상대 팀은 끈질기게 포볼을 골라내며 원 아웃. 주자 1루. 이투수 언니는 갑자기 듯 2루를 향해 빙글 돌아서 전광석화 같은 견제구를 던진다. 팔이 파리채처럼 공을 때린다. '도루' 라고 주자가 다음 베이스를 훔치는 플레이가 있다.* 이걸 막기 위해 투수는 '견제'를 한다. '던지는 척'하다가 스텝을 밟고 공을 베이스로 던져서 주자를 잡는다. 말로 길게 썼지만 실제로 보면 발을 착! 공을 탁! 던지는 게 전부다. 그 번개 같은 공을 이투수 언니가 2루를 향해 다시 던졌다. 약속의 2루. 이번에는 유격이가 2루로 들어갈 차례였다. 이투수 언니의 '착, 탁' 던지기보다 유격이가 '후다닥' 2루로 돌아가는 속도가 조금 모자랐다. 공이 빨랫줄처럼 2루를 향해 간다. 2루엔 아직 아무도 없다. 유격이가 2루로 도착했을 땐 이미 옆으로 공이 유유히 빠져나간 뒤였다.

망했다 싶었는데 의외의 '새'가 거기에 있었다. 알을 깐 묵직한 시조새가 붕 날아올랐다. 옆으로 빠져간 공을 날렵하게 잡았다. 프로야구에서는 견제구를 커버하는 모습을 잘 보지 못하지만 워낙 '택배'를 잘못 보내는 일이 많은 사회인 야구에서는 견제구에 대한

 도루. 투수가 투구 동작을 하는 사이에 몰래 뛰어서 다음 베이스까지 갈 수 있다. 이걸 막기 위해 투수는 투구 동작을 세트 포지션으로 한다. 공을 빠르게 풀고, 베이스로 던져 주자를 아웃 시킬 수도 있다.

백업 플레이도 준비가 되어 있다. 적어도 우리 팀은 그렇게 정했다. 이루 언니는 몸으로 이렇게 외치는 것처럼 보였다.

'묵직한 몸도 잡을 수 있고, 칠 수 있고, 달릴 수 있다. 그리고 날 수 있다.'

아웃 카운트를 2개 남겨두고 나도 대수비를 나가게 되었다. 무려 중견수다. 중견수는 상당히 고단한 자리다(어디든 고단하다). 야구장의 홈 플레이트에서 수직으로 그어지는 센터라인(포수, 투수, 유격수, 중견수) 수비는 팀의 핵심이다. 고로 초보에겐 잘 맡기지 않는다. 투수와 포수는 게임의 핵심이고, 유격수는 내야의 대장, 중견수는 외야의 대장 역할을 하고 있기 때문이다. 나의 바람이었던 중견수는 발이 매우 빠르고 체력이 좋아야 한다. 본인의 수비 범위를 커버하는 건 물론이고 좌익수와 우익수 양쪽의 커버 플레이를 하기 때문에 사실상 두 포지션에 비해 역할이 1.5배는 힘들어진다. 그래서 '우익수'일 거라 생각했다.

마지막 이닝이다. 내가 중견수를 하고 싶어 한다는 걸 아는 감독님이 나를 중견수로 넣어주었다. 옆에는 자진해서 나온 아주 '쎈'•

 싸우는 것도 아닌데 '쎈'이라니 왠지 웃기다. 그저 수비력이 좋은 언니들이다. 무슨 공이든 잡을 수 있는 마법의 언니들.

언니들이 좌, 우익수로 들어왔다. 그러곤 나에게 복잡한 내야 커버 플레이가 적은 중견수를 맡겼다. 한여름, 잔디가 없는 모래 구장에서의 중견수는 뭐랄까 고고하고 외로우며 아련하다. 흙에서 올라오는 아지랑이를 보면 영화 〈알라딘〉의 첫 사막 장면을 떠올린다. 나빼고 모든 수비수의 소리가 멀게 들린다. 내야수의 소리는 '웅얼웅얼'이라고만 들린다. 발을 옮길 때마다 지면의 열기가 후끈후끈 올라온다.

외야에서 플라이볼을 몇 번 잡아본 적은 있었지만, 아직 공에 비하면 내 발이 한참 느렸다. 서 있으면서도 '제발 내 쪽으로 오지 마라' 하고 기도하고 있었다. 웬걸 내야만 친다는 타자는 '따~악!' 경쾌한 소리를 내며 안타를 쳤다. 중전안타. 내 앞에 떨어지는 안타다. 나는 저 평범한 바운드 볼을 안전하게 잡아서 눈앞 2루수에게 던지면 된다라는 생각만 머릿속에 있다. 정작 공은 내 다리 사이를 지나버렸다. 영락없는 알까기를 하고 있다. 주자는 필사적이지 않았다. 알을 깐 나를 보고 안심했다. 오히려 나를 불신한 우리 언니들이 일을 쳤다. 좌익수 커버로 들어온 나의 동갑내기 친구가 쿨하게 굴러가는 공을 낚아채고, 강한 어깨를 뽐내며 3루로 쭉 던졌다. 3루에서 런 다운에 걸린 주자는 슬픈 표정으로 아웃이 되었다. 멋있었다. 3루와 홈 사이에서 딱 걸려서 망연자실한 표정이 된 주자가 별로 반항도 못해보고 죽었다. 안타 맞아도 끝나도 끝난 게 아니다.

나는 저렇게 멋지게 받아서 3루로 아웃시킬 생각을 하지 못했다. 그저 혼자서 '공아 제발 오지마…' 하고 두려워하고 있었다. 내 수비가 구멍인 건 다들 알고 있다. 그래서 모두 괜찮다고 해주지만 막상 일이 터지니 괴로웠다. 야구는 함께하는 경기인만큼 내가 공헌하면 기쁨이 크다. 반면에 내가 남에게 피해를 주면 민폐를 끼쳤다는 실망도 크다. 이상하게 공은 자꾸 중견수 쪽으로 날아왔다. 좌/우익 커버를 하는 공들도 내 것처럼 느껴졌기 때문에 더했던 것 같다. 2루수 정면으로 날아온 공이 빠지면서 중견수 앞으로 굴러왔다. 3루에서 2루로 포스 아웃을 노린 공이 2루수의 글러브를 맞고, 중견수 앞으로 왔다. 슬슬 뭔가 마가 낀 게 아닌가 하는 기분이 들기 시작했다.

알고 있다. 요기 베라의 말처럼 야구는 '끝날 때까진 끝나는 게 아니다.' 하지만 아마추어 야구 경기는 시간제한이 있고, 갑자기 끝난다. 다 같이 우르르 들어가서 겨우 경기가 끝난 걸 눈치챘다. 허수아비처럼 서 있던 운동장에서는 관중석에서 늘 보던 전광판을 보기가 쉽지 않다. 등지고 있기 때문이다. 서로가 카운트를 불러주고 기억하면서 경기가 진행되는 것이다. 지금이 몇 회였는지, 아웃 카운트가 몇 개였는지, 주자 상황은 어땠는지 헷갈리고 있다.

그저 지금 끝났고, 우리는 라인업을 하러 나간다는 걸 알았다.

줄을 서서 상대 팀과 인사하고, 악수하고 우리 팀과 손바닥 하이파이브를 하고 더그아웃으로 돌아가서 정리를 시작했다. 허수아비처럼 있던 내 자신이 부끄럽고, 선출 언니들의 발목만 잡아서 민망하기만 했다. 이 운동장에 내가 있어도 되는걸까? 불안과 걱정이 가득하다. 운동장에서 벤치로 들어가는 길이 천 리 같다. 벤치로 들어가는데 좌익수 언니가 글러브로 툭 등을 친다. "걱정한 거보다는 덜 빠졌어"라고 되레 위로해주었다. 언니의 주특기인 정권 지르기로 한 방 맞으면 차라리 속이 시원할 텐데. 외야도 아닌 주장님은 들어가지도 않고 기다리고 있다. 주장님이 지나가면서 "언니 괜찮아요" 하고 지나간다. 우익수 언니는 "됐어, 잘했어. 열심히 했어. 일단 밥 먹으러 가자" 하고 지나간다. 다들 짐을 정리하느라 정신이 없다. 멍하다. 다시 운동장을 보니 내가 저기 서 있었다는 게 마냥 신기하다. 헛헛하다. 빈 그라운드.

짐을 정리하던 곽국대 언니가 말했다. "알을 깐 뒤에 무너지지 말고, 그다음을 해야 해. 넥스트 플레이." 오좌완 언니도 거든다. "이미 실수했는데 당황하고 있으면 어쩔 거야."

회사에서도 실수하고 나면 한참을 당황하곤 했다. 야구 때문에 이제는 '그래, 나 알깠어. 어쩔 거야' 하고 뻔뻔하게 버틸 수 있게 되었다. 내가 원하든 원하지 않든 살다 보면 실패를 하게 된다. 실

수도 한다. 실수하는 그 순간은 어떻게 할 수가 없다. 그저 그다음을 막으려고 하면 된다. 그렇게 하나씩 팀원들의 '넥스트 플레이'를 모으면 주자가 다음 베이스로 가는 걸 막을 수 있다. 그렇게 버티면 쉽사리 지지 않는다. 그렇게 버티다가 운이 좋아 역전하는 기회가 생기기도 한다. 알은 깐 뒤가 더 중요하다.

실패해도 괜찮다. 넥스트 플레이를 한다면.

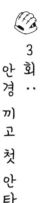

평범한 일반인은 좀처럼 시도하기 어려운 아이템이다. 그리고 감히 엄두를 내기 어려운 시도다. 좀처럼, 감히 시도하기 어려운 옷을 입을 방법이 있다. 바로 야구 유니폼이다. 흰 바지 그리고 흰 티를 입고 위풍당당하게 지하철에 탄다. 흰 바지를 입는 사람들은 용기 있다고 생각했다. 그걸 위아래 세트로 입을 수 있는 자가 바로 나라니! 지하철 1호선 남영역을 지날 때 지하철 불이 잠깐 꺼지는 구간이 있다. 어두컴컴한 구간을 지나 갑자기 불이 한 번에 켜진다. 내가 유니폼을 입고 있을 때, 갑자기 불이 켜지면 전신 흰 유니폼이 번쩍하고 빛이 난다. 스포트라이트를 받으며 무대에 선 기분이다.

"야구 하나 봐. 와~ 진짜 대단하다."

다 들린다. 민망할 때는 선글라스를 끼고 밖을 보면 도움이 된다. 번쩍번쩍 빛나는 스포츠 선글라스라 끼는 순간 더 주목받는 상황이지만⋯ 심리적 안정은 된다. 나는 보이지 않는다. 에라! 모르겠다. 보아라. 나는 야구를 한다. 비록 안타는 하나도 못 치고 있지만⋯.

무안타가 이어지고 있었다. 야구 중계에서는 고개 돌릴 때마다 안타를 치고 있다. 배트로 공을 맞혀서 멀리 보내는 게 문장으로 쓰는 건 이렇게 쉬운데 어렵다. 타격 연습장을 가도 날아오는 공을 전부 때리는 게 쉽지 않다. 기계가 전부 같은 세기로 공을 던지는데 맞질 않는다. 기계가 만든 미세한 변화로도 공을 치기 어려운데, 사람이 정성 들여 공에 변화를 주면서 던지면? 정말 치기 어렵다.

오랫동안 훈련한 투수가 던지는 빠른 공을 몇 초간 본 뒤, 막대기로 정확하게 맞혀 아홉 명의 수비수가 서 있는 곳을 다 피해 그 사이에 공을 떨어뜨려야 한다. 프로에서는 열 번 중에 세 번 안타를 치면 매우 잘 치는 타자로 본다. 나는 1할도 안 된다.

열심히 하는데 못 치고 있으니, 보고 있는 언니들은 되레 갑갑하다. 평일 운동을 하자고 이야기가 모였다. 평일에 하루 정도 저녁 시간에 모여서 타격과 수비 연습을 하기 시작한다. 자세도 불안하고, 하체도 약했고, 허리도 약하고, 어정쩡했다. 몸은 커다란데 그 힘을 실어서 배트를 빠르게 돌리지 못하고 있다. 무엇보다 배트에

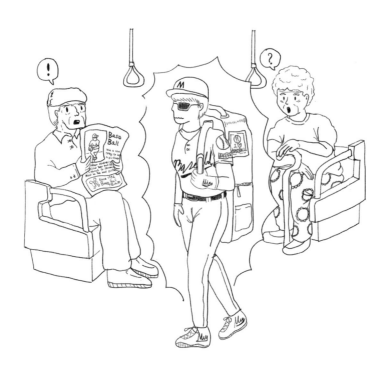

공을 맞히질 못한다. 어디서부터 해결해야 할지 알 수 없어서 몸을 단련하는 데 집중하기로 했다. 공을 배트에 맞히는 단 한 순간을 위해서. 배트를 잘 휘두르기 위해 필요한 근육은 '팔'에만 있는 게 아니다. 발목, 다리, 허리, 등, 팔, 팔목, 어깨까지 전신으로 공을 친다. 타격은 무게 중심을 살짝 뒷다리 쪽으로 보내면서 시작한다. 그 무게 중심을 배트 앞으로 가져오면서, 허리를 돌리고 가장 배트가 빠르게 도는 순간에 공을 딱 맞힌다. 맞히자마자 힘을 빼지 말고 팔을 쭉 뻗어 공을 끝까지 보낸다. 내 몸에서 나오는 회전력을 최대한 사용해서 공에 맞히면 가장 멀리 나아간다.

먼저 하체운동을 시작했다. 어릴 때 '앉았다 일어났다'라는 벌을 받은 적이 있다. 체벌은 안 되지만 무언가 벌을 줘야 했던 선생님들의 교육지책이었다. 힘들었다. 어릴 땐 50번이면 이미 다리가 덜덜 떨렸다. 스쿼트는 그래서 싫었다. 벌이랑 비슷했고 지루했고 그런데 힘들기까지 했다. 제대로 배워보니 스쿼트는 '앉았다 일어났다'와는 상당히 차이가 있다. 20개씩 한 세트, 두 세트 늘려가며 내 힘은 강해졌다. 어릴 때 '앉았다 일어났다' 대신 스쿼트를 했다면 내가 이렇게 몸이 무거운 상태에서 운동을 하지 않았을 텐데. 어른이 돼서 다시 만난 '앉았다 일어났다'는 할 때마다 내 몸을 가볍게 해주었다. 어렸을 때 귀에 딱지가 생기도록 앉을 때마다 '다리를 오므리고 있으라'라는 교육을 받았다. 웨이트 운동을 할 때는 반대로 다리를 근육의 결대로 편하게 벌려서 움직이라는 이야기를 듣는다. 고관절이 강해지면 야구에서 이전에 쓰지 못하던 힘을 쓸 수 있다.

와이드 스쾃을 꾸준히 하면서 몸에서 느껴지는 감각이 달라졌다. 발바닥이 땅에 단단하게 뿌리 박힌 듯하다. 기마 자세로 몸이 내려가도 더 이상 다리가 떨리지 않는다. 발바닥 전체로 땅을 제대로 밟고 있다. 흔들의자 같던 다리가 딱 고정된 듯 단단히 서 있다. 스쾃 자세를 하기만 하면 엉덩방아를 찧을 것 같은 불안함이 사라졌다. 자세가 낮아지니까 자연스럽게 허리를 세워서 앉을 수 있다. 예전엔 이게 말이 안 된다고 생각했다. 허리를 세우라니. 세워져야 세우지. 발목이 굽힐 수 있는 각도가 좁고, 코어 근육도 없었으니 세워질 리가 없었다. 막상 기초 운동을 하고 나니 이 동작이 자연스럽게 된다. 특별히 연습한 것도 아닌데.

처음엔 몸이 무거워서 미칠 것 같았다. 운동하고 난 다음 날 아침, 점심때까지 졸렸다. 하루 이틀 동안 다리에 알이 배겨 있다. 허리는 뻐근하고… 피곤했다. 그 단계를 지나고 나면 서서히 몸이 가벼워진다. 지하철에서 계단만 보면 한숨이 나왔는데, 요즘엔 지난번보다 빠르게 오르겠다는 도전 정신이 샘솟는다. 계단 아래서 한숨을 쉬지 않게 된다. 오히려 계단을 다 오르고 나서 씨익 하고 웃게 되었다. 지하철에서 누구보다 빠르고 가볍게 계단을 올라갔다. 마치 우승이라도 한 듯 그 사실이 누구보다 나에게는 자랑스럽다.

달라진 건 수비와 계단 오르기만이 아니다. 데드리프트를 조금씩 하게 되면서 등의 전체 근육이 좋아졌다. 몸 전체로 회전을 하는 능력이 생겼다. 크게 휘두르지 않아도 내가 친 공이 예전보다 자연스럽게 멀리 간다. 하루에 한두 시간 정도 기본적인 운동을 하면서 생긴 변화다.

이런 기본 운동, 언니들은 어릴 때부터 밥 먹듯이 해왔다. 아침 9시부터 저녁 9시까지. 내가 내신이니 수능이니 준비하면서 앉아 있던 시간 동안, 언니들은 똑같이 운동을 했다. 우리의 차이는 내가 지금 하는 주 1회 운동이 아니라 초등학교 때부터 지금까지 해온 운동이 만들어 낸 차이다. 시간과 경험으로 몸을 단련한 이들보다 이제 막 운동을 시작한 내가 더 잘하기란 쉽지 않다. 지금 하는 스쾃은 언니들의 운동에서는 몸풀기에 불과하다. 늘 하던 거라, 하지 않는 생활을 상상해보지 못했을 거 같다. 반대로 나는 모든 기본 운동들을 한 번도 해본 적이 없다. 이런 운동을 일상적으로 해보려는 생각을 해보지 못했다.

달리지도 못하는 체력에서 어느 정도 달릴 수 있는 몸이 되고 있다. 그러고 나서 타격 자세를 교정하기 시작했다. 처음엔 강백호 선수처럼 다리를 쭉 들어 올려서 뒷다리로 힘을 모으는 방식의 타격을 했다. 남자 코치들의 추천이었다. 나에겐 이게 맞지 않았다.

하체가 약하고, 다리가 단련되어 있지 않아서 무게 중심을 이동하지 못하고 다리가 흔들렸다. 내 눈은 난시라 조금만 흔들려도 공이 잘 안 보이는 상태가 된다. 그러니 '맞질 않는다.' 그래서 다리를 안정적으로 놓고, 회전을 크게 할 수 있는 준비 자세로 바꾸었다. 일단 지금은 이 자세가 연습할 때 소리가 가장 좋다. 타격 자세는 투수의 피칭 자세만큼 정답이 없다. 각자의 장점을 살리고 단점을 숨기는 최적의 자세를 찾는 건 해보면서 본인이 느껴보는 수밖에 없다. 이것저것 시도하다 자신에게 맞는 방법이 나타나는 것이다.

배트 무게. 내가 들고 있던 배트는 32인치, 27온스. 남자들이나 공을 잘 치는 우리 팀원들은 가볍게 드는 배트였다. 나는 잘 치는 사람도 아니고 팔 힘도 별로 없다. 다른 이들에겐 가벼워도 나에게는 무겁다. 배트는 가벼운 배트로 (거의 유소년급) 바꿨다. 확실히 배트가 빨리 돌아간다. 배트가 회전하는 궤적을 조정했다. 이렇게 여러 가지 시도를 할 수 있었던 건 주변에서 누군가가 계속 내가 하는 걸 봐주었기 때문이다. 나는 나를 제대로 볼 수 없다. 나중에 카메라에 찍힌 나를 보고 계속 연습하면서 고쳐보지만 몸을 움직이는 그 자리에서 고치기는 쉽지 않다. 현장에서 자세를 바꿔 시도해볼 수 있는 건 누군가 나를 오랫동안 봐주기 때문이다. 당시 감독님이나 코치님, 늘 근처에 있던 주장님이 다리, 허리, 팔, 손목 각도를 세심하게 봐줬기 때문에 나아질 수 있었다. 아이러니하다. 내게

가장 잘 맞는 방법은 나만 찾아낼 수 있지만, 결코 혼자서는 할 수 없다.

처음엔 티 배팅 소리가 좋아졌다. 배팅 파트너인 이루 언니가 흐뭇한 미소를 짓는다(이 미소는 참으로 보기 드문데?). 내가 봐도 예전보다 타깃 망이 심하게 출렁거린다. 원래는 표적을 흐느적 때리던 공이 한 점을 향해 강하게 날아간다. 표적이 반으로 벌컥 접힌다. 공이 맞을 때 소리가 다르다. 토스 배팅도 배트에 공이 맞는 감각이 달라졌다. 처음엔 턱! 하고 막힌 소리가 나다가 어느 순간부터 따악! 하고 경쾌한 소리를 낸다. 라이브 배팅 타구 방향도 좋아졌다. 배팅 투수를 해주던 언니가 "오… 입문이!" 하고 칭찬해준다. 원래는 내 타구를 피하지도 않던 언니가 이제는 소리가 나면 망 속으로 숨어준다. 예전과는 다르다는 뜻이었다. 라이브 타격을 하는 케이지 밖에서도 작지만 '오~' 하는 소리가 들리기 시작했다. 야구장에 팬이 와서 소리 지르는 것도 아닌데 뭐가 이렇게 기분 좋은지 신나게 쳤다. 무엇보다 타격 연습하고 나면 느낄 수 있는 저릿함을 좋아하게 되었다. 손가락이 좀 까져도, 공을 친 다음 느낄 수 있는 얼얼함이 좋다.

"야, 입문이 많이 좋아졌네. 이제 소리가 그럴싸하다, 야."

이루 언니는 이렇게 칭찬도 잘해준다.

"아 언니 진짜? 뭔가 소리는 좋아진 것도 같은데."

"진짜라니까. 저쪽 망 칠 때 높이가 다르잖아. 이제 딱 중앙에 맞는 거지."

감독님이 배팅 파트너끼리 하는 이야기를 듣고 스윽 토스 배팅을 구경하신다. 뭐라 말은 안 했지만 살짝 고개를 끄덕이며 지나가신다. 그게 또 뭐라고 보조개가 꼼지락거린다. 별거 아니지만, 더 해주면 좋겠다. 엘리트 언니들은 늘 '꾸중'이 기본값이라고 했다. 나는 '칭찬'이 기본값이다. 언니에게 칭찬을 무조건 더 해달라고 할 수는 없으니, 머쓱해 하며 타구 소리가 좋아졌다며 운을 띄워본다. 타구 방향이나 높이가 달라졌다며 추가 칭찬을 해주는 언니. 나에게 남은 건 이제 하나뿐이다. 실전에서 잘 치는 것이다.

"아 이제 라이브 배팅만 잘하면 좋겠는데…."

"그러게 왜지? 왠지 흐린 날 더 못 치는거 같아."

"근데 언니 만약 이게 햇빛 탓이면…."

오싹하다. 언니의 가설. 햇빛 유무에 따른 타격 성공률의 변화라는 언니의 가설이 타당한 것으로 증명된다면 내 타격은 정말.

"방법이 없네."

"방법이 없어."

해결 방법이 없다. 실전이 익숙하지 않아서라면 햇빛 알레르기도 아니고 대체 왜 흐리기만 하면 못 치는 것인가. 나도 이유를 모르겠다. 오늘은 연습경기라 경기 전에 1~2개씩 라이브 배팅을 하기로 했다. 티 배팅에서 호쾌하게 치던 나는 온데간데없고, 공을 맞히지 못하면서 허무하게 내려왔다. 이렇게 라이브에서 못 치니 대타 기회도 줄어들게 된다. 오늘도 별수 없이 벤치로 간다. 친선 경기라 우리 팀 코치님이 따로 심판만 해주시기로 하고 내가 기록을 하기로 했다. 안경을 꺼냈다. 수비를 위해 나가던 선수들이 기록 고맙다면서 꾸벅하고 나간다. 이루 언니가 글러브를 챙기다가 멈칫한다.

"…잠깐만 입문아, 너 안경?"

"응? 언니 나 지난번 기록할 때도 꼈던 거 같은데."

"헐, 수비 갔다 와서 마저 말해줄게."

언니가 수비를 하고 와서 벤치에 앉았다. 언니가 생각하는 '진짜 못 치는 이유'는 의외로 단순한 이유였다.

"너, 공이 잘 보이지 않는 게 아닐까?"

아니다. 나는 눈이 나쁘지 않다. 원시지만 나쁘지는 않다. 안경을 안 끼면 안 될 정도로 눈이 나쁘지 않다. 일상생활이 불편할 정도도 아니다. 책 읽을 때 눈이 아프고, 건조하고 난시도 있지만 세상이 2개로 보일 정도는 아니다. 그러니 뛰어다니고 움직임이 많은 운동을 할 때는 안경을 늘 빼고 했다. 애매한 시력 때문에 정확히 못 보는 게 아니냐는 이야기였다. 세상에, 너무나 그럴싸하다. 그리고 이건 적어도 해결 가능성이 있잖아? 이 설을 믿고 싶어졌다. 사진을 찍으면서 타자를 유심히˙ 보면 잘 치는 친구들은 공이 배트에 맞는 그 순간까지 보고 있다. 동체 시력이라고 해서 움직이는 물체를 파악하는 시력이 있다. 우리가 흔히 하는 눈 가리고 글씨를 알아보는 시력검사는 정지 시력. 빠르게 날아다니는 야구공을 쫓아다니는 야구 선수는 '동체 시력'이 중요하다.

"그럼 야구할 때 왜 안경을 안 꼈던 거야?"

"김 차고… 흔들리고 불안해서요."

시력은 간과하고 있었다. 내 눈은 좀 얄밉게 나쁘다.

원인은 알아냈지만, 해결이 쉽지 않다. 안경을 끼고 운동장에 들어서지 못하겠다. 안경을 끼려면 거리감이 평소와 다르니까 두렵다. 걸을 때도 잘 끼지 않는데 뛰어다닐 때 안경을 끼려니 영 불편하다.

뭔가 이상하다고 느낀 건 캐치볼을 하면서였다. 초보자와 할 때는 괜찮았는데, 공이 빠른 친구들과 캐치볼을 하면 미묘하게 자신감이 떨어져서 피하게 된다. 갑갑하긴 했지만 연습 말고는 달리 방

 벤치에서 사진 찍는 걸 좋아한다. (시합을 나가야지!) 그래도 좋다.

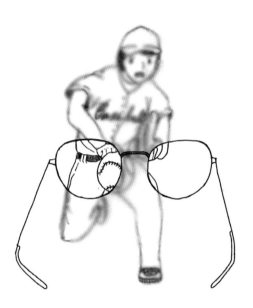

법이 없다. 이루 언니가 묵묵히 쳐다본다.

"속는 셈치고 한번 끼고 들어와봐."

안경을 끼고 운동을 해보라니. 아직 공에 익숙하지 않다. 오는 공을 어떻게 할지 몰라 전전긍긍한다. 안경을 끼고 들어가면 무조건 맞을 것 같다는 불안한 환상 아닌 환상이 있었다. 이젠 불안할 시기가 지났다. 야구를 한 지도 좀 지났고, 캐치볼 정도로 불안할 만큼 어설프지는 않다. 그래서 그런가? 마냥 불편할 줄 알았는데 그렇지 않았다. 되레 공도 잘 보이고, 잘 잡히고, 잘 쳐진다. 언니가 글러브 질을 찰지게 해주니 공 받을 때마다 살짝 샷건같이 "탕~!" 하고 총소리가 울리는 것처럼 들린다. 너무 신나서 공을 좀 더 세게 던질 수 있게 된다. 50, 60, 70, 80퍼센트! 공에 힘이 실린다. 엄마라면 이쯤에서 "역시 엄마 말 들을 걸 그랬지?"라며 으쓱할 법한 대목이지만, 이루 언니는 무게감 있게 끄덕거리기만 한다.

"오호! 나이스 볼! 역시, 진작에 안경 끼고 들어오라고 할걸."

안경 낀다고 캐치볼의 정확도가 올라가는 게 말이 되나? 언니는 서서 움직이지도 않고 공을 받았다. 언니가 받아주는 공은 소리도 신난다. 뭐야 나 잘하는 거 같은데? 공이 도착할 곳에 시선을 고정하고 바라보는 건 기초 중의 기초. 너무 당연한 이야기라 써놓기도 머쓱할 정도다. 야구 교과서에는 '이때 시선은 목표를 향해야 한다'라고 쓰여 있다. 내 눈엔 야구공의 끝점이 흐릿하니까 늘 약간씩 흔들렸다. 막상 잘 보이니까 시선을 고정하기 싫어도 고정됐다. (진짜 잘 보여.) 잘 쳐진다고 해서 홈런처럼 공이 시원하게 날아가는 것은 아니었다. 토스 볼이 배트에 맞는 소리가 맑고, 경쾌해졌다. 그리고 공이 확실히 쭉쭉 뻗어 망에 맞았다.

예전에 했던 수영은 굳이 안경이 필요한 종목이 아니었다. 내가 삐뚤삐뚤 가는지, 나를 향해 돌진하는 물체는 없는지 알 수 있으면 된다. 물속이라 민감한 사람은 물의 흐름으로 느낄 수도 있다. 주변에 사람이 있는지, 장애물이 있는지. 바닷속을 여행하는 일이 아니라면 시력에 의존할 일이 적은 최적의 운동이다.

구기 종목은 다르다. 동체 시력이 필요하다. 공이 뜨자마자 어떤 각도로, 어떤 속도로 오는지를 보고 어디쯤 떨어질지 판단할 수 있어야 공을 잡을 수 있다. 가장 높은 곳에 떠 있는 공이 하강하는 궤적을 내 글러브 속까지 들어오는 그 순간까지 본다. 타자로 타석에 서는 찰나의 순간에 공과 내 배트가 부딪히는 임팩트 포인트를 맞혀야 한다. 맞힌 뒤에는 공이 어디로 어떻게 날아가는지 보면서 1루로 갈지, 2루를 갈지를 생각한다. 주자인 상태에서도 늘 날아가는 공을 본다. 모든 플레이들이 짧은 찰나지만 좋은 동체 시력이 있어야 플레이에 정확도가 높아진다. 이 팀에도 안경 낀 언니가 이루 언니 말고도 여럿 있다. 슬램덩크의 '안경 선배'도 안경을 끼고 있지 않은가.

나는 아이템 스포츠 안경*을 장착했다. 이번 경기는 좋은 예감이
든다. 생일이기도 했다. 배팅 장갑도 잘 맞고, 안경도 뒤에 고정 장
치를 해서 딱 상태가 좋다. 지난 경기 때는 없었던 '루틴'도 하나 만
들었다. 멀리 치는 듯한 흔들거리는 동작. 멀리 나갈 것 같다. 게다
가 이번 상대 팀. 지면 안 되는 상대라고 들었다(달리 져도 되는 상대
가 있으려나). 나는 내 타석의 승리 요건을 심리적으로 하나씩 쌓고
있었다. 오늘 벤치 분위기마저 좋고, 팀 장비가 깔끔하게 정리되어
있고, 완벽하게 암 가드를 차고 있고, 모든 것이 괜찮은 것 같은 이
자신감. 타석에서도 왠지 여유로웠다. 투수가 지나치게 시간을 끄
는 것이 보인다. 이제 제법 선수들이 하던 경기를 구경해서 그런지
한 번 정도는 배터 박스를 나가도 되겠다 싶어서 운동화를 툭툭 털
었다. 멀리서 언니들이 까르르 웃는다. 제법 여유롭다면서(웃지 말
고 도와주자. 팀 언니들아).

 안경테 부분이 부드럽고 가벼운 고무소재로 되어 있고, 안경렌즈에 자외선 차단,
방탄 재질로 되어 있다. 깨질 때도 안전하게 부서지는 재질이라고 한다. 투수
는 야구 규정상 눈이 보이는 소재로만 렌즈를 할 수 있기 때문에 눈이 보이는 색이
나 투명으로 렌즈를 한다.

그래서인지 투수의 공이 유달리 느리게 보인다. 아니, 정확하게 보인다. 평소에 연습하는 토스 공처럼, 지하철역 앞의 배팅센터 공처럼 웬지 칠 수 있을 것 같다. 냅다 휘둘렀다! 공이 "캉~!" 하고 유격수를 살짝 넘어서 떨어졌다. '허, 진짜 맞았다?'라고 생각할 틈도 없이 배트를 오른쪽으로 팽 던지고 달려 나간다. 내 발은 왜 이렇게 느린걸까? 가는 길이 천리 길이다. 1루에 겨우 도착. 타자들이 잘해줘서 주자로 무사히 한 바퀴를 돈다. 안전하게 집으로 귀환. 홈을 밟고 벤치에 들어간다. 하이파이브를 하는데 언니들이 장난을 치며 구시렁거린다. "자기들이라면 2, 3루는 너끈했다", "걷는지 뛰는지 구분이 안 된다"는 둥. 경상도 느낌이 물씬 나는 퉁명스러운 칭찬을 들으며 쑥스럽게 "알았다고!" 하고 멋쩍게 경상도 식으로 답했다. 이렇게 0안타 0득점 0타점의 기록을 깨고, 1안타 1타점 1득점을 '기록'했다.

기록보다 드디어 이 자리에 앉을 수 있는 자격이 생겼다는 기분이 들어서 기쁘다. 경기에 스타팅 멤버가 아니더라도, 수비수 한자리를 꿰차지는 못하더라도, 가끔 나가서 한 방씩 칠 수 있는 타자가 되어 이 경기의 승리의 한 조각을 채울 수 있다. 아무도 나에게 '자격'이 없다고 말한 적은 없다. 벤치에서 하던 역할도 분명 의미가 있다. 하지만 기록은 다르다. 처음으로 공식적인 팀의 '도움'이 되었다. 숫자와 기록이 공식적으로 생기는 기쁨이 이렇게 크다니

기록물은 이런 힘이 있다. 세상 쓸모없는 감사장이나 감사패를 이래서 만드나 싶다. 그 종이 한 장으로 내가 누군가에게 1타점이었음을, 누군가도 나로 인해 득점했다는 것을 기억하게 된다.* 그래서 지금 이렇게 글을 쓰는지도.

 내가 쳐서 만든 점수 '타점', 누군가 쳐서 내가 홈을 밟아 만들어진 점수 '득점'.

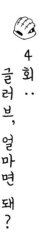

구기 종목 중에서 F1만큼 장비 의존도가 높은 스포츠를 고르라면 그것은 야구가 분명하다. 축구, 농구, 배구는 야구에 비해서는 살 게 별로 없다(이것은 타 종목에 대한 비하 의도가 없으며, 오히려 자유주의와 자본주의의 상징과도 같은 F1과 야구에 대한 비난일지도). 유니폼은 정해져 있고 제일 비싼 물건인 공은 경기장과 함께 공용으로 사용한다. 하지만 야구는 운동화 말고도 사야 할(사고픈) 물건이 아주 많다.

첫 안타를 친 이후 장비병에 걸리고 말았다. 예전보다 대타도 많이 나가게 되었다. 1루만 출루하면 거의 슬로모션 같은 내 발로도 2루로 도루를 할 수 있다(2루 도루를 여성 아마추어 포수가 막는다는 건 매우 어려운 일이다). 이렇게 종종 대타 자리를 나가게 되면서 배트가 갖고 싶어졌다. 팀의 배트는 좋지만 개인 배트처럼 상쾌한 소리가 안 나서 아쉽다. 그렇다고 개인 배트를 친구에게 빌리기는 겁난다. 배트도 개인 취향마다 다르고 소리나 무게도 다르다. 차를 빌리는 부담과 비슷하다. 많이 유통되지도 않아서 빌려서 깨지기라도 하면 배트를 사는 만큼 돈을 내도 못 구하는 경우가 많다. 차보다도 부담스러울 때가 있다. 차라리 내가 사서 부숴 먹는 게 낫지. 하지만 개인 배트를 사는 건 홈런 타자나 하는 일 같아서 막상 사려니 망설여진다.

글러브가 갖고 싶다. 처음에는 팀에서 공동구매를 하거나, 누군가 가지고 있던 글러브(길을 잘 들인)가 제일 좋다고 언니들이 말해 주었다. 팀에서 이번에 공구 하는 글러브, 다 좋은데… 색이 마음에 들지 않았다. 인생 첫 장비다. 허영과 장비욕이 가득한 나는 글러브 구경이 너무 하고 싶어졌다. 먼저 시장조사에 착수했다. 어차피 뉴스와 보도자료로 나오는 브랜드 점유율은 프로팀 한정이다. 실무적으론 맞지 않다. 우리 팀 내 글러브 브랜드 점유율을 조사하기 시작했다. 언니들의 메인 글러브와 서브 글러브(하나만 가지고 있는 사람도 별로 없다), 각 포지션 별 글러브, 사용자 심층 인터뷰를 진행했다. 마지막으로 구매 가격 정보를 입수. 선출 선수들의 의견을 바탕으로 경식글러브 입문 가격대를 설정했다. 여기까지 하니 일을 하는 건지 취미를 즐기는 건지 경계가 모호하다(이쯤 하니 '그 병은 사지 않으면 낫지 않는 불치의 병'이라고들 했다). 그리하여 선정한 모 브랜드. 그리고 가격대는 10만 원대 중반. 외야 글러브를 사기로 했다.

자신 있게 설정한 가격대와 브랜드를 바탕으로 오프라인 매장을 구경하기로 마음먹었다. 많이 알아봤으니, 가면 잘 알 수 있지 않을까? 막상 가니 내가 살 수 있는 가격대의 물건이 보이지 않았다. 진열된 제품은 40~50만 원을 호가하는 아주 좋은 제품들. 글러브 가까이로 갔더니, 불쑥 나타난 매장의 남직원의 첫 질문이 "선물하시게요?"였다.

"아니요. 제가 쓰게요. 제가 낄 만한 글러브는 없을까요?"

"아…. 여기 핑크색 없어요."

나는 그다음 대화를 이어가지 못했다. 실타래 같은 오해를 어디서부터 풀어야 할지 실마리조차 찾지 못했다. 우리의 대화는 거기서 끝이었다. 내가 말한 '여자들 낄 수 있는 글러브'는 그의 단단한 편견과 다르게 핑크색 글러브를 말한 것이 아니었다. 여자들의 손은 남자들의 손에 비해서 평균적으로는 작고 얇다. 그냥 끼면 안 맞다고 들었다. 손가락 길이나 입수구 부분이 나에게 맞을 법한 글러브가 있는지가 궁금했는데…. 나의 질문은 스트라이크 존을 한참 벗어난 투수의 공처럼 의도를 벗어나 안 물어봤고, 별로 안 궁금한 핑크색 글러브가 있는지 확인하고 말았다.

물론 핑크색 글러브나 유니폼을 좋아하는 이들도 있다. 색은 취향인데 아무렴 어떠랴. 핑크색, 남녀노소가 사랑할 수 있는 색이 아닌가. 요즘 남자 친구들이 가지고 있는 소소한 아이템 중에 핑크색이 늘어났다. 그들의 주장은 "남자는 핑크"였다. * 핑크색을 여성의 색으로 주장하는 사고는 너무나 구시대적이라 생각하지만, 생활 곳곳에 구시대가 넘쳐서 내가 지나치게 신시대였나 고민하게 된다. 하여간 내가 갖고 싶은 글러브 색은 갈색이다.

나도 안일했다. 글러브를 사고 싶어 하는 나의 관심의 수준이 선수를 준비하는 유소년이나, 비슷한 남자 사회인 야구인에 비해 깊이가 부족했던 건 사실이다. 애초에 내가 이렇게 말했으면 그는 핑크색을 말하지 않았을지도 모른다.

"12. 25인치 외야 글러브 중에서 제 손에도 맞을 법한 가볍고 좋은 글러브 추천해주세요. 가격대는 10~20만 원대가 좋겠어요. 핑크색 말고요."

그랬다면, 이런 답을 했을 텐데.

 여자야구팀 공동구매 글러브 선택지 중에 핑크색은 없었다.

"그러시면 여기 이 글러브가 저렴하고 가벼운 편인데요."

기본적으로는 내가 무슨 포지션에, 어떤 글러브를 쓰는지에 대한 설명이 부족했다. 투수를 포함한 모든 포지션을 무난하게 해낼 수 있는 5가지(투수, 올라운드, 1루수, 포수, 내야수, 외야수)로 나뉜다. 이 중에 포수/1루수 글러브는 미트(Mitt)라고 불리고 여느 글러브와는 다른 모양을 가지고 있다. 이 두 글러브의 특징은 엄지와 검지가 완전히 붙어 있고, 두텁고 크다. 두텁고 크기 때문에 비싸기도 비싸다. 초보가 포수와 1루수로 시작하는 경우는 없기 때문에 우선은 알고 있는 정도면 충분할 것 같다. 중요한 것은 포지션과 용도에 따라 길이와 모양으로 세부적으로 나뉘면 수십 가지 종류가 넘게 나뉠 수 있다는 것이다.

손 사이즈 역시 조금만 생각해보면 글러브 사는 사람이 당연히 알고 있었어야 하는 정보였다. 발에 신는 신발은 발 사이즈와 금액, 브랜드를 정해야 살 수 있다. 손에 끼는 글러브 역시도 '손 사이즈'를 알아야 하는 건 당연한 이야기다. 내가 물어본 질문인 '여자를 위한 글러브' 사이즈는 매장에서 팔고 있지 않는 것이 당연했다. 프로리그도 없는 여성이 야구를 한다는 것 자체가 매우 생소하고, 애당초 전국에 1천 명 남짓한 (2022년 기준) 여자 사회인 야구 동호인을 위한 재고가 해당 매장에 있었을 리 만무하다. 작은 사이즈를 찾기 어렵다면 '유소년용 글러브' 중에서 찾아보는 것도 방법

투수용

포수용

1루수용

내야수용

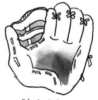

외야수용

이다. 우리나라 유소년은 대부분 야구 엘리트라 작지만 질 좋은 글러브가 많이 구비되어 있다.

그럼 우리 팀 언니들은 어떤 글러브를 쓰고 있는 것일까? 프로들이 사용하는 브랜드들도 있고 모두가 다 다르다. 쓰는 국내 글러브 브랜드도 쓴다. 한두 사이즈 큰 기성 글러브를 산 뒤에 수비용 장갑이나 손목 고정 밴드를 사서 사이즈를 맞춘다. 조금 헐렁한 정도는 손에 장갑을 끼워서 맞추면 된다. 선수 출신 언니들은 오더 글러브를 사용하는 경우가 있다. 오더 글러브란 수제 맞춤 주문 글러브(custom order-made)라는 말의 줄임이며, 직접 가게로 가서 손 사이즈를 잰 이후에 수제로 만드는 글러브를 뜻한다. 양복으로 치면 맞춤 양복이다.

여기에 하나 조금 더 덧붙이자면 웹(망)의 모양을 추가해볼 수 있겠다. 글러브의 웹이라는 것은 손가락으로 치면 엄지와 검지 사이에 있는 망인데 형태가 다르다. 투수는 공을 던지기 전에 그립을 잡는다. 그립은 공을 쥐는 방법인데 공을 쥐는 방법에 따라 어떤 구종으로 공을 던질지 정해진다. 공을 잡는 손 모양을 가릴 필요가 있어서 공을 잡는 손이 보이지 않는 꽉 막힌 웹을 사용한다. 포수와 마운드 위에서 회의할 때 입 모양을 가리기도 한다. 내야수는 취향과 용도에 따라 다르긴 하지만 뜬공을 처리할 때를 위해서

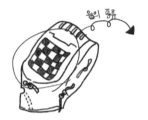 웹의 종류

 바스킷

 트라피제

 모디파이드 트랩

독 피스

에이치 웹

아이 웹

크로스

뚫려 있는 웹을 사용한다. 사회인 야구에서는 십자형으로 뚫린 웹을 많이 본 것 같다. 외야는 정말 각양각색인데 취향에 따라 다양하다. 포지션, 색, 길이, 웹 종류, 급에 따라 나누면 글러브의 종류는 기하급수적으로 늘어난다.

다시 처음의 '핑크'로 돌아와보자. 이렇게 많은 종류가 있다는 것을 알고 보면 대책 없이 찾아온 나에게, 대책 없이 핑크를 추천한 그의 의견은 높은 확률로 손님의 요구에 맞을 가능성이 있었다. 종합적으로 그의 추론은 타당했는지도….

나는 이제 달라졌다. 다시 한 번 오프라인 매장 앞에 선 것이다. 심지어 이미 온라인으로 다 알아봐서 구매만 누르면 그 가격으로 살 수 있을 정도로 알아봐놓은 것이다. 오늘 내가 이곳에 온 것은 내가 사려는 물건의 컨디션이 나쁜지 좋은지를 확인하기 위한 최종절차에 불과하다. 기분상 금일 농산물 도매가를 다 알아보고 직판장에 온 도매상인의 마음이다.

"선물하러 오셨어요?"

"아니요. 제 거요. ○○브랜드, ○○급, 모델명 ○○이에요. 13만원 정도 하는 거 보고 왔어요. 색은 ○○이 좋겠네요."

"아, 네. 잠시만요."

"그게 웹이 이치로(트라피제)밖에 안 남았는데 괜찮으세요?"

"네네, 그걸로 주세요."

이 정도까지 말해야 찾아주는구나 싶지만…. 야구라는 스포츠가 사전에 많은 예습을 요구하는 것 같다. 입문자를 끌어들이는 장벽이 너무 높지 않은가? 어차피 인구도 적은 땅에서 야구를 하는 사람은 더 적을 텐데 문턱이 좀 낮으면 좋겠다. 야구는 마니아를 더 환대하는 폐쇄적인 기질이 있다. 마치 간판도 문도 제대로 안 열리는 히든 바(Bar)다. 덕분에 입문이 어렵긴 하지만, 일단 들어오고 나면 마니아들끼리 끈끈한 유대감과 동지애가 생긴다. '안다'는 것만으로도 여러 가지 더 살뜰하게 챙겨주기도 한다. 일단 들어오는 게 쉽지 않지만.

선수와 일반인 사이의 정보 격차가 참 크다. 생활 체육도 제대로 해보지 못한 나에게 모든 것이 새로웠다. '스포츠 용품 전문 매장'의 존재부터 신선했다(운동 도구는 다 대형마트에서 사는 줄 알았다). 선수들이 다 똑같은 용품을 쓰는 줄 알았는데, 모두 다 다른 걸 끼고 있다는 사실도 재밌었다. 가격도 천차만별이라는 점도. 운동용품이란 걸 사본 적이 없는 나에게는 너무 새로웠다. 동대문운동장 주변에 많다거나(옛날 이야기), 특별히 자주 가는 온라인 사이트가 있거나, 이 모든 정보는 네이버나 구글이 아니라 '야구를 하는 이들'로부터 들었다. 혼자서 사려고 고민해도 답도 없다. 야구를 시작하면 알게 된다. 마치 대부의 가문에 들어온 것처럼 야구 카르텔에

일단 들어오면 당신은 '패밀리'다(가족적인 분위기와는 좀 다름). 어떤 글러브를 살지, 어디서 살지 팀원들이랑 이야기를 나누면서 감을 잡을 수 있다. 어찌저찌 원하던 갈색 글러브에 다다를 수 있었다.

이제 외야 잔디밭 허수아비(본인)에게도 제 짝이 생긴 것이다. 이 글러브는 사고 나서 길들이는 데 한참 걸리고, 관리하고 경기에 사용할 수 있는 컨디션으로 만드는 데 또 한참이 걸린다. 참 어려운 스포츠다. 그렇게 길들이고 나서야 드디어 본인 글러브가 하나 정도 있는 야구인이 된다.

F1만큼은 아니지만, 야구도 '자본주의' 스포츠다. 축구처럼 대자연에서 공 하나만으로 할 수 있는 운동은 아니다. 앞서 말했던 '글러브' 외에도 배팅 장갑, 수비 장갑, 암 가드, 풋 가드, 헬멧, 배트, 선글라스, 각종 보호대 등 사려고만 하면 살 게 많다. 이렇게 도구를 챙겨도 야구는 경기하는 사람들만 모여서는 제대로 경기가 안 된다. 프로에서는 주심, 1루심, 2루심, 3루심, 기록원이 있지만 동네야구에도 적어도 주심 1명, 기록원 1명은 필요하다. 좋든 나쁘든 야구장(공이 날아가도 막아줄 펜스가 있는)도 필요하다. 이렇게 1팀이 아니라 2팀이 있어야 겨우 경기가 가능하다. 팀의 운영진들은 매주 연습 상대를 찾기 위해 전화 돌려가며 애를 쓰고, 심판을 섭외해서 경기를 한다. 매주 그걸 하는 건 상당히 정신력이 소모되는 일이다. 여기서 '리그'를 만들자는 이야기가 나온다. 몇 개의 팀들

기록원 ×1명

심판 ×1명

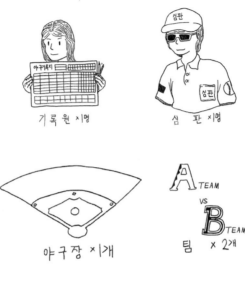

야구장 ×1개

A TEAM
vs
B TEAM

팀 × 2개

야구장비 × N개

이 경기장을 공유하고, 심판도 기록원도 공유한다. 대신 장소대여비와 심판과 기록원의 인건비, 전체를 운영하는 이들의 인건비를 모든 팀이 나눠서 낸다. 이게 바로 '리그비'의 정체다. 아마 프로에서는 여러 후원사로부터 이 비용이 채워지겠지만, 우리의 야구는 후원사가 없다. 후원인도 우리, 선수도 우리다. 돈도 나눠서 낸다.

야구 동호회의 진짜 문제는 '유전유동, 무전무동'이 아닐까? 돈이 있으면 운동을 할 수 있고, 돈이 없으면 운동을 할 수 없다. 개인 운동을 제대로 해보려면 개인의 자본이 많이 필요하다. 특히 운동을 제대로 배워보고 싶어서 성인이 된 이후에 시작하게 된다면 제대로 배우기 위해서 '학원'과 '과외'밖에 없다. 운동을 위해 이렇게 돈을 많이 들여야 하나 생각이 들 법도 하다.

이쯤 되면 "얼마면 돼?" 싶다. 천차만별이다. 얼마나 장비를 살지, 얼마나 리그를 뛰는지, 위치에 따라 교통비도 달라진다. 유동적으로 변할 수 있는 교통비와 식비는 제외하고 생각해보자. 신입 선수가 본격적으로 야구를 시작하게 될 경우의 예산. 개인 장비(야구화, 글러브, 배팅 장갑) 단체 유니폼, 동계 점퍼, 하계 단체티, 장비 가방, 팀 회비(리그비, 선수등록비, 회비 등) 이외에 기타 비용(교통비, 식비, 전국대회 참가 비용 등)를 별도로 생각해보면(장비, 회비, 기타 잡비) 정도 연에 100만 원은 너끈히 넘지 않을까? 기타 비용은 개인에 따라 훨씬 더 많아질 수도 있다. 서울에서 남양주, 구리를 마구 오

야구 입단 견적서

작성자 : 김입문

일자 : 2019

(단위 : 만원)

항목	금액	항목	금액
글러브	15	팀회비	10
유니폼	20	교통비	50
신발	5	리그비	10
배트	15	선수등록비	3
가방	7	:	:
동계잠바	7		
하계티	3		

총계 : 145 +α만 / 년간

가고 전국대회면 경주, 이천, 부산, 화성, 익산 등을 여행한다. 그리고 운동을 하고 나서 밥도 적게 먹지는 않을 것이다.

뜻이 있는 곳에 길이 있다. 비용 중에 '개인 장비'는 상황에 따라 최소한으로 줄일 수도 있다. 운전 초보가 본인의 중고차를 고를 수 없듯, 야구 신입이 좋은 중고매물을 알아보는 것은 쉽지 않다. 주변 팀원의 안목을 통해 사면 개인 비용도 많이 아낄 수 있다. 하고 싶은 마음이 크면 주변에서 밀어주게 되어 있다. 어떤 꿈나무(학생이었다)는 회비도 지원받고, 장비도 지원받으며 야구를 하기도 했다. 재능과 열정이 있다면 주변에서 도와주고 싶어진다. 하지만 개인의 힘으로는 장비비와 기타 잡비를 아껴서 쓴다. 이게 개인이 최소한의 비용으로 야구를 할 수 있는 방법이다.

총무님은 조심스럽게 말을 꺼낸다. "그리고… 전국대회나, 이동하게 되면 비용이 추가적으로 들 수 있습니다." 이동하고 참가하는 비용도 시간도 만만치 않게 들어가는 전국대회. 회비만으로 부족하긴 하지만 개인에게도 부담스럽기는 마찬가지다.

호주에서 살았던 적이 있는데 한인 야구팀에 들어가기 전 제일 부담스러웠던 건 비용이었다. 한국에서처럼 돈을 버는 것도 아니고, 호주의 무시무시한 물가를 생각하면 얼마가 들지 알 수가 없었다.

"어… 여기는 참가하면 얼마나 돈이 들어요?"

"응?? 점심값 정도?"

의외였다. 개인의 힘 말고 정부나 지자체의 도움을 받은 '야구'는 조금 달랐다. 처음 들어갈 때 부담스러움이 없었다. 호주에서는 동네 여기저기 넓은 잔디밭이 많아서 그럴지도 모른다. 본격적인 시합을 하는 공간은 정해져 있긴 했지만 동네 야구를 하는 데 아무런 어려움이 없었다. 혼자 벽치기를 할 만한 곳도 많았고, 어디든 너른 잔디밭이 있다. 일본도 캐치볼을 하거나 동네 야구를 위한 공간은 여기저기에 있다. 어린아이들이 동네 야구를 여기저기서 했다. 강둑 어귀에서, 공원 어딘가에 불이 켜진 운동장에서도 캐치볼도 할 수 있고 연습을 할 수 있다. 펜스로 철저하게 막힌 공간이 아니어도, 주변에 사람이 없고 안전하게 야구할 수 있는 공간이 많다. 가까운 곳이었다. 매번 이동하는 '교통비'와 '장소 대관비', 그 비용만 제외해도 팀의 야구 비용은 상당히 줄어들 게 분명했다. 가장 충격적으로 들었던 이야기는 독일인 친구의 이야기였다. 어디에나 클럽이 있어서 원하는 데 들어가면 된다는 거였다.

한국은 90~100퍼센트 동호회 회원들의 자체 비용으로 운영된다. 반면 독일에서의 스포츠클럽에서는 월 회비 이외에 체육단체, 연방 및 주 정부, 지방자치 단체의 공적 보조금, 자체 사업 수익, 기부금, 각종 광고 수익 등을 통해 운영 예산을 마련한다. 이외에도 스포츠클럽은 국가로부터 각종 세금 면세 혜택을 받는다. 납세자가 클럽에 기부금을 낼 경우 그에 해당하는 만큼의 세금 환급을 받을 수 있다. 스포츠클럽이 이와 같이 직·간접적으로 재정 지원을 받는 이유는 스포츠클럽이 상업적 스포츠 공급자들과 달리 공익 추구를 목적으로 할 뿐 아니라 원칙적으로 모든 이가 참여할 수 있도록 개방성이 보장된 비영리조직이라는 법적 위상을 지니기 때문이다. 이런 힘으로 독일은 전 국민의 3분의 1이 '스포츠클럽'에 가입했고, 개별적인 스포츠를 전 국민 70퍼센트 이상이 운동을 하고 있다.

5천 만 한국에도 1,600만 명이 스포츠클럽에 가입하고, 개별적인 스포츠까지 합쳐서 3,500만 명이 운동하는 날이 올까? 공교육을 믿지 않는 한국인은 과외와 학원의 힘으로 수능을 치룬다. 스포츠마저 개인 트레이닝이라는 과외, 아카데미라는 운동 학원의 사교육의 장에서 해결하고 있다. 공교육도 사교육도 아닌 '동호회'는 '클럽'도 아닌 '지역사회 단체'도 아닌 그 가운데 어디의 도움도 받지 못한 채 운영하고 있다. 슬픈 것은 이 가운데 희생되는, 돈이 없어서 운동을 할 수 없는 이들이다.

진정한 자유는 황금으로도 살 수 없다지만, 잔디밭에서 운동을 할 수 있는 자유는 살 수 있다. 비록 나는 돈이 없지만, 언제든지 잔디밭에서 운동을 할 수 있으면 좋겠다. 돈이 있는 사람은 잔디밭을 빌려서 쉽게 놀 수 있다. 골프장도 있고, 야구장도 돈으로 빌리면 되니까. 돈이 없어 잔디밭을 밟으며 운동할 수 없는 삶은 슬프다.

"얼마면 돼?" 했을 때 "점심값 정도?"라고 할 수 있다면, 여자들 중에 야구를 하는 사람도 훨씬 많아질 텐데. 잔디밭 가격을 물어봐야 하는 현실이 안타깝다.

기억에 남는 생일이 있다. 누군가는 촌스럽다고 할 거 같지만 김밥 (싫어하는 오이를 뺀)을 한 알씩, 계란물에 튀겨서 한 칸씩 쌓아 만든 노란 김밥 피라미드. 떡볶이에 피자까지 상다리 부러지게 차려져 있던 어느 어린 날의 생일이다. 특별한 전자제품을 선물로 받지도 않았고, 특별한 어딘가에 가지도 않았는데 그 상 위에는 먹고 싶은 모든 음식들이 있었다. 외동인 나에게 여러 명이 모여서 생일 축하 하는 파티는 다른 파티보다 훨씬 더 호사스럽게 느껴졌고 아직까 지도 그 광경이 기억이 난다.

그런 화려한 생일잔치도 사춘기와 함께 온 IMF를 지나 사라져 버렸다. 대학에 들어가고, 사회인이 된 이후로는 혼자 보내는 생일도 제법 익숙해졌다. 이제는 내 생일이라는 이유만으로 가족을 소집할 수 없고, 평일 저녁 친구들을 불러 놀 수도 없는 나이가 되었다. 무엇보다 더 이상 나이를 먹는 게 파티를 할 정도로 즐겁지만은 않다. 이제는 가끔 생일을 맞은 주말 저녁에 몇 안 되는 친한 친구를 불러 술 한잔에 만화책이나 밤새도록 보면 굉장히 즐겁게 보낸 생일이다.

야구팀에 들어간 후 처음으로 돌아오는 생일이었다. 친구들이 "생일날 뭐해?" 하고 묻길래 당연한 듯 "어 야구 경기 있어" 하고 대답했다. 그다지 궁금하지 않은 내 친구들은 "역시 그렇군" 그런다. "그러면 다음 날 보자" 하고 익숙한 듯 약속을 바꿨다. 이제 주말 일정은 야구 때문에 빠지는 게 당연하다. 생일이라 해서 내가 하는 야구가 훨씬 더 특별하지 않다. 나갈 수 없는 경기에 넣어주는 일도 없다.

나는 스포츠를 해본 적이 없어서 팀 안에 주전 경쟁이 있는지 몰랐다(만화엔 그렇게 많이 나오는데). 1학년만 있어서 각 포지션마다 대기 멤버 없이 모두가 함께 가는 만화 같은 팀은… 없다(세상 어딘가엔 있겠지만). TV에서 보는 고교 전국대회(봉황대기, 황금사자기)에 나오는 고등학교들의 야구부원은 약 30~60명. 9명이 수비를 보니까 각 포지션마다 3명은 경쟁을 하고 있다. 물론 경쟁을 한다고 반드시 분위기가 험악한 건 아니겠지만 그래도 마냥 평화로울 수는 없는 환경이 아닐까 싶다. 팀에 사람 수가 지나치게 많아지면 경기에 나가는 팀원 비중이 줄게 된다. 상대적으로 불만을 가진 이들이 생겨나게 된다. 팀이 너무 빠듯하게 운영하면 다치거나 변수가 생겼을 때 대응을 하기 어렵다. 주전 멤버가 팀 일정에 전혀 빠질 수 없는 환경이라 부담스러워질 수도 있다. 정원에 딱 1.5배 정도의 숫자로 운영하면 좋겠지만, 그것도 쉽지 않다.

생일상 같은 야구 경기는 없지만, 평소 그대로 유니폼을 입은 언니들은 만날 수 있다.

"생일빵!"

"악! 진짜 아파. 아니 직구 뿌리는 팔로 풀 스윙하면 어떡해."

유니폼만 입으면 다 큰 사회인이 중학교 친구들같이 변한다. 쉬는 시간이 끝나고 책상 위를 보면 귤 하나랑 다이어리나 펜 같은 게 몇 개 있던 책상 위가 생각난다. 퍽퍽 치고, 선물이라며 소소하게 웨이트 볼 하나, 야구용 아이템을 하나씩 찔러 넣어준다. 눈 밑에 붙이라면서 햇빛 반사 방지 스티커를 주고 간다. 오글거리게 생일 축하한다고 선물을 주지는 못하고, 괜히 근처에 와서 치근덕거린다.

내 생일은 장마 기간이라 대체로 흐리거나 비 오는 날이 많았다. 외부에서 뭘 하던 기억보다는 실내에서 소소하게 모여서 케이크를 먹거나 만화책이나 보던 기억만 가득하다. 아웃도어형 인간이지만 생일날의 기억은 대체로 인도어다. 그래서 간만에 생일날 외부에서 야구를 한다는 것만으로도 좋다.

"오늘 생일인데 타점을 만들어야 되지 않겠어?"

"이번엔 라인업에 넣어주지 않을까? 특별히 어려운 상대도 아니고."

이제 딱딱했던 내 잔뽕화*(인조잔디용 신발)도 길이 들어 있었다. 흙먼지에 멋스럽게 접힌 언니들의 신발과 다르게 내 신발은 지나치게 반짝거리고 있었다. 많이 달려서 땀이 배고 서다 멈추다를 반복해서 여기저기 상처가 난 그 신발의 자연스러운 주름이 멋있어 보인다. 켜켜이 쌓여가는 연습 시간만큼 내 마음속에도 작은 기대가 생긴다. '어쩌면 경기에 나갈 수 있다'라는 기대가. 시험을 준비하는 매몰 시간이 길어지는 만큼 시험은 포기하지 못하는 고시생과 비슷하다. 나의 매몰 시간이 반드시 효율적인 실력과 비례하지 않는데도 불구하고, '어쩌면 합격할 수도 있다'라는 빈약한 근거에

 인조잔디, 포인트, 스파이크 징 신발이 있다. 처음엔 트레이닝 화를 신고 갔다가 팀에서 많이 신는 유형으로 구매하면 좋다. 내 주변은 대부분 인조잔디화로 시작한다.

과장된 결론만이 나를 사로잡게 된다. 슬프지만 나의 노력과 성공할 확률은 반드시 비례하지 않는다.

감독님이 라인업 종이를 들고 나왔다. 진실의 순간이다.

"7번에 7번 김입문."

오… 스타팅 멤버에 들어갔다. 게다가 좌익수다. 이번에는 우익수에 나보다 나중에 들어온 신입도 들어갔다. 이번엔 프로야구로 치면 1군이라기보다는 1.8군쯤 되는 멤버들이 주로 나가서 하는 경기다. 리그 경기이지만 새로운 멤버들에게 기회를 많이 주는 날이다. "들어갔네!" 언니들이 반가워한다. 다들 자기 일처럼 기뻐해 준다.

선발로 뽑히는 재미를 알게 된 후로는 야구 경기를 볼 때 선발 투수나 스타팅 멤버 목록을 그냥 봤는데, 이제는 예전처럼 편하게 지나칠 수가 없다. 로스터를 짜기 전에 어떤 고민이 있었고, 어제까진 어떤 일이 있었는지. 그래서 오늘은 어떻게 하고 싶어서 이런 라인업을 짜는 건지 보게 된다. 그저 야구를 보고만 있었다면 몰랐을 이야기다. 매일 크게 바뀌는 게 없는데 자세히 보면 매 경기마다 다르다. 누구 하나 빠지면 금방 알게 된다. 저 친구 얼마 전에 슬라이딩을 한 뒤 얼굴이 안 좋았는데 역시나 부상으로 1군 말소됐네. 오랜만에 2군 선수가 올라왔네, 이번엔 오래 버티면 좋겠다. 대타로 나왔을 때 2루타를 쳤던 거 같은데 오늘 한 번 더 나오나 보

다. 이번에는 잘됐으면 좋겠다. 쟤는 신인인데 베테랑을 밀고 자주 나오네? 어쩌나… 베테랑 선수가 이제 진짜 은퇴할 때가 됐나. 신인이 반갑기도 하고 밉기도 하다. 베테랑이 오랜만에 나오면 아직 은퇴할 때가 아니라고, 한 번만 더 치라고 응원하기도 한다.

글러브를 챙긴다. 1회 초 일단 수비부터 시작한다. 좌익수까지 오다니. 벤치에서 좌익수면 인턴에서 대리로 승진이다. 그래도 어느 정도는 팀에서 필요한 사람이 된 느낌이다. 회사에서 하루종일 '필요하다'면서 불려 다니며 회의를 한다. 나를 진심으로 필요로 하지 않는 이들이 거짓을 담아 말하는 필요 속에서 진이 빠진다. 그러다 보면 아무도 없고 내가 '필요 없는' 곳에 혼자 있고 싶어진다. 하지만 야구팀은, 우린 늘 숫자가 모자라고 서로 진심으로 필요하다(아닐 수도 있지만). 그래서 주말에 자발적으로 걸어오는 게 아닐까? 어디선가 나를 절실하게 필요로 해주길 바랐는지도. 나 없이 존재할 수 없는 무언가를 찾은 걸지도(평일엔 싫다더니 주말엔 좋단다). 사람이라는 존재는 알다가도 모르겠다.

좌익수 쪽엔 공이 자주 날아온다. 서 있다 헐렁하게 날아오는 플라이 볼을 잡는다. 잡고 나면 주변에서 "나이스 레프트!" 하고 소리를 질러주는데 그게 또 기분이 끝내준다. 공을 잡는 순간, 살짝 얼얼한 손바닥. 그 순간 느껴지는 '해냈다!'는 이 기쁨. 야구의 즐거움

중 하나다. 플라이 볼을 잡고 나면 마음속 기름통이 꽉 채워진다. 공을 잡기 직전에 보는 새파란 하늘은 덤이다.

일을 하다 보면 서로 잘한 이야기를 하기보다는 안 된 부분을 이야기를 할 때가 많다. 일도 운동처럼 할 수 있다면 어떨까? 너무 가까울 수도 멀어질 수도 없는 회사의 특성상 마음 편히 어떤 표현을 할 수가 없어서 머쓱하게 과자를 주는 정도가 지금 내가 할 수 있는 "나이스!"의 전부인데, 달라질까? 야구장에선 다르다. 야구장에선 그냥 크게 외칠 수 있어서 좋다. "나이스 피처!" 투수가 버티기 잘하고 있다고 "굿 아이!" 공 잘 보고 있다고 그렇게 쉬지 않고 계속 외칠 수 있다. 같이 일하는 동료가 잘해줄 때마다 "나이스 백엔드!" 하고 외쳐주고 싶다. 그게 당신이 삶을 버텨나가는 데 힘이 된다는 걸 알았다면, 한 번이라도 더 많이 외쳐주었을 텐데.

아무런 응원 없이도 나는 첫 타석에서 오래 버티고 있다. 마지막 스트라이크 카운트를 남기고 공이 날아온다. 공이 바닥에 떨어졌다. 스트라이크 아웃 낫 아웃이다. 벤치에서 "뛰어!" 하고 소리가 들린다. 나도 무작정 뛰기 시작했다. 포수 뒤로 애매하게 넘어간 공 때문에 느린 발이지만 1루에서 살아남았다. 생일 첫 타석에 죽다가 살아났다. 다 죽었다 싶은 때에도 1루까지 최선을 다해 뛰어가면 살아남기도 한다. 프로 경기에서는 자주 못 보지만 아마추어 경기에서는 포수가 공을 자주 놓치기 때문에 스트라이크 아웃 낫 아웃 상황이 자주 벌어진다. 치고 나서 '죽었다!'라는 생각으로 포기하고 천천히 뛰어가면 진짜 죽는다. 살기 위해 죽을 것처럼 뛰면 살아난다.

"어이구 살았네, 입문이."

1루에 도착하자, 주루 코치로 나와 있는 감독님 보인다. 선글라스를 끼고 계셔서 표정이 잘 보이지 않지만, 내심 반가워 해주시는 눈치다. 감독이라는 자리는 '악당'을 감수해야 하는 자리이기도 하다. 살갑기보다는 엄한 모습이 많고, 감정을 자제해야 하니굳은 얼굴일 때가 많다. 하지만 사진을 찍다 문득 옆을 보면 후보 선수가 안타를 쳤을 때, 플라이볼을 잡았을 때 가장 흐뭇한 미소로 그걸 바라보고 있는 사람도 감독님이다.

"자 이제 2루까진 가야지?"

고! 하고 신호를 주면 바로 도루를 한다. 포수 견제로 2루 도루 하는 주자를 잡는 경우는 드물다. 웬만큼 느린 타자도, 도루 타이밍만 잘 잡으면 2루로 갈 수 있다. 만년 달리기 4등, 내가 바로 찾으시는 웬만큼 느린 타자다. 감독님은 타이밍을 봐서 2루로 보낼 기색이 역력하다.

"고!(Go!)"

일말의 망설임도 없이 바로 '고!' 하실 줄이야. 당황한 나는 '빽!(Back!)'을 하고 있었다. 감독님 잠깐 쉬었다 갈 거라 믿었어요. 눈으로 변명을 뱉어낸다. 당연히 냉철한 그녀의 선글라스 너머로 엄청 혼났다. 사죄드립니다. 이미 '고'할 타이밍을 놓쳐서 나는 도루하기는 글렀다. 나 빼고 다 무사하게 도루를 했는데 참으로 난처하다. 이건 뭐, 순전히 내가 실수를 한 거라 변명할 거리도 없다. 이미 1루도, 투수도 '고!'를 다 들었고, 내가 혼자 '빽!'한 걸 안 이상… 내가 도루를 못하는 구멍이라는 걸 저쪽 팀에 다 들통난 셈이다. 그러다 어느새 이닝 종료.

수비 때는 내 쪽으로 공이 오지도 않았다. 상대 팀 타자가 거의 손도 못 대면서 2회 초 공격. 내가 친 공이 유격수 정면으로 갔다. 아웃되었어야 마땅했는데 상대 유격수가 떨어뜨리고 말았다. 구사일생으로 또 살았다. 혼자 겁먹어서 더 이상 도루를 못하긴 했지만… 살아남아 1루에 서 있는 것만으로도 정신이 없었다. 마지막 회 공격, 3루 앞에 바운드로 공이 떨어졌다. 순식간에 아웃되나 했는데, 상대편 3루수가 바운드 볼 처리를 못하면서 파울 라인을 따라 또르르 굴러갔다. 손에 얼얼함이 남아 있다. 선행 주자가 살아서 홈까지 들어와버렸다.

"입문이 생일 첫 타점!"

"저 정도면 거의 부활절인데? 죽을 듯 말 듯 애가 죽지를 않네."

무슨 행운인지 몰라도 아웃이 마땅한 모든 상황에서 아웃당하지 않고 질기게 살아남았다. 평소라면 포기할 법한 상황이 많았다. 스트라이크 아웃 낫 아웃도 평소라면 뛸 생각도 못하고 뒤에서 톡 하고 포수가 터치를 하고 아웃 낫 아웃된다. 유격수 앞의 공도 보통이라면 쿨하게 잡아채서 1루로 매섭게 날아든다. 내가 1루로 가기한참도 전에 이미 아웃이다. 3루 바운드 볼은 잡혔으면 분명 병살위기였는데… 공이 라인을 따라 잘 굴러갔다. 어떻게든 살고 싶다는 의지가 불러온 행운일까? 생에 대한 의지가 이렇게 중요하다.

일단 공을 굴리고 나면 야구는 없던 확률이 생긴다. 프로 경기는 '예측이 되는' 경기가 많다. 일반적인 타구는 깔끔하게 잡혀서 아웃이 되고, 비범한 타구는 안타가 된다. 도루를 어설프게 하면 잡히고, 잘하면 살아남는다. 안타는 수비가 없는 아주 애매한 지역에 공을 날려야 겨우 나온다. 하지만 우리(아마추어)의 경기는 다르다. 공이 구르면 딱딱한 바닥에서 갑자기 휙 튀어 오르기도 한다. 송구를 늘 잘하던 사람도 손에 땀이 묻어서 갑자기 공을 패대기치기도 한다. 일단 굴려보면 '확률'이 많이 생긴다. 안 치고 바라보기보다쳐서 재밌는 상황을 만들면 팀에게 좋은 일이 조금 더 생긴다.

땅볼을 쳤을 때 가장 실망스러운 건 자신이다. 그래서 뛰기를 포기하면 살아남을 확률이 사라져버린다. 그래도 뛰기로 하면 작은 확률도 커진다. "끝까지 포기하지 말고 달리세요"라고, 이렇게 누구가를 마음껏 응원하기 쉽지 않다. 세상은 성공할 확률이 너무 작은 일투성이라서. 노력하는 것과 합격하는 확률이 비례하지 않으니까. 땅볼을 쳤어도, 그래도 1루를 향해 죽을힘을 다해 뛴다. 내가 레전드 타자여도 변하지 않는다. 굴리면, 달린다. 나처럼 종이 다리라 불리던 이들이 땅볼이 나왔을 때 뛰면 비효율적이다. 낮은 확률이니 힘을 보존하는 게 합리적이지 않을까? 그렇지 않다. 뛰지 않으면 확률은 0이고 뛰면 1이 될 수 있다.

잘 못 친다. 잘 못 잡는다. 잘 못 뛴다. 그래도 치고, 잡고, 뛰면 1점을 만들 수 있다. 죽을 것 같은데 살아난 1타점이 그렇게 말해주는 기분이 든다. 포기하지 않고 뛰고 나서 언니들과 함께 케이크를 먹고, 얼굴에 생크림 묻혀가며 놀았다. 서른 줄에 이래도 되나 싶지만, 왜 진즉 이러고 놀지 못했을까 싶다. 나이 서른이든 마흔이든 어린아이 같은 마음을 잃지 않으면, 삶은 우리에게 뜻밖의 선물을 준다.

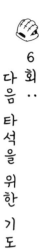

종교를 믿지 않지만 기도하고 싶은 순간이 있다. 한국시리즈 9회 말 투 아웃, 주자가 3루에 있을 때. 3점 차 주자 만루, 4번 타자가 타석에 들어설 때 같은 순간이다. 내가 타석에 서서 홈런을 치면 경기가 뒤집히는 타석이다. 이런 절체절명의 순간이 아니라도 나 같은 입문자는 연습용 토스 배팅 타석조차 설 때마다 기도하고 싶어진다. 전국대회도 아니고, 아무도 기대하지 않더라도 모든 타석은 긴장된다.

타자가 공을 치러 네모난 타석에 들어온다. 그 직전에 바깥에서 몸을 풀기 위해 배트를 돌리고 있는 타자들이 있다. 그들이 서 있는 '동그라미'가 바로 대기 타석이다. 투수도 보이고, 내 앞에서 투수와 한판하고 있는 타자도 잘 보인다. 그 자리에서 투수가 던지는 공의 타이밍을 맞춰서 배팅 연습을 한다. 미리 빙빙 배트를 돌려보면서 오늘의 컨디션을 스스로 느낄 수도 있다. 대기 타석에서 무언가 찜찜하고 소심한 스윙을 하면 그날은 타석이 잘 풀리지 않는다. 행운은 담대한 자의 것. 대기 타석에서 담대하고 시원한 스윙을 할 수 있는 컨디션이라면 타석에서도 잘 칠 수 있다.

담대한 스윙이 필요한 날이었다. 전국대회를 앞둔 마지막 리그 경기. 여자야구는 리그가 많지 않다. 주말에 1회 경기를 하면 30경기, 주말 전부 2회 경기를 하면 최대 60경기까지 진행한다. 3월에서 11월 사이에는 대부분의 일정이 끝난다. 리그 일정은 프로야구의 페넌트 레이스와 비슷하다. 아마추어 야구도 당연하지만 추우면 경기를 하기 어렵다(부상도 있고, 춥기도 하고). 이외에도 계절마다 한 번씩 전국대회가 있다. 봄(경주), 여름(익산), 가을(LG) 대회가 있고 이외에도 기장, 울진, 화성에서 전국대회를 열고 있다. 여자야구에서 전국대회는 프로야구의 '포스트 시즌'에 가깝다. 단기간에 계속해서 토너먼트 형식으로 경기를 진행하고 최종 결승전도 압축적으로 치러진다. 전국 모든 여자야구팀이 모여서 벌이는 일종의 포스트 시즌이다. 전국대회 전 리그 경기는 각 팀마다 선수들의 컨디션을 체크하는 중요한 경기다. 작년에 잘했던 선수도 올해는 몸

이 안 좋을 수 있고, 못했던 선수가 올해는 잘할 수도 있다. 여자야
구 기록은 아직 양이 부족하다(고로 통계적인 유의미함을 따지기는 어
렵다). 프로처럼 통산 기록이나 추세를 보기보다는 최신 데이터 위
주로 보는 게 경기에서는 더 실질적으로 도움이 된다. 반대로 말하
면 작년까지의 기록보다는 최근 컨디션이 좋은 선수들 위주로 전
국대회에 나갈 가능성이 높다. 만약에 전국대회를 나가고 싶다면
이 경기는 중요하다.

"리그 경기지만 그래서 중요하다는 거야. 오늘은 전원 다 치고,
전원 다 뛰고, 오는 공 다 잡자. 대회 때처럼 사인도 낼 거니까 잘
보구. 벤치 멤버들도 들어가야 하니까 스타팅이 점수 많이 내서 다
편하게 뛸 수 있게 해줘."

"네!"

오늘은 리그지만 사실상 '모의' 전국대회다. 뭐, 그런 선언이었
다. 친선 경기가 연습 경기라면 리그 경기는 '정식 경기'다. 그리고
전국대회는 우리만의 '포스트 시즌'이다.

처음부터 공격적으로 들어간다. 1번 타자가 바로 2루를 살짝 넘
어가는 안타를 쳤다. 2번 타자 주장님, 대기 타석에서 배터박스에
들어가기 전에 잠시 멈췄다. 스윽 더그아웃 쪽을 본다. 감독님이
머리, 팔, 왔다 갔다 툭툭 사인을 보낸다. 주장님은 가볍게 헬멧에
붙어 있는 챙을 만지작거린다. 사인을 확인했다는 뜻이다. 무심한

듯 새침하게 하얀 배터 박스로 들어간다. 프로의 사인은 굉장히 길고 춤추는 듯한데 아마추어는 간단하다. 오늘의 첫 작전이다. 3루 방향으로 천천히 공을 굴렸다. 희생 번트를 대려고 했는데 타자 주자 발이 빨라서 내야 안타가 되어버렸다. '애네 오늘 왜 이래?' 상대 팀이 의문을 가지기 시작한다. '맞아. 평소에 이렇게까지 안 하지만, 우린 오늘이 전국대회야'라고 전해줄 수도 없는 노릇이고.

그래, 오늘은 있는 작전 없는 작전 다 쓰는 날이다. 3번 타자 오좌완 언니. 뭔가 앞 사인이 굉장히 길었는데 다 가짜였다. 이번 작전은 '페이크 번트 슬래시' 통칭 버스터다. 좌완 언니는 왼손 타자니까 오른손 타자에 비해 상대적으로 1루에 가깝다. 주자 1, 2루 번트를 한 번 더 대서 안전하게 2, 3루로 만들고 4번 타자에게 기회를 주는 작전. 우리 좌완 언니는 치는 것도 잘 친다. 전국대회 스타일이니까 잘 안 쓰는 작전도 해본다. 번트를 하는 척하다가 강하게 쳐버리는 작전이다. 좌완 언니 얼굴에 '아 이건 좀 어려운데' 하는 표정이 지나갔지만 묵묵히 끄덕거렸다. 번트를 대비해서 수비수들이 앞으로 슬금슬금 나오면 '이때다~!' 하고 세게 쳐서 수비수들 뒤로 넘겨버린다. 언니가 좌타니까 번트하는 모양새가 더 그럴싸하다. 진짜 번트 칠 거 같아. 나는 답을 아는데, 왜 언니가 진짜 번트 댈 거 같지?

"따~악!"

호쾌하게 좌완 언니가 공을 때렸다.

"우익 쪽 간다!!"

벤치 전체가 벌떡 일어나서 본다. 작전 진짜 잘 먹혔다. 우리 팀, 뭔가 되는 날이다. 이제 상대 팀도 우리가 오늘 날 잡았다는 걸 눈치챘다. 공이 너무 빠르게 날아가서 정작 언니는 2루 근처에서 잡힐까 봐 1루에서 멈췄다. 3루에 있던 1번 타자는 여유롭게 들어왔다. 노 아웃 1 대 0 주자 1, 3루. 우린 아직 이번 회를 끝낼 생각이 없다. 여기서 4번 타자 곽국대 언니가 들어온다. 이 언니가 이 상황에서 못 칠 리 없다. 그 기세로 우리는 한 회에 7점을 냈다. 첫 회부터 몰아치는 우리 때문에 상대 팀은 당황하고 있었다. 이 기세면 곧 교체 멤버들도 들어갈 것 같다.

놀랍게 나도 제법 잘 치고 있다. 블랙 코미디처럼 금지 약물 복용설이 흘러나왔다. 이른바 '김테로이드'설. 연속 3경기 안타, 생일에는 타점까지 우걱우걱 먹었다. 2타수 2안타 2타점. '안경'을 알아낸 이루 언니 빼고는 다들 이 설에 고개를 끄덕거릴 만했다. 안경의 유무가 가히 약물 복용만큼의 효과를 주다니 놀랍다.

"언니 얘 지금 6할이에요."

이 정도면 약 빨았지. 인정한다. 몇 번 경기를 안 나갔으니 나올 수 있는 수치지만 그래도 신난다. 프로선수도 3할이면 스타, 4할이면 꿈의 영역인데 몇 번 치지 않아서 과한 숫자가 나온 통계 사이

트를 보면서 언니들이 웃음을 참지 못한다.

"오~ 요즘 약 빨았는데?"

"김테로이든데?"

"그래서 뭐 먹니?"

언니들이 나를 두고 저렇게 시시덕하는 건 좀 달큰하다. 광대도 덩달아 승천한다. 리그 경기를 할 때뿐 아니라 연습을 할 때도 감이 좋다. 이게 감이 좋다는 뜻인가 싶다. 이 느낌이 약 먹은 느낌이라면 김테로이드의 오명을 기꺼이 받아들이겠다. 나도 야구 경기에 나가고 싶다. 이렇게 감이 좋은데, 못 나갈 것 같은 전국대회가 손에 잡히는 듯한 거리에 있다.

5번 타자 이수영이 등장했다. 이 친구는 고무줄로 만들어진 아이 같다. 수영 선생님답게 천부적인 운동 능력(내 기준)을 가졌다. 탄력적이고 폭발적으로 근육의 힘을 사용할 줄 안다. 이루 언니를 넘보는 큰 몸집, 그 몸집을 넘어서는 탄탄한 근육량으로 스윙할 때 마치 묶여 있던 고무줄을 꼬았다가 풀 듯 탄력적으로 돌아간다. 공이 그녀의 배트에 맞으면 시원스럽게 뻗어간다. 나는 수영이의 타격이 좋다. 수영이의 타격은 뭐랄까, 창의적이다. 틀에 박힌 운동인들의 사고에서 벗어나 자기 자신이 좋아하는 움직임을 한다. 내가 보기엔 수영이는 외국에서 살았으면 더 재미있게 운동을 했을지도 모른다. 저렇게 재미있게 의견을 말하고 운동을 할 수 있는데

이 세상에는 수영이를 받아줄 프로팀이 없다. '수영'은 참으로 개인적인 운동이다. 그래서 축구보다는 야구가 수영이에게 어울린다. 야구는 팀 스포츠지만, 개인 스포츠이기도 하니까. 아니나 다를까 수영이의 타구가 쭉쭉 뻗어갔다. 호쾌한 타격. 뛰는 것도 즐겁고 치는 것도 즐겁다. 타격을 하고 나면 그 저릿한 손바닥 여운 때문에 또 치고 싶어진다고 했다. 나도 그 여운을 좋아한다. 마냥 신나게 야구하는 수영이가 부럽다.

회를 거듭해서 우리는 어느덧 콜드게임이 될 정도로 점수를 내고 있었다. 콜드게임으로 끝낼 수도 있었지만 시간이 끝날 때까지 경기를 하기로 했다. 마구 이기고 싶었다. 야구에선 매번 이기고 있지만, 일상에선 매일 지고 있다. 실랑이가 이어진다. 회사는 부실 공사 같은 프로젝트를 내 손에 쥐어준다. 해내라고 하지만 초인적인 힘으로도 해내기는 어렵다.

"무슨 일이 있어도 네 편이 되겠다"라고 말해주는 팀장도 팀원도 회사도 없다. "입문 님은 팀에 대한 어떤 환상이 있는 거 같아요. 알잖아요? 그런 팀 없는 거." 그런 팀이 환상인 건 알지만 초인적인 일을 해내라고 시킬 거면 환상적인 팀 정도는 있어야 하는 거 아닌가? 슬그머니 반발하고 싶어졌다. 슬프지만 서로가 살기 위해 밀어내는 살얼음 같은 관계만이 현실 속엔 남아 있다. 부실 공사 같은 프로젝트 뒤에는 혼란스러운 클라이언트가 있다. 회사를 대표한다는 개인은 회사의 복잡미묘한 이해관계를 이해하고 있지 못한다. 요청사항은 매주 달라지고 추가된다. 변경되고 수정된 뒤에 마감기한은 똑같았다. 그때마다 좌절하지 않기 위해 애썼지만, 내 마음은 쉽게 어둠 속에 무너지고 만다. 무너지지 않기 위해서 택한 방법은 세상에 기대하지 않는 것이었다. 승리가 있으리라 믿지 않는, 패배가 가득한 팀이 가지는 마음이다. '이기지 않아도 돼. 이기는 게 이상한 일이지.'

아니, 아니다. 그때마다 일어나 좌절하지 않고 패배를 물리쳐야 한다. 좌절하지 않는 마음 안에는 강한 믿음이 들어 있다. "패배할리 없어. 우리는 강하다." 현실에 없는 승리를, 가상의 야구 속에서 해냈다. 현실에 없는 강한 믿음을 야구를 통해 가져갔다. 오늘 하루도 이렇게 패배했지만, 그래도 우리는 강하다. 우리 팀은 "무슨일이 있어도 내 편이 되어줄 거야." 상처받아도 괜찮으니 그렇게 믿고 싶다. 어쩌면 나는 현실에 없는 승리를 가져가기 위해 이렇게 악을 쓰는지도 모른다.

언니들의 맹타 속에서 대기 멤버인 나도 순조롭게 타석에 설 수 있었다. 정식 리그에서는 매번 긴장된다. 하필이면 또 암 가드를 까먹고 갈 뻔했다. 이걸 안 끼고 가서 팔꿈치에 투수 공을 맞으면 그냥 팔이 부러진다. 찍찍이를 뜯어서 왼쪽 팔꿈치 뒤쪽에 끼운다. 점수를 준 투수가 내려가고 새로운 투수가 올라왔다. 방금 전 타격 연습했던 투수와 공이 다르지만 뭐, 상관없다. 어떻게든 칠 수 있을 것 같다. 자신감과 몸은 달라도 너무 다르다. 이번엔 사이드암 투수다. 잘 보기 힘든 투수인데 공이 느리지만 낮게 깔려서 온다. 투수가 어디서 공을 놓는지 감이 안 온다. 어째서인지 느린데 공을 배트에 맞힐 수가 없다. 눈앞으로 공이 느리게 지나가고 어느새 불리한 카운트가 되어버렸다. 투 스트라이크 원 볼. 어쩌면 못 칠 수도 있겠다. 공이 오는 건 멈춘 듯한 한순간이었다. 바깥쪽으로 멀리 유인하는 공에 낚싯줄에 걸린 물고기마냥 걸려들었다. 가지 말아야 할 허공에 배트를 휘두르면서 온몸이 흔들거렸다. 공이 멀어져 간다. 우습게 뒤뚱거리면서 헛스윙 삼진. 나까지 합쳐서 투 아웃이다.

배트를 들고 터덜터덜 벤치로 돌아오는데 침울한 건 나 혼자다. 더그아웃에는 점수차가 커서 특별히 긴장감도 실망감도 느껴지지 않는다. 웃음이 가시지 않은 더그아웃은 소풍 같은 분위기가 난다. 아무도 화를 내지 않으니 평화로워서 좋긴 한데, 한편에서는 이렇게까지 기대가 없었나 싶기도 했다. 이중적인 마음이다. 혼나면 혼나는 대로 시무룩하고, 크게 관심 없이 지켜보면 관심 없다 아쉬워한다. 내가 그냥 치고 왔으면 그 어느 쪽의 기분도 느끼지 않았을 것이다.

어느 정도 이길 게 확실한 분위기에서 남은 공격을 바라보는 이들의 긴장감은 확 떨어졌다. 그러면 안 되는데 집중도 안 되고, 다들 잡담만 한다. 더 이상 치지 않아도 이길 게 분명하기 때문이다. 아무도 지켜보지 않는데 단 한 사람이 대기 타석에서 절실하게 무릎을 꿇고 있다. 아니나 다를까 이수영이다. 그리고 다음으로 나가는 타자에게 무어라 빌고 있다. 곽국대 언니가 핑크색 배트를 들고 나간다. 4번 타자에 걸맞은 사람이다. 이 상황에서 수영이 모습은 좀 의아하다. 이렇게까지 할 일인가? 장난치는 게 아닌가 싶었다. 두 손 모아 빌면서 엄숙하게 언니의 타격을 지켜보는 모습이 진심이다. 아무도 집중하지 않고 있고, 긴장될 만한 상황이 아닌데 왜 저렇게까지 절실하게 기도를 하는 것일까? 괜스레 궁금해진다. 지금이 굉장히 중요한 상황인데 나만 놓치고 있는 건가?

"수영아 갑자기 왜 기도해? 언니가 치면 뭐 나와?"

"이번에 타율 더 올라가거든!! 언니가 치고 나가면 기회가 한 번 더 생겨!!"

뭐야 별거 아니잖아? 그녀의 얼굴은 정말 신나 보였다. 머리를 한 대 딱 맞은 것 같다. '너, 진짜 치는 게 좋구나. 너 정말 야구를 재미있어 하는구나. 그렇게 재미있어 하니까 심지어 잘하지.' 알고 있다. 내가 가장 재미있어 하는 일을 할 때 나도 누구보다 잘했다.

틈이 나면 좋아하는 일에 대해 공부했고, 쉴 때도 그 생각만 했다. 누가 시키지도 않았는데 좋은 책이 나오면 사 모았다. 조금이라도 남는 돈, 남는 시간, 남는 열정은 다 그 분야에 쏟았다. 그게 좋아하는 걸 하는 사람의 힘이다. 수영이는 정말 야구를 좋아한다. 몸도 튼튼하고, 탄력 있는데 심지어 좋아하기까지 했다. 나는 저 정도로 튼튼하지도, 잘하지도, 좋아하지도 못한다.

"으아아아악! 안타! 곽. 국. 대! 4번 타자. 곽. 국. 대!"

"아싸! 언니 대박!"

수영이 얼굴에 흥분이 올라왔다. 진심으로 웃고 있다. 저렇게 진짜 웃을 수 있다니. 귀신처럼 빠르게 언니가 던지고 간 배트를 나에게 건네준다. 저렇게 날렵한 스타일이 아닌데 가히 닌자 수준이다. 잽싸게 배터 박스에 들어갈 준비를 한다. 눈빛이 초롱초롱하다. 저 기세라면 살짝만 쳐도 장타인데, 탄력 있게 쭈욱 쳐버릴 게 분명하다. 저 눈은 오늘도 치고 말겠다는 눈이다. 뛰어난 재능을 가진 운동선수고, 지금보다 높은 곳을 갈망하고 있다. 꾸준히 힘든 연습을 견뎌왔고 지금 눈앞에 가장 재미있는 순간을 앞두고 있다. 그러니까 칠 게 분명하다.

신은 기도에 응답했다. 화려한 타구였다. 기록 '좌월2', 좌익수 키를 넘기는 2루타. 수영이는 자신만만한 얼굴이었고 배트를 휘돌

렸고(스트라이크도 신나게 먹었지만) 치는 순간에 유쾌했다. 달릴 때도 토끼 같은 이빨을 꽉 깨물고 파닥파닥 뛴다. 저렇게 절실하게 기도하고, 신나게 치고, 한 바퀴를 돌고 오다니. 나는 지고 말았다. 완패다. 박수를 치지만 진심으로 축하할 수는 없을지도 모른다. 결국 나는 이번 전국대회 역시 벤치 신세다. 수영이 하나 이긴다고 해서 나갈 수 있는 것도 아니긴 하다. 하지만 마음속 깊이 수긍이 갔다. 그녀의 활약을 보면 질투가 아니라 납득이 된다. 평생을 몸을 갈고닦은 이가 나보다 훨씬 신나게 야구를 한다. 내가 감독이라도 그녀를 뽑아 선발 선수로 보낼 것이다.

우리는 같은 나이에 같이 야구를 하지만 너는 정말 대단하다. 나보다 몸을 오랫동안 진지하게 갈고닦아왔고, 못하면 울고, 지면 분해하고, 이기기 위해 노력해왔다. 그리고 무엇보다 야구를 너무 좋아한다. 실력뿐 아니라 마음도 졌다. 무릎을 꿇고 기도하는 그 절실함에 나는 지고 말았다. 내가 아무리 약을 빨고 괜찮았어도 너를 이기고 대회에 나갈 만한 자격은 없다. 당신이 전국대회로 가야 하는 이유는 여기에 있다. 싸워서 이기고자 하는 마음을 잃어버린 나보다, 네가 가야 한다. 친구에게 잃어버렸던 투쟁심을 배웠다. 덕분에 현실에는 없던 승리를 찾게 되었다.

퇴근길이었다. 역 앞에 타격 연습장이 있었다. 술집 앞에 자리

잡은 그곳은, 예쁜 언니들 앞에서 잘 보이고 싶은 남자들로 가득했다. 그날은 리더 격인 아저씨 한 명과 그를 위해 병풍처럼 서 있는 청년들 무리가 있었다. 많은 자리가 비어 있지만 굳이 '여자'인 내 옆 칸에 와서 치려고 한다. 술에 취한 와중에도 번개처럼 돌아가는 그들의 승률 계산. 나보다 잘하는 모습을 보여주고 싶기 때문이다.

그날은 가장 느린 80킬로미터 속도에서 새로운 스탠스와 자세를 연습하던 참이었다. 자세를 연습하는 데 집중하고 있어서, 공 자체를 맞히는 데 신경 쓰지 않았다. 아저씨가 은근 슬쩍 내 옆에 와서 들으라고 말한다.

"여자한테는 힘들지 이게~!" 그의 선전포고.

"아~ 부장님이 좀 보여주세요." 구슬픈 청년들의 응원.

어쩔 수 없이 병풍이 된 이들의 목소리가 안타깝다. 멘트가 정해져 있는 것 같다. 술에 만취한 부장님은 선풍기처럼 허공에 방망이를 휘둘렀다.

그즈음 나의 80킬로미터 연습이 끝나가고 싶었다. 아저씨는 2구도, 3구도 헛스윙 중이었다. 나는 철문을 열고 80킬로미터 칸을 나왔다. 그냥 나갈까 하다가… 멈칫. 동전 교환기가 눈에 밟힌다. 예전 같으면 무시하고 넘어갔다. 살아난 투쟁심은 나에게 만 원 지폐를 뽑아 들라고 부추긴다. 모조리 500원으로 바꿔라! 좌르르 동전 뭉텅이를 들고, 가장 빠른 150킬로미터(이건 칸 이름이니 실제론 훨씬 느릴 것이다) 자리로 옮겼다. 그냥 정타를 맞추는 건 속도가 빠른 편이 더 편하다. 승부는 피할 수 없지. 게다가 상대는 부장님이 아닌가? 미안하지만 부장님은 용서할 수 없다. 효과가 있다. 타격장에서 잘 안 쳐지면 "차장님!", "부장님!", "사장님!"을 외쳐보자. 타율이 껑충 오르는 기적을 만날지도 모른다.

"캉~! 캉~! 캉~!"

거리도 방향도 필요 없다. 맞히기만 하면 된다면 얼마든지 맞힐 수 있다. 자세도 신경 쓰지 않고 공을 쉴 새 없이 때리기 시작했다. '아저씨, 저… 여기 대학생 시절부터 다닌 지 10년이 넘었답니다. 리그에서는 아직 멀었지만 여기는 베테랑이다, 뭐 이렇게 말하고 싶네요.' 안경 빨을 받은 후로는 거의 20번에 18번은 배트에서 좋은 소리가 난다. 우리 팀 국가대표 언니들이 보기에는 아직 멀었을 맹탕 타구긴 하다. 통렬한 장타도 아니고, 맹렬한 빨랫줄 타구로도 승화시키지 못했다. 아무렴 어떠랴. 이 정도 타구로도 아저씨를 물리치기엔 충분하다. 자신보다 2배는 볼 스피드가 빠른 자리에서 날카로운 캉! 소리를 연발하고 있기 때문이다. 반면에 아저씨 본인은 연달아 헛스윙 중이시다. 그는 상황을 파악했다.

"오늘은 술을 너무 많이 먹었네… 얼른 가자. 내가 산다."

"오 부장님!!"

그가 퇴각을 명했다. 나름의 패전 이유를 밝히며. 손자 님의 지

혜, 36계의 적용이 빠르시다. 이 비극적인 상황 속에서도 부장님을 맞춰야 하는 가련한 이들. 오늘 저녁 맛있는 거라도 먹을 수 있으니 다행인 걸까? 아니면 회식이 더 길어지게 생겼으니 비극적인 일인 걸까? 내가 건 싸움이 아니니 내 탓은 아니라고 말해두고 싶다. 여태까지 벌어진 승부는 단 한 번도 내가 먼저 걸어본 적이 없다. 굳이 왜 그러십니까. 그냥 재밌게 즐기면 될 텐데(막상 승부를 하면 재미있긴 하다)!

일을 시작하고, 시간이 흐르면서 반항보다는 순응이 편하다는 걸 알게 되었다. 부당한 일에 고개 들어 아니라고 말하는 것보다, 함께 부당한 이윤을 취하면 마음도 몸도 편해졌다. 아니라고 말할 때마다 불편해졌고, 그렇다고 말하는 이들은 더 편하게 살아갔다. 내 안에서도 서서히 투쟁심이 사라지기 시작했다. 지쳐갔다. 정신은 다시 불꽃이 붙지 않을 법한 재가 된 채로 주말을 맞이한다. 재는 무슨, 경기에 들어가자마자 투쟁심이 활활 타오른다. 이기려고 아득바득 노력한다. 이기지 못하는 날도 있지만, 그러다 소소하게 승리하는 날이 생긴다. 삶을 지속하는 데 어느 정도 투쟁심이 필요하다. 야구가 살린 투쟁심은 삶이 다 타버릴 때마다 불쏘시개처럼 다시 나를 타오르게 한다. 오늘은 나도 기도를 해야겠다.

7
회
:
버
스
타
고
전
국
대
회

봄 대회는 매년 경주에서 열렸다.[*] 경기가 끝나고 나면, 불국사 계단에 앉아 몽롱한 표정으로 김밥을 먹곤 했다. 황남빵, 벚꽃, 봄 대회는 들뜨게 한다. 날씨가 덜 풀린 싸늘한 봄이지만 경주라 따뜻하게 느껴진다. 경주는 내 마음속에선 늘 가까운 곳이다. 대구에서는 경주가 가까워서 학교 다닐 때는 틈만나면 소풍으로 가고, 주말에 시간 나면 가곤 했다(서울에서 양평 가는 정도?). 경주 야구장까지 내비게이션을 찍어보고 깨달았다. 아, 이제 경주가 멀다. 서울

 코로나19로 지난 3년간 이 일정도 변동이 많았다. 2022년 올봄에는 익산대회를 먼저 시작했다.

에서 경주까지 한참 걸린다. 4시간 정도(뭐야 부산까지 가겠다). 아침 9시 시작이면 집합 시간은 8시 20분. 새벽 4시부터 운전해서 가야 하는데 걱정이다. 어쩌지? 어떻게 가야 하지? 운전해야 하나, 열차를 타야 하나 어떻게 가야 할지 한참 고민하는데 카페에 공지가 올라왔다.

전국대회 일정. 전날 출발해서 저녁에 숙소에서 자고, 다음 날 경기를 진행하는 일정. 보는 순간부터 고민이 된다. 컨디션 조정도 되고, 매우 합리적인 방안이다. 한데 합숙이라니! 졸업한 뒤로 처음 '합숙'을 한다. 수련회나 수학여행 이래로 처음이다. 여대라 MT도 별로 없었고, 합숙하는 스타일도 아니었다. 회사 워크숍도… 행사는 같이하더라도 잘 때는 개인 방을 줬다. 그러니까 '같이 잠을 자는' 합숙은 학생 때 이래로 처음이다. 단체생활, 같이 잔다는 게 부담스럽다. 게다가 나는 민폐 덩어리다. 코도 골고 주변에서 잠도 잘 못 잔다. (내가 아니라 다른 사람들이…) 문득 회사에서 미팅할 때 어떤 제조사에서 본인들의 귀마개를 자랑했던 기억이 난다. 그때는 무슨 귀마개를 이렇게까지 자랑하나 했다. 때가 왔다. 공사장이 옆에 있든, 공항에 비행기가 내려앉든 그 어떤 소음으로부터 귀를

지켜준다는 강력한 재질의 귀마개 몇 개 챙겨 가야겠다.* 나의 코골
이나 귀마개는 진짜 문제가 아닌지도 모르겠다. 나는 형제도 없이
외동이다. 누군가와 같이 협업은 했어도 작업은 혼자 하는 일이 많
았다. 혼자 노는 건 익숙하다. 방에서 혼자 논다고 심심할 틈이 없
었다. 그래서 외국 생활을 할 때 '혼자서 외롭다'는 문장은 나에게
그다지 와닿지 않는 이야기다.

　친구가 말했다. "너가 어떻게 팀 운동인 야구를 하는지…. 이렇
게 개인 생활을 좋아하는 애가"라고. 팀 운동은 괴롭다. 솔직히 힘
들 때도 있다. 하지만 야구는 축구에 비해선 참으로 개인적이다.
본인이 맡은 개인 업무를 충실하게 이행해야, 함께하는 플레이에
서도 의미가 있다. 공이 올 때는 철저하게 혼자다. 타석이든, 수비
든. 타석에서 혼자 투수와 싸운다. 배트를 들고 터벅터벅 돌아온
더그아웃에선 함께다. 수비는 공을 잡기 직전까지 혼자였다가, 공
을 잡은 순간부터 함께 움직여야 한다. 함께하지 않으면 경기가 끝
나지 않는다. 모든 개인의 활동이 팀이라는 테두리 안에서 풀어내
야 이길 수 있다. 고로 야구는 개인 간 거리가 보장되는 합리적인
팀 운동이다. 야구를 팀 운동이니까 추천한다는 의견도 있지만 반

 드물게 내가 꽤 잘한 일이었다. 귀마개는 효험이 있었다.

대로 야구는 개인 운동이니까 추천한다는 사람도 있다. 그러니까 내가 우르르 몰려다니는 걸 좋아해서 팀 운동을 하는 게 아니라는 거다. 팀 운동을 하지만 나는 개인주의자고, 합숙이라는 단어는 예나 지금이나 몹시 부담스럽다.

아침 시간이 너무 빠듯해서 달리 합숙을 피할 방법도 없었다. 그리고 경주 대회는 1박 2일로 가는 게 아니라 2박 3일로 간다. 한번 내려간 김에 주말 내내 경기를 하기 때문이다. 그리고 2박 3일 한 번만 가나? 우리가 대회에서 이기면 그다음 주에도, 다다음 주에도 2박 3일이다. 합숙인데, 2박이라니. 언니들은 좋은 사람들이지만 합숙은 또 다르다. 월요일에 일정표가 올라온 이후로 '참7(참가함. 7번째 사람이라는 뜻. 다음 사람은 '참8'이라 댓글을 달아야 한다)'이라고 올린 이후에도 계속 합숙에 대한 걱정을 머릿속 어딘가 한켠에 놓고 시간을 보냈다.

금요일 저녁은 미루고 싶은 내 마음과 다르게 너무 빨리 왔다. 지하철역 사물함에 쟁여놓은 장비(라고 해봐야 글러브와 신발, 타격 장갑 정도)를 챙겨서 고속터미널역으로 갔다. 만나는 장소 때문인가? 군인 면회와 수학여행 가는 기분이 절묘하게 섞인다. 주말 내내 운동을 하러 간다. 쉴 수 있는 주말에 쉬지 못해 힘들 것 같다. 짐도 묵직한데 마음도 묵직하다. 지하철역을 나오면 버스가 보일 거라는데 내 눈엔 안 보인다. 거대한 수학여행 가는 고속버스(고속버스터미널역이니까), 이 주변엔 없다. 당황스럽다. 설마 버스를 놓친 건 아니겠지. 불안한 마음이 커지는데 미니 버스가 내 앞에 슬그머니 왔다.

'지나가는 학원 차인가?' 그런데 나더러 타라는 듯이 문이 열린다. 설마 이거였나? 맞나 보다. 운전기사님이 짐 싣는 칸을 열어주신다. 장비를 싣고, 계단을 타박타박 올라갔다. 보통 버스는 계단을 오르고 둘러보면 처음 보는 얼굴들이 바깥을 멍하게 쳐다보고 있는 모습이다. 하지만 이 버스는 좀 다르다. 문이 열리자마자 "언니 왔어요?!", "입문아 이거 좀 먹어라", "언니 쟤 가방 내려놓지도 않았어", "너 멀미한다면서 약은?" 앉기도 전에 인사가 날아오고, 김밥을 먹으며 약을 챙겨주는 신개념 버스다. 친구들이랑 버스 타고 간다는 기분이 이런 거던가. 겁나고 무겁던 기분이 살짝 가벼워졌다. 멀미가 심해서 약에 취해 있다가 휴게소가 나오면 몽롱한 정신을 부여잡고 내린다. 당연한 듯 커피를 들이붓고. 호두과자를 먹고 다시 버스에 탄다. 기절한 듯 잠들었다.

저녁 9시 반. 도착하니 어느덧 숙소 앞이다.

프런트에서 삼삼오오 나뉘어 방으로 들어간다. 시합에 나갈 선발 멤버만 모아서 따로 야수조, 투수조로 들어갔다. 나는 이른바 대기조. "아, 잠깐 너네 중에 코 고는 사람?", "저요.", "저요!" 야수고 투수고 상관없이 수영이와 나는 사이좋게 코골이방. 다른 방에 비

해 월등하게 낮은 인구밀도에서 잘 수 있는 영광을 얻게 되었다. 지방이라 그런가 숙소도 생각보다 널찍하고 괜찮다. 오, 침대도 인당 1개씩이네? 수련회와 수학여행에 비하면 5성급 호텔 수준이다.

짐을 정리하고 나왔더니, 언니들이 편의점에 먹을 거 사러 가자고 벌써 문 앞에 와 있다. 다시 프런트에 나갔는데 다른 팀들도 많이 보인다. 하기야 이렇게 많은 인원을 재울 수 있는 규모의 숙소가 작은 지방 도시에 그렇게 많지는 않을 테니까. 아마 내일 아침 숙소 앞에서는 지나가는 사람들이 야구대회를 여기서 한다고 착각할 거 같다. 유니폼을 입은 여자들이 하도 많아서.

어라… 이렇게 긴장감 없이 먹을 거 사러 가도 되는 걸까? 내가 상상했던 전국대회 전날과 사뭇 다른 시작이다. 상상 속 전국대회 전날은 이러하다. 전투에 나가는 장수처럼 버스에 올라탄다. 모두 진중한 표정이다. 전투에 나가기 전날 칼을 정리하는 장군의 기분으로 방과 야구 장비를 정리한다. 비장한 마음으로 숙소에 들어간다. 엄숙한 분위기로 팀 미팅을 하면서 우승을 다짐한다. 상대 팀을 만나서 예리한 눈빛을 교환하며 다음 날 있을 경기에 대비해 신경전을 벌인다. 상대 팀에 대한 면밀한 전략을 세운 뒤 잠에 든다. 상상 속에 넘치던 비장함과 엄숙함만 빼면 흐름은 상당히 비슷하다.

밥을 사러 간다더니 열려 있는 밥집은 별로 없다. 치킨, 맥주, 고깃집만 있다. 그나마 편의점이 하나 있어서 거기로 가기로 했다.

편의점 앞에는 전국대회에 참가하러 온 다른 팀 선수들이 보인다.

평소에 리그에서 보지 못했던 유니폼도 있다.

"어! 국대 언니! 오랜만이에요."

바로 그 유니폼 언니가 인사를 한다. 이 언니는 정말 전국구구나. 여기가 동네 슈퍼도 아니고.

"어 광주야 진짜 오랜만!"

옆에서 같이 맥주를 사고 있는 대구 팀 선수도 인사한다.

"헐, 언니네도 일찍 오셨네요? 1차전은 어디서 해요?"

"우리는 제2구장에서 할 거야."

"지난번에 다친 데는 이제 괜찮아?"

"네, 와 재활 진짜…."

"라이트 써도 된다고 해서 캐치볼이랑 가볍게 했어요."

"거기 왜 이렇게 인원이 줄었어?"

"일이 생겨서…."

"아이고…."

편의점 안이 금세 와자지껄한 동창회처럼 바뀐다. 국가대표팀에서 친해진 사람, 결혼하고 이사 간 팀원, 고등학교 때 소프트볼 할 때 친했던 선후배, 자주 보는 같은 리그에 있는 선수들. 호텔 주변의 식당이나 방 안에서도 치맥회… 아니 친목회가 열리고 있다. 전국대회가 자주 있는 것도 아니고 분기별로 한 번씩이라 멀리 있는 곳에서 야구하는 친구는 여기서 이렇게 한 번씩 보게 된다. 1년 내내 얼굴 못 보는 서울 친구보다 분기별로 꼬박꼬박 얼굴을 보게 되는 전국구 야구 친구가 더 가까운 느낌이다. 팽팽한 신경전이 없어서 약간 긴장감이 떨어졌다.

그때였다. 건너편에서 버스 한 대가 멈춰 섰다. 비상 깜빡이가 켜지더니 웅성거린다. 줄무늬 옷을 입은 선수들이 내렸다. 엄숙도 긴장도 없던 언니들의 얼굴에 갑자기 전투력이 올라갔다. "왔네. 쌍둥이들.", "우리랑 만나면 몇 차전이지?", "하, 진짜 안 맞는데. 쟤네는 꼭 발라버린다."

언니, 맨날 보던 동네 팀이잖아요. 뭐야… 왜 맨날 보는 팀한테 갑자기 더 타오르지? 전국대회 라이벌은 의외로 늘 같은 리그에서 경기하는 쌍둥이들이었다. 평소에도 쌍둥이들만 보면 '다른 팀은 몰라도 저긴 이기고야 만다'라는 공감대가 있었지만 전국대회에서 그 열정이 더 불같이 타오른다. 언니들의 전투력이 올라가니 무서운데 멋있다. 내 기대 속 대회 전날과 제법 비슷해졌다. 전투력을 태우다가 치킨을 식힐 수는 없으니 서둘러 올라간다. 치킨과 다이어트 콜라, 맥주가 놓인 조촐한 상을 놓고 저마다 이야기를 시작한다.

"아니, 언니 아는 동생이 전국에 깔려 있네요." 국대 언니가 끄덕거리며 "그러게. 지금은 떨어져 있지만 운동할 땐 하루 종일 같이 있다 보니까 뭔가 가족 같기도 하고."

전국대회 전날보다는 동창회 같다. 여자야구가 아직 1천 명이 채 안 되니까 각 팀마다 에이스나 잘하는 사람들은 백 명 남짓이라 다 아는 얼굴이다.

팀 메신저로 단체 문자가 왔다.

'10시에 주장 방(주방장 아님)에서 감독님이 이야기 좀 하자고 하세요!'

치킨을 먹고 주장님 방으로 몰려간다. 자리가 없어서 여기저기 끼어서 앉는다.

"다들 오늘 불금이라 아는 사람들 많이 만났지? 내일은 시합이니까 적당히 파하고 푹 쉬는 거에 집중하자. 다들 자기 돈 내고 여기까지 와서 재미없는 시합하고 갈 수는 없고! 끝까지 하고 가야지."

"네!"

"내일 경기는 1회전이지만, 결승전처럼 한다. 이전에 연습했던 작전은 다 연습 삼아서라도 써볼 거야. 야수조랑 투수조는 내일 작전이랑, 상대 타선 라인업 한 번 복습하고. 밖에 나가서 보면 집중이 안 돼. 안에 있을 때 집중해서 봐. 한 번 본 거랑 그냥 나가는 건 전혀 다르니까 신경 써서 꼼꼼히 보고. 내일 스타팅이 아니라도 누가 나갈지는 모르는 거야. 이전 기록이랑 경기 흐름은 같이 듣고 준비한다."

"네!"

번트 앤 슬래시, 페이크 번트, 번트에 대한 설명이 이어진다. 명확한 지시와 확인, 정확한 작전 수행을 요구한다. 대화를 하는 시간이라 생각했는데, 어딘가 군대 전투 지시와 비슷하다. 작전 지시니 그게 당연하다. '시간'이라는 자원이 부족하고, 참가자가 감독 혹은 코치진보다 정확하게 사안을 판단하지 못하니 이 방식이 간편하고 또한 효과적이다. 작전 지시 자체는 어디에도 부당하거나, 잘못된 부분이 없다. 그런데 내 마음 어딘가 슬쩍 불편하다. 내 안에 언더독이 외친다. '동호회인데 이런 지시와 명령은 싫다.' 그 마음을 조용히 닫는다. '원래 야구는 이런 분위기인가 보다' 하고 내 안에서 조용히 침묵을 지킨다.

그런 생각을 하다 미팅이 끝났다. 상세한 내용은 스타팅 멤버가 모여 있는 방에서 다시 이야기한다고 한다. 다시 각자 방으로 돌아왔다. 먹다 만 치킨도 마저 먹고, 옷도 갈아입고 편안한 상태에서 남은 이야기를 한다.

수학여행에서 친구들끼리 같은 방을 쓰면 피할 수 없는 일이 있다. 바로 서로 옷 갈아입는 걸 보게 된다. 단련하지 않아서 폭신한 뱃살이 부끄럽다. 반면 국대 언니나 다른 언니들은 다리도 탄탄하다. 몸에 어디 하나 흘러내리는 (나처럼) 곳이 없다. 이게 주전으로

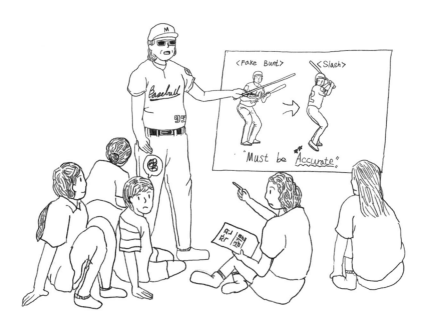

및 시간씩 뛰면서 운동할 수 있는 언니의 건강한 몸이구나. 팔과 튼실한 허벅지, 튼튼한 종아리만 구경했는데 다들 등 근육도 살짝 있다. 팔도 만져보면 단단하다. 보디빌더처럼 우람하고 크기가 있는 근육은 아니지만 몸을 움직일 수 있는 근육은 이렇게 단단하다. 우리 팀이랑 같이 옷을 갈아입으면서 알게 됐다.

언니들이 씻으러 가는데 못 봤던 테이프가 온몸에 가득하다. 경기할 때는 1~2개만 팔을 감고 있었는데 그게 아니라 무릎에도, 발목에도, 팔꿈치에도 붙이고 있다. 리그 경기할 때 우리 팀 선수들이 저 테이프 1~2개씩은 필수로 붙이고 있었다. 야구 잘하는 사람들은 다 붙이고 있어서 저걸 붙여야 잘하나 보다 싶었다. 대체 뭐길래 다들 붙이고 있나? 궁금해서 주장님에게 물어본 적이 있었다.

"팔에 그거…."

"아 언니도 필요하세요? 다치면 안 되니까 시작하기 전에 얼른 붙이세요!"

"응? 아 그게 아니라 그게 뭔지 궁금해서."

"이거 테이핑이에요! 다치면 안 돼서 붙이는 거예요."

"그걸 하면 안 다쳐?"

"이미 다치긴 했지만 덜 다친다고 할 수 있죠."

사실 이해가 잘 안 됐다. 다치면 안 되니까 테이프를 붙이는데, 이미 다쳤고, 덜 다친다니. 운동을 한 적이 없으니 어떻게 쓰는 건

지 전혀 이해가 안 된다. 국대 언니 팔에도 테이프가 꼼꼼히 붙어 있다.

"오늘 경기도 없는데, 테이프가 왜 이렇게 많아요, 언니."

"아… 그냥 있어도 아프네. 수술한 데도 아프고, 팔도 아프고 멀쩡한 데가 없다 진짜."

테이프, 흔히 떠올리는 택배 박스의 노란 테이프랑 좀 다르다. 재활의학과에서 통증 완화를 위해 사용하는 '스포츠 테이핑 요법'에 사용하는 테이프다. 색깔이 의외로 굉장히 화려하다. 빨간색, 형광색, 형광 파란색 등. 재질은 압박붕대 비슷하다. 붕대 맨 것처럼도 보이는데 조금 다르다. 붕대처럼 묶여 있지 않고 박스 테이프처럼 몸에 붙어 있다. 고무줄같이 탄력이 있는 테이프라서 피부에 붙은 채로 운동을 하면 테이프가 없는 상태보다 불편하게 운동하게 된다. 원래 움직일 수 있는 각도가 100이라고 하면 70~80 정도로 제한이 생긴다. 나는 운동을 무리하게 하지 않아서 근육이 과하게 움직여서 생기는 파열이나 다치는 경험을 한 적이 없다. 운동을 전문적으로 하는 선수들의 경우 특정 부위에 과도하게 부하가 걸려서 근육을 다치는 경우가 생긴다.

운동을 했다는 거의 모두가 테이핑을 하고 있었다. 눈에 보이는 손목은 시작이었다. 팔꿈치, 무릎, 발목, 심지어 허리에도 테이프가 안 붙은 곳이 없었다. 옷을 입고 있어서 보이지 않았을 뿐이다. 프로선수들도 중요한 경기를 위해 어깨, 허리, 손가락 미세골절을 당하고 미라처럼 테이프를 칭칭 감고 경기를 한다고 한다. 언니나 주장님이나 다른 주전 선수들도 컬러풀한 미라처럼 붕대를 칭칭 감고서는 뭐가 좋다고 그렇게 뛰어다닌다.

나한테는 아프면 안 된다고 온갖 요란을 피우면서, 자기들은 아플 때 요란 하나 못 피워서 늘 아프다. 화가 난다. 바보같이 왜 맨날 아프냐고, 혹시 다시 아플까 봐 차마 물어볼 수도 없다. 아프면 안 된다고, 스트레칭을 해야 하고 몸은 충분히 풀어주고 운동하고 나면 쿨 다운도 꼭 해야 한다고 맨날 말한다. 마치 엄마가 밥은 먹었냐고, 차는 조심하고 다니냐고 물어보는 거처럼. 가끔은 그게 내가 아니라 다른 누군가에게 말하는 듯한 기분이 든다. 과거의 자신들에게.

주전 팀원들이 내일 경기에 대한 내용을 같이 공유해주고 이야기를 하다 일찍 잠이 들었다. 차를 타고 와서 몸이 나른했다. 나도 다른 코골이 친구 때문에 귀마개를 열심히 하고 자서 푹 잠들었다. 남들과 자는 게 불안하고 불편할 거라 걱정했는데 생각보다 쉽게 끝났다. 하루 자는 정도는 별거 아니었다. 평소에는 리그에 잘 참여하지 못하는 큰 언니도 이번 전국대회에 참가했다. 과거엔 날아다니던 언니였는데 언제부터인가 다친 이후로는 리그엔 잘 못 나오고 있다. 큰 언니도 어쩔 수 없이 코골이방에 들어왔는데, 코골이 두 명은 잘만 쓰러져서 자고 애꿎은 언니만 시끄러워서 잠을 못 잤다고 한다. 큰 언니의 눈이 퀭하다. 다른 건 해줄 게 없고, 미안해서 큰 언니에게 귀마개를 하나 더 넣어줬다.

긴장된다. 내일은 전국대회다.

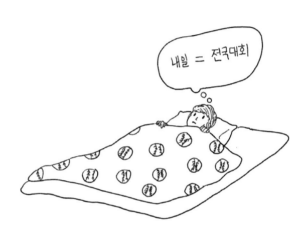

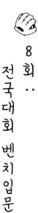

토요일 새벽 5시에도 눈이 번쩍 떠진다. 남들에게 말은 못했지만
은근 기대하고 있다. 몇 경기 아니지만 최근에 감이 너무 좋았으니
어쩌면… 하고. 부끄러워서 아무한테도 말 못했다. 로또를 떨어지
고 나서 '나 사실 로또했던 적이 있어!'라고 자랑할 수는 없지 않은
가? 떨어질 걸 알지만, 그래도 기대하고 만다. 어제 언니와 다른 주
전 멤버의 탄탄한 근육을 보고도 내 마음은 빵 반죽에 이스트를 뿌
린 것마냥 슬금슬금 부풀어 오른다. 이번에도 아닐 걸 알지만 그냥
기대하고 만다. 감히 남들에게는 말 못하는 약간의 고양감. 발표일
인 토요일에 로또 당첨을 기다리는 이 기분.

"주장 오늘 오더지 불러줘."

"아, 네! 오늘 1번에 2, 12, 2번에 6, 10, 3번에 7, 51….."

없다. 지난주에 로또가 당첨되지 않는 것처럼. 1번부터 9번까지 있는 타순에도, 1번부터 9번까지 있는 수비 위치 그 어디에도 없었다. 사실 알고 있었다. 몇 경기의 좋은 성적으로는 안 된다는 것을. 마법과 같은 6할 타율에도 몇 십 경기를 몇 년을 해온 언니들이 있다. 고작 3~4경기를 반짝하고 잘 치는 정도로는 전국대회에 내보내기 어렵다는 걸 알고 있었다. 프로선수 중에서도 몇 십 년을 신고선수 시절, 2군 시절을 겪고 1군에 올라와 꽃을 피우는 선수들이 있다. 자세히 보면 빠르게 올라와서 좋은 성적을 내는 선수는 극소수다.

"경기 시간 전에 10분 몸 풀고, 캐치볼, 10분 펑고, 10분 타격으로 하자. 선발은 몸 먼저 풀고, 나머지는 팀 장비 세팅 좀 해주고."

나머지가 되었다. 스스로 로또가 안 될 줄 알고 있어도, 막상 안 된 걸로 발표가 나면 씁쓸하다. 시간이 얼마 없다. '나머지'가 해야 할 일이 있다. 팀 장비를 얼른 세팅해야 얼마 안 남은 연습시간을 쓸 수 있다. 대회 전에는 워밍업을 할 시간이 부족하다. 많은 팀들이 한자리에 모여서 얼마 없는 빈 공간을 나눠서 쓰고 있기 때문이다.

첫 벤치 입문. 나는 약간 우왕좌왕하고 있다. 그때 큰 언니가 나를 불렀다. 눈은 퀭하지만, 노련한 언니답게 내가 우왕좌왕하고 있다는 걸 눈치챘다.

"입문아. 일단 배트 세팅은 막내랑 내가 할 테니까, 배트 가방에 있는 주루 장갑 가져가고, 헬멧이랑 같이. 이거 암 가드도 가져가. 입구 쪽에 정리해주고. 헬멧은 사이즈 순서대로."

언니가 차분하게 하나를 짚어주자 다음에 할 일들이 생각이 났다. 전국대회 벤치입문은 처음이지만, 벤치 세팅은 처음이 아니다. 전국대회건 리그건 사실 게임 전 세팅은 크게 다르지 않다. 늘 봤던 모양대로 헬멧이랑 주루 장갑을 놔둔다. 다들 머리 사이즈가 다르니까 1~5 중 본인에게 맞는 사이즈로 헬멧을 가져간다. 슬라이딩을 할 때 맨손이면 다치기 쉽다. 미묘한 차이지만 주루 장갑 유무에 따라 적극적으로 슬라이딩할 수 있는 강도가 달라진다. 안 다칠 거라고 생각하고 넘어지는 거와 다칠 수도 있다고 생각하고 넘어지는 게 다르기 때문이다.

당연히 암 가드도 필수다. 친선경기보다 세게 간다. 프로야구로 치면 플레이오프(가을 야구) 급으로 경기를 한다. 친선 경기 때는 급하면 암 가드를 빼고 들어갈 때도 있다. 서로 적당히 다치지 않는 선에서 야구를 하기 때문이다. 리그 경기는 다르다. 암 가드를 하지 않은 타자는 타석에 설 수 없다. 전국대회는 리그 경기에 비하면 빠르고 센 것 같다. 암 가드를 안 하면 제대로 다친다. 다칠 걸 대비해서 이런 것들을 준비해둔다.

"언니 여기 구급상자랑, 쿨파스 꺼내놓을게요. 아이스박스는 얼음만 있는데 이거 어떻게 해요?"

"쿨파스는 좀 잘 보이는 입구 쪽에 놔두고. 그거 등산로 앞에 음료수 파시는 아주머니들처럼 하면 돼. 박스 안에 수돗물 채우고 나서, 본부에서 준 생수병이랑 음료수, 커피 다 넣으면 돼."

차가운 얼음물에 동동 떠 있는 음료수는 보는 것만으로도 시원하다. 꺼낼 때도 시원하고. 등산로 앞 말고 야구장 앞에도 이렇게 음료수를 파시는 분들이 계신다. 큰 언니는 이 팀 최장수 멤버 중하나다. 허리를 다치기 전에는 투수를 했고 지금도 시간만 나면 경기장으로 온다. 다쳐서 경기에 나갈 수 없는데도, 주루 코치를 나간다. 열정과는 다르게 성격은 침착하고, 차분하다. 안경 낀 샌님 같다. 이 언니가 예전엔 그렇게 사납게(?) 운동을 했다니 믿기지 않는다. 야구를 했던 사람은 야구를 지켜보고만 있기가 힘들다. 직접하는 재미는 보는 재미와는 전혀 다르기 때문이다. 게다가 더그아웃이 잘 보이는 자리도 아니고, 허리 아픈 사람이 4~5시간 딱딱한 자리에 앉아 팀 야구 벤치에 앉겠다고 경주까지 오다니… 가슴은 이해가 가지만, 머리는 이해가 가지 않는 열정이다. 나는 저렇게까지 좋아할 수 있을까?

"막내는 지금 꺼낸 경기용 배트 길이 순으로 입구 앞에 배트 걸이에다가 걸어주고, 같은 길이면 온스 순으로."

"네. 언니!"

큰 언니의 정확한 지시에 따라 깔끔하게 정리되는 더그아웃. 더그아웃 밖을 보니 스타팅 멤버들이 스트레칭을 하고 있다. 이른 시간이라 다치지 않게 몸을 꼼꼼히 풀고 있다. 캐치볼 끝나기 전에는 세팅이 끝나야 할 텐데.

비록 스타팅 멤버가 아닌 '나머지' 멤버도 전국대회는 참가할 만한 이유가 있다. 그중 하나는 '천연잔디'일 것이다.

몽롱한 새벽 시간, 안개가 자욱히 가라앉아 있다. 스프링클러가 돌아가는 소리, 서늘한 바람이 상쾌하다. 스프링클러 물에 살짝 젖은 잔디 냄새가 진하게 난다. 선수들이 쇠로 된 징 스파이크로 잔디를 밟고 가면 녹즙 냄새가 난다. 어렸을 때 돌로 풀을 찧으며 놀았는데, 그때 맡았던 풀 냄새랑 어딘가 닮았다. 어쩌면 이 야구장 공기를 맡으려고, 돈을 내고 여기까지 오는 게 아닌가 싶다. 회비에 소금까지 먹어가면서 야구를 하는 이유 중에 하나다. 나는 이곳이 정말 좋다. 빨리 정리하고 나도 나가서 캐치볼 하고 싶다. 잔디를 밟고 싶다.

"언니가 허리가 아파서, 엄살은 아닌데 정말 볼 가방은 못 가져오겠다. 막내랑 입문이가 볼 가방만 여기랑, 연습하는 홈플레이트 쪽에 갖다 줄래?"

이제 거의 끝나가나 보다. 큰 언니가 신난 김에 볼 가방에도 손을 댈까 봐 조마조마했다. 언니, 디스크잖아. 좀 엄살을 부려야 허리를 지키지 이 언니 때문에 못 살겠다. 볼 가방에는 팀 볼, 145그램의 공이 약 150개. 약 20킬로그램이다. 언니가 아니라도 허리가 나갈 수 있다. 막내와 내가 한 쪽씩 나눠서 볼 가방을 들었다. 팔꿈치가 고무줄처럼 늘어나는 묵직함. 발을 빠르게 굴려서 잔디를 향해 간다.

'이런 데를 밟아볼 수 있다니!'

한국은 '잔디를 밟지 마시오'라는 표지가 있는 나라다. 그런 곳에서 천연잔디를 (어른이) 마구 밟으며, 뛰어다닐 수 있는 곳은 거의 없다. 묵직한 볼 가방을 감독님과 포수인 주장님 옆에 놔뒀다. 드디어 업무 종료. 감독님이 나와 막내를 불러 세운다.

"막내랑 입문이는 몸 가볍게 풀어야지. 캐치볼을 하러 나오고! 너네 큰 언니는 어떻게 하고 싶은지 물어봐. 몸 상태가 안 좋으면 쉬어도 된다고 하고."

"네!" 힘찬 막내의 대답. 우리는 운동장을 가로질러 큰 언니에게 뛰어간다.

"언니, 캐치볼 하실래요?" 내가 묻는다.

"잔디라도 밟아봐야지. 가자!" 역시 남다른 열정.

큰 언니와 우리는 신나게 3인 캐치볼을 했다. 허리가 아픈 그녀는 여기까지. 더그아웃으로 들어간다. 막내와 나는 주루 연습을 위해서 헬멧을 썼다. 주전 멤버는 수비 연습을 한다. 나와 막내는 가상의 주자가 되어 1루와 2루 사이에서 왔다 갔다 반복한다. 수비 연습을 하기 위해서가 아니다. 새로운 구장을 이해하기 위해서 한다. 잔디의 질감, 공이 어떤 속도로 굴러가고, 튀어 올라오는지를 느껴본다. 인조잔디에서 공이 땅을 맞고 튀어 오르는 궤적과 천연 잔디에서 올라오는 각도나 속도가 다르다. 인조잔디에 익숙해진 몸을 여기 구장에 맞게 미세 조정한다.

그다음엔 펑고다. 수비 연습. 감독님, 코치님이 쳐주는 가상의 타구를 쫓아가서 잡는다. 실제론 헥헥거리며 공 쫓아다니기에 가깝다. 인간이나 개나 비슷한지도. 파란 하늘에 떠 있는 흰 공은 왜 이렇게 쫓아다니고 싶은가? 퍼덕퍼덕 뛰어다니는 건 힘든데도 멈출 수가 없는걸까? 마무리로 타격 연습. 감 좋은 나. 토스 배팅도 타구 소리가 경쾌하다. 토스를 던져주던 이루 언니가 감탄한다.

"일취월장이다. 진짜 안경 안 꼈으면 어쩔 뻔했어."

나 말고, 안경에 대한 감탄이다. 반론의 여지가 없다. 타격 연습이 끝나자 어느새 경기 시작할 시간이 다 됐다. 장비를 정리하고 팀 미팅을 한다. 어제 이야기했던 사인과 작전을 다시 확인한다. 야구 중계를 보다 보면 선수나 감독이 수화를 하는 듯한 모습을 볼 수 있다. 그걸 사인이라고 한다. 작전을 지시받고, 수행을 할 건지 의사를 확인한다. 현장, 그 자리에 서 있는 선수가 아니라고 생각하면 고개를 젓기도 한다. 자주 있는 일은 아니지만.

"오늘 키 사인 이거. 스퀴즈랑 희생플라이만 헷갈리지 말고!!"

매번 달라지지만 오늘은 키 사인 다음 사인이 진짜다. 감독님의 신신당부. 벤치 멤버인 우리 둘은 아무리 봐도 스퀴즈와 희생플라이 사인이 비슷하게 보인다. 이를 어쩌나. 불안감을 안은 채로 일단 자리에 앉았다. 양쪽 경례!

전국대회 첫 경기가 시작되었다.

1회 초 선공. 원정팀으로 시작한 우리. 허망하게 방망이가 허공을 가르며 스리 아웃 체인지.

1회 말. 우리의 수비는 왠지 불안하다. 투수 오좌완 언니부터 작은 실수들이 이어진다. 어영부영 출루, 이루 언니의 뼈아픈 실책. 2점을 내어주고 0 대 2.

2회 초. 점수가 안 난다. 초조하다. 0 대 2를 유지하고 종료. 전국대회도 아쉽지만 시간제한이 있다. 그전에 새로운 이닝으로 들어가지 못하면 종료된다. 보통 4, 5회면 끝난다. 그러니까 지금의 초조함은 2회의 초조함이 아니라 5, 6회의 초조함과 긴장감인 것이다. 바로 벤치에서 분위기가 안 좋다. 대기 선수가 많은 공격 타임. 왜 못 치는지 서로 구시렁거리는 소리가 들린다. 다 함께 약간 신경이 곤두서고 분위기가 가라앉는다. 막내한테 괜한 일을 시키기도 한다.

지금 유격이의 행동이 그렇다.

"(슬라이딩한 바지를 가리키며) 아~!! 쿨파스 좀 빨리 줘."

"(정리한 헬멧을 보며) 헬멧이 너무 섞여 있다. 아~!"

"(아이스박스를 보며) 아~! 물이 없네. 커피는?? 막내는?"

막내는 왜 찾냐. 그만 좀 찾아라. 경기 중에도 벤치 멤버가 주전
멤버 대신 하는 일은 '봉사 정신'으로 돕는 부분이 있다. 만약 여기
가 '실업팀'이거나 일을 하며 수익을 창출하는 팀이라면 업무를 분
장해서 맡은 사람이 하는 게 맞다. 그 업무의 수행에 대해 무어라
지적할 자격도 있다. 아쉽게도 동호회다. 많은 시간을 쓰고, 같은
회비를 냈지만 경기에 나가지 못하는 이들. 같은 유니폼을 입고 있
기에 우리는 팀이다. 그런 마음으로 벤치가 어지럽거나 하면 서로
치워주고, 물이나 간식도 비지 않게 채워둔다. 누가 아프다고 하면
'달려가는 체력'도 혹시나 '주전'들이 힘들까 봐 가능하면 벤치 멤
버가 뛰어간다. 그리고 타자가 공을 치고 내동댕이치는 배트를 주
우러가는 체력도 아까울까 봐 배트걸*을 해주기도 한다.

 타격 후 배트 치워주는 사람. 프로야구에서 나올 때마다 핫팬츠가 부담스럽
다. 볼보이는 긴 바지인데 여자야구의 여자 배트걸은 남자야구의 볼 보이와
비슷하다.

우리가 프로팀이거나, 엘리트 선수단이라면 구성원 중 누군가 희생할 수도 있겠다(프로든 엘리트든 이게 괜찮은걸까?). 그저 취미인 이 팀에서는 누군가가 좋은 마음으로 그런 일들을 같이하고 있다. 그걸 엘리트 시절을 잊지 못하고, 똑같이 행동하는 경우가 있다. 가히 집에 와선 손 하나 까딱 안 하는 배우자가 따로 없다. 그러면서 구시렁은 잘한다.

"(TV 위 먼지를 보며) 아~! 먼지가 많네. 집이 왜 이래."

"(구겨진 셔츠를 보며) 아~! 입을 옷이 없네."

네가 나보다 더 잘 다리는 걸 난 알고 있다. 먼지는 네 손으로도 닦을 수 있다. 네가 안 보이는 곳에서 내가 먼지를 닦고 있는 걸 정녕 모른단 말이냐? 포청천의 마음으로 그를 심판해본다. 내 남편은 아니다. 언니들의 남편이라는 점을 밝혀둔다. (과연?) 남편들과 유격수 양의 행동이 크게 다르지 않다. 화가 슬슬 치밀어 올라 일어서려던 참이었다. 큰 언니가 나를 붙잡는다.

"내가 갈게. 유격이 뭐가 필요하니?"

큰 언니가 물과 커피를 가지고 간다. 뭐가 필요하니? 어느 쪽을 던져줄까? 작작 하면 좋겠는데? 라는 함축적인 눈빛. 한없이 상냥한 미소.

"아, 언니 그게 아니라요. 제가 가져올게요."

유격이는 빠른 퇴각을 실행했다. 훌륭한 전략적 판단이다. '강약

'약강'이 따로 없다. 자기보다 나이도 많고, 경력도 많은 언니는 아무래도 그녀에게는 '강'이었나 보다. 실력은 좋은데 솔직히 저런 모습은 보기 좋지 않다. 큰 언니가 일어서서 정리하기 시작하니, 팀 전체가 술렁인다. 허리 아픈 큰 언니가 몸을 움직이니 각자 할 수 있는 정리를 하기 시작했다. 옆에 있는 빈 물병 버리는 건 어렵지 않잖아.

나도 이 분노를 다른 곳에 보내기로 했다. 맹렬하게 기록도 하고, 사진도 찍고, 쿨패스나 저놈의 헬멧도 순서대로 놓기로 한다. 각자 헬멧을 반납할 때 조금만 신경 쓰면 누군가의 일이 되지 않는데, 그런 마음을 가지는 게 역시 쉽지 않은 것일까? 그러는 사이 어느새 2회 초가 허망하게 종료되고 2회 말에 들어섰다. 냉랭한 분위기를 더그아웃에서 느끼다가 경기에 나가서 그런지 수비도 왠지 얼어 있다. 2회 말, 또 점수를 내주고 4 대 0. 늘 시드 지정(우승권에 있는 팀이 토너먼트 초반에 맞붙지 않도록 '시드' 팀으로 지정한다)을 받던 강팀인 우리가 첫 번째 경기에서 위기를 맞이하고 있다.

착 가라앉은 건 잔디가 아니라 우리 팀 분위기다. 모든 선수들이 벤치에 모여 있는데 개미 소리 하나 안 난다. 지고 있다는 실감이 난다. 주변 공기가 무겁게 어깨를 누른다. 앞으로 한 회. 도무지 점수가 날 것 같지 않다. 데워진 공기가 슬슬 짜증스럽기 시작한다. 갑갑하다. 벤치에 가라앉은 묵직한 침묵을 깬 건 내 페트병이었다.

갑갑한 마음에 빈 생수병을 팡팡 치기 시작했다. 제발 쳐라! 3번 타자!

"3번 타자! 날려버려!!"

2초 뒤, 머쓱함이 밀려온다. 더그아웃이 이렇게 조용한데 나 혼자 소리쳤다가 민망한 침묵이 기다리지 않을까. 소리치고 나서야 불안하기 시작했다. 민망함은 다행히 3초를 넘어가지 않았다.

"3번 타자 오좌완! 안타 오좌완!"

가장 먼저 받아준 건 큰 언니였다. 벤치 멤버 3명 중 2명이 큰 소리를 내자, 막내는 선택의 여지가 없었다. 얼굴을 빨갛게 물들인 채로 벤치 삼자매의 우렁찬 응원이 시작된다. 프로야구가 아닌 우리의 야구에서는 우리 3명의 목소리만으로 운동장이 우리 팀 분위기로 도배가 된다. 흥이 나기 시작하자 노래까지 부른다. 벤치 안에서는 작은 변화가 시작됐다. 옆에서 큰 소리가 나고 있으니 자연스럽게 자잘한 '구시렁' 소리들이 묻힌다. 다른 멤버들이 경기를 집중해서 본다. 벤치를 누르던 묵직하고 싸늘한 분위기가 사르르 녹는다.

"좌완 언니 파이팅!!"

"냅다 날려버려!"

야구장에서 누가 가장 힘들까? 그걸 알기는 어렵다. 하지만 누구나 이의를 달 수 없는 '힘든' 포지션이 있다. 바로 '포수'다. 땡볕에

두꺼운 보호장구를 다 입고, 쪼그려 앉아 야구장에서 가장 빠른 공을 받아내는 포수의 고충은 남들이 말하지 않아도 안다. 기피하는 사람이 많은 만큼 팀 안에서는 소중하다. 그런 보직인 주장님이 가세했다.

"굿 아이!!!! 볼 잘 본다!! 오좌안 화이팅!"

묘한 부채 의식이 생긴다. 주전 선수들 머릿속에 '나는 경기하니까 힘들어서 좀 쉬고 있을래'라는 생각이 있다. 그런데 팀의 주전 '포수'가 옆에서 사력을 다해 응원하고 있다. '지금 내가 힘들어서 쉬는데, 나보다 더 힘들 포수가 저렇게 사력을 다해서 응원하다니' 어쩔 수가 없다. 가장 힘든 보직이 나서서 소리를 지르는데, 다른 팀원들이 따르지 않을 수가 없다.

"안타를 날~려~줘~요~! 3~번. 오. 좌. 완!"

스타팅 멤버도 가세하기 시작했다. 오늘 경기에 힘 빠질까 응원도 자제하던 그녀들이었다. 자제고 뭐고, 재미있는 게 중요하지. 빈 페트병으로 만들어진 응원봉은 나의 전매 상품이 되었다. 소리가 구장을 떠날 듯이 크게 들린다. 손이 얼얼해진다. 이렇게 우울하게 집에 갈 순 없잖아? 내 돈 내고 이 고생하며 야구를 하러 왔는데 이렇게 갈 수는 없다. 흥이라도 만끽하고 가자. 질 땐 지더라도 신나게 잔디 밟고 가자. 전광판에 우리 이름이 떠 있다. 이 순간, 이 구장은 우리의 이름이 써진 작은 축제의 장처럼 느껴진다.

그때였다.

'카앙!' 하고 쨍한 쇳소리가 들린다. 알루미늄 배트의 청명하고 경쾌한 울림. 타자가 치고 나갔다! 그렇게 기다리던 안타.

"까아아아 안타! 오좌완! 오좌완! 오좌완!"

"까악 언니! 달려! 달려!!"

여기가 올림픽경기장인지 경주인지 구분이 안 간다. 아이돌 콘서트를 방불케 하는 '까악' 소리 덕분이다. 손이 얼얼하고 귀도 멍멍하니 콘서트장 같기도 하다. 한 번 분위기를 타니 쉴 새 없이 간다. 다음 4번 타자의 우익수를 넘기는 깊은 안타. 3번 타자가 질주해서 홈으로 돌아왔다. 득점에 목말랐던 우리가 첫 득점을 맛본다. 이제 시작이다. 이어서 5번, 6번 타자도 2루타를 쳐내면서 순식간에 4 대 2. 입가에 보조개가 걸려 있다. 이상하다. 왠지 이번 3회는 끝날 것 같지 않다. 이번 회는 이상하게 우리가 아웃 카운트 하나 잡힐 것 같다는 생각이 들지 않았다. 묘한 자신감이다. 오는 공마다 다 칠 것 같고, 치면 다 넘길 것 같다.

이게 기세라는 것일까? 야구는 기세, '정신력' 싸움이라는 이야기를 들은 적이 있다. 그때는 흘려들었는데 몸으로 기세를 느껴보니까 다르다. 이길 것 같으면 이긴다. 질 것 같아 불안하면 진다. 그럼 약 맞은 것처럼 기분이 좋기만 하면 무작정 이기겠네? 그 자신감은 많은 연습과 성과로 알 수 있다. 이미 진정으로 최선을 다한

결과물들이 있기 때문에 경기에 내놓을 때는 불안함도 후회도 없다.

관객석에서는 보이지 않았던 선수들끼리의 '정신력' 싸움이 대회에서 피부로 느껴진다. 이런 긴장감은 리그 경기에서도 느끼지 못했다. 아까 느꼈던 묘한 자신감이 서서히 현실이 되기 시작한다. 타순이 빙글빙글 돌았다. 7번 타자마저 의외의 3루타를 치면서 4대 3. 상대 팀의 턱밑까지 쫓아왔다. 그야말로 끝날 때까지 끝나지 않는 '엔들리스 3회'다. 상대편 감독이 투수 교체를 요구한다. 어째 동작이 크다. 심판에게 뭐라 이야기를 하는데, 그냥 투수 교체를 요구하는 게 아닌 것 같다. 무슨 일이 벌어지고 있는 거지?

심판님이 뚜벅뚜벅 우리 팀 감독님을 향해 걸어온다. 다가와서 감독님에게 일갈.

"감독님. 저쪽에서 너무 시끄럽대요. 그 시끄러운 꽹과리는 치지 말아 달라고 하는대요?"

감독님은 짐짓 모른 체하며 말한다.

"아니 이 구장에서 3명이 응원하는 게 뭐가 그렇게 시끄러워서? 30명이 왔나 40명이 왔나. 시끄러우면 우리 응원 안 들리게 본인들도 응원하라고 하세요."

"아 그래도 말은 해야 해서…" 하면서 어깨를 들썩이더니 돌아선다. 보아하니 심판님은 본격적으로 말릴 생각은 없었던 것 같다.

그야 그렇지, 야유나 인신공격, 투수의 투구를 방해하는 응원이 아닌 이상 응원을 막을 이유가 없다. 그럼 프로야구는 관객 더러 조용하라고 해야 하나? 감독님은 뒤돌아서서 작게 '작전 지시'를 보냈다.

"그냥 해. 잘하고 있어."

이건 우리 벤치 삼자매를 향한 응원이다. 잠깐의 침묵 때문에 기세를 놓칠 새라 다시 페트병을 마구 친다. 음정 이탈한 노래가 구장에 울려 퍼진다. 찌그러진 생수통이 우르릉 쾅쾅 울린다. 보라, 이것이 프로야구 관람을 수없이 한 프로 '야구 관람러'의 실력이다. 나만 프로는 아니다. 야구를 하는 사람들은 대부분 야구를 오랫동안 봐왔다. 각자 응원하는 프로 구단에서 좋아하는 응원법을 부른다. 열 구단의 응원단이 합쳐지면서 우리 팀의 응원 레퍼토리도 점점 다양해진다. 응원은 부싯돌처럼 우리 팀의 기세에 불을 붙였다. 그 불이 이 경기를 활활 불태우기 시작했다.

"언니 기록이랑 사진은 제가 할게요."

막내는 배트를 재빠르게 갖다 놓고는 말한다.

"다른 정리는 신경 쓰지 말고 넌 여기 앉아 있어."

큰 언니가 말한다.

오늘로 나는 전문 응원 담당으로 승격된 것 같다. 내가 친 것마냥 신이 난다. 그날의 체력과 기술만이 승부에 영향을 주는 게 아니다. 이놈의 '분위기'가 오늘의 경기를 뒤집고 있었다.

마지막 공격인 4회 초가 왔다. 프로야구로 치면 9회 초, 끄트머리에 접어든 것이다. 7, 8번 타자들의 활약으로 1, 2루를 메웠다. 다음 타자인 9번 타자가 희생번트를 시도하다가 공을 띄우고 말았다. 번트가 보는 사람은 쉬워 보이는데 하는 사람은 쉽지 않다. 허망하게 포수 위로 높게 떠오른 플라이 아웃. 그 허망함을 만회하기 위해 1번 타자가 공을 귀신같이 골라내며 포볼로 출루. 주자 만루. 2번 타자의 강한 타구가 유격수 글러브로 빨려 들어가면서 투 아웃 만루. 이제 모 아니면 도다.

마지막 공격이라는 드라마틱한 상황에는 언제나 이 언니가 서 있다. 4번은 쑥스럽다는 이 사람. 그래서 3번 타순인 이 언니. 국가대표 포수이자 투수. 근 20년을 야구와 함께해온 베테랑. 이 언니는 언제나 이렇게 드라마틱한 장면에서 나타난다. 내가 존경해 마지않는 국대 언니다.

"언니 하나만…."

기도하듯 중얼거렸다. 마음 한 어귀에서 실낱같은 희망을 쥐고 있었다. 이 언니는 칠 수 있다고. 언니가 어떤 언니인데 이거 하나 못 치겠냐고 언니는 할 수 있다고. 내 맘속에서 언니는 늘 대단한 사람이다. 몇 십 년 운동을 거르지도 않고, 주말에는 어김없이 야

구를 한 사람이다.

"아아아아아아!!! 언니이이이!!!"

막내가 달려 나간다. 언니가 또 점수를 냈다. 더그아웃은 점수를 따고 온 타자들을 위해 일제히 나가서 같이 손뼉을 마주친다. 이 하이파이브는 싸우고 살아 돌아온 전우를 위한 의식 같은 것이다.

축구나 다른 구기 종목들은 공으로 적장의 집을 공격하면 점수를 준다. 야구는 멀리 나갔다가 집으로 돌아오면 그제야 1점을 준다. 타자는 싸우기 위해 준비하고, 투수의 공을 치고 나서 멀리 나갔다가, 다른 타자의 도움으로 '홈'을 밟고, 집인 벤치로 들어온다. 그렇게 먼 곳을 여행하고 살아 돌아온 이들에게 이 정도 의식은 필요하다.

역전했다. 4 대 6. 우리는 0점에서 한 번에 6점을 몰아치며, 역전에 성공했다. 아픈 목을 가다듬고 이온음료를 벌컥벌컥 마셔댔다. 배트 한 번 안 잡았는데 손이 얼얼하다. 공을 치고 나면 배트의 진동으로 손에 짜릿한 감각이 남아 있는 경우가 있다. 오늘 배트에 공 하나 대지 않았는데, 홈런이라도 하나 친 것마냥 손이 아픈 것이다.

"지금 시간이 몇 시야?" 막내가 재빨리 체크.

"이번 이닝이 마지막이에요."

프로야구는 제한시간이 없어서 재미있는데, 아마추어인 우리에

겐 거기까진 해주지 못한다. 예전엔 이런 전국대회도 없었는데, 너무 욕심이 과한가? 아니 지금까지 모든 사회의 역사는 투쟁의 역사다. 여자야구단이 하나씩 생겨서, 리그가 생기고, 전국대회가 생겨난다. 실력도 오르고, 상황도 좋아지면 우리도 시간제한이 없는 경기의 재미를 제대로 느낄 날이 올지도 모를 일이다.

"오늘 이투수가 마무리하자."

이투수 언니가 묵묵히 준비한다.

마무리 투수로 들어간 국가대표 출신 이투수 언니가 마운드 위에 섰다. 돌직구를 날린다. 타자는 공에 손도 못 대고 허공에 방망이를 돌린다. 찰떡을 메치는 듯, 글러브에 공이 꽂힌다. 이 경기를 지킬 수 있을까? 긴장감도 잠시, 연속으로 스트라이크 존에 공을 꽂아 넣은 언니는 당당히 승리를 확정 짓고 두 팔을 들어 올렸다.

4 대 6. 우리의 승리였다. 신난 나머지 잠시 정렬을 잊고, 서로를 얼싸안는다. 심판들이 우리를 부르자 그제야 잔디를 향해 달려간다. 상대 팀에게 경례를 하는데 흥분이 가라앉지 않는다. 손이 얼얼해서 그런가?

양쪽으로 일렬로 선 다음 경례. 우리 팀과 오랜 시간 동안 함께해준 상대 팀에 대한 예를 다한다. 서로에 대한 격려의 마음을 담아 악수하고 손뼉을 마주 치면서 서로를 보낸다. 팀의 일원으로 벤치 멤버도 모두 나와 상대 팀과 마무리 인사를 한다. 얼굴을 하나 하나 확인하지 못하고 악수하던 와중에 누군가 내 손에 힘을 꽉 준다. 정신이 번뜩 들어 고개를 들었다. 의미심장한 미소를 짓는 상대 팀 이 언니. 악력이 장난이 아니다. 차 문에 손이 끼인 것 같다.

"저기요. 진짜 응원 거슬렸어요… 뭐 보기는 좋더라구요."

"아… 죄송… 아니, 감사합니다."

화를 내시는 건지, 칭찬해주시는 건지 잘…. 아무튼 끝이 '좋다' 여서 좋은 것으로 받아들이기로 했다. 겨우 상대편 언니의 악력으로부터 해방될 수 있었다. 오늘은 손이 남아나질 않는다. 경기를 끝내고 우리는 다시 마운드에 둥글게 모였다.

"오늘 진짜 수고 많았다. 다들 반성할 부분도 많고, 고민할 부분도 많았어. 그래도 오늘 꼭 박수를 받아야 할 멤버가 있다."

감독님은 나와, 막내와, 큰 언니를 가리켰다.

"아픈데도 와줬어. 본인이 못 나가는 거 뻔히 알면서도 응원도 목이 터져라 해줬어. 쉽지 않은 거 다들 알지?"

다들 큰 언니의 마음을 기억해주기를. 야구 기록은 경기에 나와 활약을 한 사람을 남긴다. 역사는 승자들의 기록이라고 하지 않는가? 기록에 남지 않은 사람들은 어디에 있는걸까? 그건 누군가의 기억이다. 비록 우리가 기록에 남진 않아도, 내 머릿속에서는 그날 물을 가져온 사람. 쿨파스를 나른 사람. 허리가 아파도 같이 응원했던 사람을 영웅처럼 기억할 것이다. 오늘의 기세를 가져온 건 의

외로 우리 '나머지'의 반란이었기에. 화려한 전국대회 벤치 입문이었다.

"막내야. 이거 내가 들고 갈게."

경기 초반에 속을 들들 볶은 문제의 여성, 유격이가 지나간다. 커다란 볼 가방을 멋있게 짊어지고서. 경기가 끝날 즈음엔 들끓어올랐던 화도 어느샌가 사라졌다. 그저 이기고 싶은 마음이 순수하게 앞서는 게 아닐까? 이기고 싶은 분함과 그 투쟁심은 나도 가져오고 싶을 정도다. 전투하려는 마음이 있어야 싸워서 이길 수 있다. 빈 패트병으로 만든 팡팡이는 내 안에 꼬인 분노도, 다른 선수들의 분노도 날려버렸다. 대신에 분노를 이길 수 있는 마음으로 바꿔주었다.

사회에서는 가볍게 거리감을 둔다. 서로가 서로에게 아프지 않도록. 누군가 나를 실망하게 하더라도 덜 아프게 말이다. 야구에서는 그 거리감을 잠시 잊게 된다. 그래서 서로에게 실망하고, 화를 내기도 한다. 질투하기도 한다. 이상하게 야구를 하다 보면 이 거리감을 잊게 된다. 이 부대낌이 힘들 때가 있다. 그렇지만 익숙하다. 힘든 부대낌. 사회에서 만난 사람들인데 때때로 가까운 형제 같다. 그래서인지 오히려 크게 싸우기도 한다. 싸울 수 있기에 오히려 가까워지기도 한다. 사람과의 질척임이 야구의 매력이다.

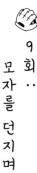

우승을 한다. 모자를 던진다. 이 순간을 위해 여기까지 왔다. 복잡한 마음을 하늘 높이 날린다. 상당히 대중적인 엔딩이지만, 이런 기분은 대중이 쉽게 느껴볼 수 있는 기분이 아니다. 대부분의 학교에 야구부가 있고, 그 학교들끼리 전국적으로 대회를 치르는 일본과 다르게 한국에서는 소수의 엘리트 학교만 야구를 하고 그 소수의 엘리트 학교 중 극히 일부만 돌아가며 고교야구 우승을 맛보기 때문이다. 많은 사람들은 생생하게 그 장면을 보지만 느낄 수는 없다. 올림픽 금메달을 보기도 하고, 수많은 우승을 보기는 하지만 당사자들처럼 느끼는 것은 어렵다.

생활체육이 잘 운영되는 종목을 보면 소소하게 계속해서 대회가 열린다. 수영을 할 때였다. 동네수영장 동호회에서 매번 참여하던 대회가 있었다. 모든 회원들이 돌아가며 메달을 따왔다. 그렇게 일상적이지만 개개인에게 메달이 돌아가는 경험은 그들에게는 즐거운 비일상이고, 소중한 한순간이었다.

나도 그랬다. 비록 나는 야구를 잘하지 못했지만, 팀은 우승했다. 비록 내 실력도 아니지만, 팀에서 최고의 내조(?)를 했다는 이유로 여러 가지를 받아버렸다. 대학교 때도 무대 앞보다는 뒤에서 정리하고, 주변 일을 하던 스타일이었다. 학생회 앞에서 왔다 갔다 하기보다는 뒤에서 작전을 짜고 조직을 구성했다. 그러니 야구장에 와서도 벤치가 익숙하고 편했다. 분석하거나, 출전 인원 외에 인원들이 잘 배분될 수 있게 조정하거나 현장을 촬영하거나, 소소하게는 물 배달, 간식 조달하는 '야구 그 외' 일이 생각보다는 재밌었던 것이다. 직접 나가 타격하는 것도, 수비하는 것도 즐겁지 않은 건 아니었지만 그것보다는 우승에 기여한 자잘한 일들을 해내고 팀 자체가 우승하는 게 나는 즐거웠다.

전국대회는 힘들다. 사회인 야구에서 프로의 '힘듦'을 한 조각 떼서 느낄 수 있는 절호의 찬스다. 예를 들어 몇 시간 동안 차를 타고 대회장으로 이동하는 건 쉽지 않다. 이 나라가 작다고 하지만 최소 1시간 반, 3~4시간이 걸리고 당연히 몸이 피곤하다. 게다가 사회인 야구는 프로가 아니니까 이동 후 휴식일 같은 건 없다(전날 가는 경우도 있다. 숙박비는 추가).

새벽 이동 후 졸린 몸으로 바로 시작한다. 게다가 그 몇 시간 운전한 사람 본인도 선수인 경우도 있다. 고로 사회인 야구지만 프로 야구의 피곤함을 제대로 느낄 수 있는 것이다. 감정 소모도 크다. 일반 리그랑 다르게 전국대회는 승패에 상금도 걸려 있다. 일반 리그는 근처 동네 사람들끼리 소소한 일상 만화처럼 즐기는 분위기다(막상 경기에 들어가면 죽어라 열심히 하는 건 비슷하나).

그렇지만 전국에서 야구 좀 한다 하는 팀이 모인 대회는 한층 긴장감이 고조된다. 상금은 추가 비용인데 뭘 그렇게 목매냐고 할 수도 있다. 프로처럼 누군가 비용을 대주고 돈 받으며 경기를 하는 게 아니다. 전국대회에 참가한 모든 비용은 거의 8할이 '내돈내산'이다. 팀에서 전국대회에 오기 위해 사용한 기본 비용도 있고, 전국대회 참가비도 있을 것이며, 숙박비, 식사비 등 '대회에 참가한다'는 그 자체만으로도 팀 단위로 비용이 드는 일이다. '내가 여기 들인 비용(시간과 돈)이 얼마인데 본전을 뽑아야지'라는 마음이 들면 서로에게도 날카로워진다. 일반 리그에서는 그냥 넘어갈 법한 실수도 전국대회에선 넘길 수가 없다. 더군다나 중요한 국면에서 공을 떨어뜨리면 아주 죄인이다. 그 순간 모두의 한숨 소리가 귀에 꽂힌다. 그리고 잊히지 않는다. 벤치에 돌아오면 다들 (허탈한 표정으로) 괜찮다고들 한다. 이 정도면 부드러운 편이다. 서로 성질을 내기도 하고, 분위기가 험악해지기도 한다. 벤치가 숨이 막히는 순간이 온다.

군이 남들이 좋지 않은 분위기를 만들지 않더라도, 자기 자신이 제일 괴롭다. 내가 실수했다는 사실이 머릿속에서 잊히지 않는다. 그래서 프로들도 멘탈 관리를 가장 중요하게 생각하나 보다. 실수하고 나면 아무리 괜찮다고 해도 벤치에서 얼굴이 사색이 되어 앉아 있다. 사회인 야구 수준에서 전국대회 에러(실수)는 프로의 포스트 시즌 중 에러 같은 느낌이다. 그런 에러를 하고 나면, 함부로 댓글로 어떤 특정 선수를 비난하거나 뭐라고 할 수가 없다. 선수가 실수한 후에 더그아웃에 푹 앉는 모습을 보면 보인다. 어깨에 묵직한 아령이 얹어진 듯한 그 모습. 그냥 봐도 어떤 기분일지 알 수 있다. 그래서 잘하든, 못하든 전국대회는 참가 그 자체로 감정 소모가 큰 것이다.

게다가 혹시라도 본인이 팀 내에 운영진이나, 주요 멤버가 되면 전국대회는 아주 피곤하다. 준비가 많다. 대회 전략이라는 중요한 '경기 관련 준비' 외에도 자잘한 일이 많다. 여행 동선, 여행자 보험, 대회 확인, 차량 수배, 예산 짜기, 식당과 숙박 예약까지 할 일이 태산이다.

팀 내 일반 참가자라고 해도 피곤한 건 마찬가지다. 아무리 팀이라고 해도 생판 남과 어울려서 자고 경기도 해야 한다. 그게 생각보다 상당히 피곤하다. 수학여행에서 느낄 수 있는 부담감이라고할까, 여행 자체는 좋은데 아무래도 부담스러울 수밖에 없다. 매일같이 보다가 여행가는 것도 아니고. 1, 2주 어쩌면 한 달에 한두 번보는 사람들끼리 여행을 갔다 오는 것이다. 그것만으로도 투닥거릴 소지가 많다. 마치 명절에 만난 친척끼리 싸우는 것처럼. 말도많고 탈도 많을 수밖에.

그래서 전국대회는 힘들다. 그렇지만 이상하게 결국 매년 참가한다. 대학교 때 기타 동호회가 생각난다. 그때도 선배들이 그런이야기를 했다. '연주회'를 하고 나면 실력이 아주 많이 늘어 있다고. 그리고 재밌다고. 생각해보면 힘들었다. 감정도 부딪히고, 말도많고 탈도 많았다. 나는 그때도 실패를 많이 했다. 그런데 이상하게 기억이 난다.

전국대회에서 수많은 일들—싸우고, 다치고, 힘든 과정—은 '사이다'를 흔드는 일과 비슷하다. 사이다 입장에서 보면 굉장히 힘든일이다. 마구 흔들고, 그럴 때마다 압력이 쌓인다. 그런 상황에서만약 뚜껑이 열리면 어떨까? 정말 시원할 것이다. 그 시원함 때문일까? 전국대회를 끝내고, 이겨서 승리한 경기 뒤에 다 같이 모자

를 던진다. 모자를 던질 때 보는 그 하늘은 눈부시게 파랗다. 사이다가 펑 터질 때처럼, 감정도 같이 펑 터지면서 모자 던지기 직전까지 화난 일들을 싹 잊어버린다. 그리고 모자 던지던 날만 생각이 난다.

누군가 전국대회, 아니 여자야구 해볼 만해요? 물어본다면, 기억의 한 페이지는 될 수 있다고 말해주고 싶다. 쉽지 않다. 힘들고, 아픈 기억도 생길 수 있다. 아무리 기억 속에서 미화되어도, 신났던 기억만 남아도, 사진은 웃고 있어도 분명 힘들었다. 싸우기도 했고, 부딪히기도 한다. 커피를 마시고 나면, 잔 앙금이 커피 아래 가라앉아 있듯이…. 그래도 해볼 만하다.

야구가 취미인 우리에게 일상의 괴로움을 잊을 만한 환상의 공간으로 야구장이 남아주면 좋겠다. 반드시 절실하게 성과를 내야 하는 곳도 아닌 감정을 부딪혀가며 효율성을 추구하는 곳도 아닌. 그저 매주 좋아하는 사람들과 야구하고, 뛰어놀고 평화롭게 재밌는 환상의 섬. 져서 화나면, 화난 대로 다 같이 맥주를 마셔서 즐겁고. 이기면 이겨서 신나서 맥주를 마셔서 즐거운. 그런 곳으로 야구장이 남으면 좋을 것 같다. 그런 환상의 섬이 있다고, 더 많은 이들이 편안하게 야구를 하게 된다면… 언젠가 더 높은 경지의 야구를 하는 언니들이 나올 수 있지 않을까?

영락없는 가을 하늘이었다. 캐치볼은 이런 날씨가 딱이다. 선선한 바람이 불고, 하늘은 구름 한 점 없이 파란색이다. 공은 하얀색이기에 구름이 있는 날은 가끔 구름에 공이 숨는다. 불순물 하나 없이 하늘이 파란색이면, 선명하게 하얀색 공만 보인다. 그래서 이런 날씨가 야구하기 딱이다.

서둘러 몸을 풀고 여느 때처럼 캐치볼 준비를 했다. 오늘 온 곳은 야구장이 두 면이다. 애석하게도 연습할 운동장은 하나밖에 없는데 네 팀이 한 번에 몸을 풀어야 한다. 운동장을 적당히 나눠서 쓰기로 했다.

우리 팀은 운동장 오른쪽 끄트머리에서 하기로 했다. 그중에서도 나는 더 바깥쪽이다. 공 컨트롤이 안 되니까, 바깥쪽으로 던진다. 공이 빠져도 뒤에 사람이 없으니 안심이다. 마음 놓고 던지니 아니나 다를까 공이 빠졌다. 데굴데굴 굴러가는 공을 쫓아 달려간다. 공이 운동장 끝에 있던 수풀까지 들어갔다. 수풀을 헤치고 돌아오니 다른 언니들이 보이지 않았다. 수풀에서 공을 찾느라 조금 헤매긴 했다. 시간이 그렇게 오래 걸리지 않았다. 그런데 아무도 없다. 방금 전까지 다들 여기 있었는데? 흙먼지만 날린다.

캐치볼이 끝난 건가? 공 한 번밖에 안 빠졌는데? 너무 빨리 끝난 거 아닌가? 내 기준으로는 공을 대여섯 번은 빠뜨리고 주워야 대충 끝이 난다. 방금 수풀에 한 번 간 게 전부인데 내가 어지간히 캐치볼을 잘했거나 뭔가 잘못된 거다. 짐을 놓아둔 벤치로 다들 돌아간 건가 싶어서 그쪽을 쳐다봤다. 연습하던 곳에도 없고, 벤치에도 없으면 다들 어디로 간 거지.

가만 보니 남자팀 근처가 북적북적하다. 운동장 한가운데까지 가야 하지만, 누구라도 좋으니 물어봐야겠다. 남자팀이 있어야 할 자리인데 익숙한 유니폼이 보인다. 우리 팀 언니들이다. 왜 장난치냐고 소리를 빽 지르려고 했다. 근데 분위기가 이상하다. 방금 전까지 신나게 떠들면서 결국 수풀 너머로 간다며 등에 대고 깔깔대던 사람들이었는데…. 아무 말이 없다. 여기 이 언니는 파들파들 떨고 있다. 저 언니는 눈이 통통 부었다. 남자팀 선수들도 얼굴이

새파랗게 질렸다. 아니 연습하다 말고 무슨 일인지 알 수가 없다. 비교적 침착해 보이는 큰 언니와 눈이 마주쳤다. 눈으로 '언니 이게 무슨 일이에요?'라고 물었다. 언니가 말은 못 하고 손가락으로 운동장 한복판을 가리킨다.

안경 언니가 피를 흘리며 쓰러져 있었다.

소리를 지를 것 같아서 나도 모르게 입을 막았다. 운동장에 피도 고여 있다. 쓰러진 안경 언니는 위험한 플레이를 하는 사람이 아니었다. 언니는 동그란 안경을 끼고 차분하고 주위를 둘러보며 조심하는 사람이다. 돌다리도 두드려보고 건넌다. 운전도 방심을 하면 사고가 난다. 하지만 이 언니에게 방심이라는 단어는 없었다. 다른 언니라면 모를까, 이 언니는 방심을 하는 사람이 아니었다. 공을 정확하게 보기 위해 늘 안경을 끼고, 모든 동작을 조심스레 주변을 살펴보고 하는 사람이었다.

대체 무슨 일이 있었는지 알 수가 없었다. 게다가 여기 운동장 가운데는 우리가 연습을 주로 하는 곳도 아니었다. 캐치볼은 2명이서 공을 주고받는 방식의 연습이다. 한쪽이 공을 못 던지면, 공을 빠뜨리게 된다. 그래서 대체로 비슷한 수준의 사람들끼리 캐치볼을 한다. 2명 중에 조금이라도 더 못하는 사람이 생기기 마련이다. 공이 자주 빠지는 곳을 바깥으로, 운동장 바깥으로 한다. 즉, 운동장 안쪽으로 공을 주우러 간 언니는 '잘하는 사람' 중에 '안정적으로 공을 받는 사람'이다. 웬만해선 공이 안 빠진다. 나처럼 캐치볼 한번 할 때마다 으레 공을 빠뜨리는 사람이 아니라는 뜻이다.

날씨가 너무 맑고, 하늘이 파랬던 것이 화근이었는지도. 언니 방향에서는 햇빛이 맞은편에 있어서, 눈이 부셨나 보다. 언니가 오랜만에 공을 빠뜨렸다. 나랑 아주 비슷한 타이밍에 나오는 반대 방향으로 언니는 뛰어갔다. 그리고 여기 쓰러져 있다.

파들파들 떨던 언니는 안경 언니랑 같이 캐치볼을 하던 짝꿍이었다. 본인이 던진 공을 주우러 가서 미안한 마음으로 보고 있었는데, 갑자기 쓰러졌다고 한다. 아니, 공을 주우러 가다가 언니가 갑자기 왜 피를 흘리며 쓰러진단 말인가? 말을 하려다 멈췄다. 그제야 피에 물든 배트가 굴러다니는 게 보였다. 남자팀 선수 중 1명이 머리를 싸매고 털썩 앉아있다. 여자야구팀 선수가 쓰러져 있는데 왜 남자팀 선수가 머리를 싸매고 앉아 있는 거지? 그 이유는, 처음부터 말했지만, 이 운동장은 네 팀이 같이 쓰고 있어서다. 보통은 한 팀이 운동장을 독차지해서 운동을 하는 게 당연하다. 생활 체육인에게 그건 당연한 일이 아니다. '서울'에서 '집 구하기'만큼, '서울 여자야구팀'이 '운동장 구하기'는 쉽지 않다. 운동장도 적은데 '주말'에 전체 사회인 야구팀(남녀노소를 불문)이 야구장을 구한다고 생각해보라. 그래서 보통 경기가 있는 날은 몇 팀이 운동장 한 귀통이를 잡고 연습을 같이한다.

범인은 저 남자 분이었다. 더 구체적으로 말하자면 그분의 '빠던'이었다. '빠던'은 '빠따 던지기'의 줄임말이다. '빠따'는 '배트'의 속어다. '배트 던지기'라는 것인데 영어로는 배트 플립(Bat flip)이라고 한다. 안타를 치고 난 다음에 1루로 뛰어갈 때 배트를 던져 놓고 뛰어간다. 한국에서는 타자의 호쾌한 표현으로 받아들여서 프로선수들이 화려한 배트 던지기를 하면서 1루로 뛰어간다. 타자들만의 시그니처처럼 보여서 사회인 선수들도 곧잘 따라 한다. 그 배트 던지기를 따라 하다 사고가 난 것이다. 신이 나서 세게 던지려다, 손에서 슉 하고 빠진 것이다. 우리는 알아야 한다. 프로가 '빠던'을 하기까지 얼마나 많은 연습을 했을지를. 안전하고 호쾌하게 '빠던'을 하는 건 그만큼 그들이 피나는 연습을 했기 때문이다.

그렇게 남자 힘으로 풀 스윙, 세게 던지려고 작정을 한 배트가 레이저처럼 날아갔다. 그렇게 언니의 머리를 치고 말았다. 교통사고로 치면 미친 듯이 신나게 과속하던 스포츠 차로 모범택시의 옆구리를 사정없이 박아버린 사고와 비슷할 것 같다. 언니는 소리 한 번 지르지 못하고 '픽!' 그 자리에서 쓰러졌다.

언니가 쓰러지고, 운동장에 앰뷸런스가 오기를 기다리는 시간만이 남았다. 1분이 10분, 아니 영원처럼 천천히 지나갔다. 요란한

사이렌 소리가 운동장에 가득 울려 퍼졌다. 드라마의 한 장면처럼 언니가 실려서 갔다. 그렇게 언니가 실려 간 이후에도, 피 웅덩이만 덩그러니 남은 운동장 한복판을 우리는 떠나지 못했다. 멍하게, 불안하게 운동장을 거닐다가 어영부영 체조를 하고 몇몇은 언니를 쫓아 병원으로 가고 몇몇은 찜찜한 마음으로 집으로 돌아갔다.

　다행히 안경 언니의 사고는 더 큰일로 번지지 않았다. 얼굴이 함몰되었다는 것만으로도 충분히 큰일이었지만, 괜찮다고 한다. 언니의 시력이 괜찮지 않았다. 정밀 검사를 했지만 언니의 시력이 완전히 회복될지 안 될지는 모르는 상황이라고 한다. 병원에 갔다가 언니랑 같이 펑펑 울고 왔다느니, 언니가 아직 마음이 정리가 안 돼서 야구팀원들만 보면 힘들어 하니까 가족들이 오지 말라고 했다느니… 출처도 진위도 모를 이야기가 어수선하게 운동장 위를 둥둥 떠다녔다.

　그 이후 겨울을 지나 봄이 되고 나서야 언니의 얼굴을 종종 볼 수 있게 되었다. 얼굴에 멍이 남아 볼 때마다 너무 안쓰러웠다. 그 멍도 시간이 지나 언젠가 다 빠졌다. 여자들은 생활 운동을 접한 비율이 남자들보다 상대적으로 적다. 운동을 처음 하니 다치기도 쉽다. 다치기 쉽기 때문에 남들이 다치지 않게 하는 것도 중요해서 늘 주의하는 것이 몸에 배어 있다(그렇지 않은 사람들도 있겠지만 적어도 우리 팀은 그랬다). 그래서인지 우리가 다치는 건 근육이 당기거나, 넘어져서 피가 나는 정도였다. 늘 주의했기 때문에 큰 사고가 난 적은 없었다. 야구를 한다고 하면 보험도 들기 쉽지 않다. 그렇게 보험을 갱신하다 보면 이 운동이 위험한가 보다 하면서 막연히 생각하곤 했다. 그런 생각이 처음 몸에 와 닿았던 순간이 운동장에서 '사이렌 소리'를 들었던 그날이었다. 처음으로 이 운동이 '익스트림 스포츠'라는 걸 온몸으로 느꼈다. 주의를 기울이지 않으면 크게 다칠 수도 있다는 걸 앰뷸런스의 빨간색 불과 요란한 사이렌 소리가 알려줬다.

아직도 그날을 생각하면 무책임한 그 팀과 선수에게 화가 난다. 힘이 좋고, 힘이 남아돌기에 장난처럼 운동을 했다. 어떻게 던지면 멋있을지 낄낄거리면서 운동하느라 남의 안전은 신경도 쓰지 않았다. 그렇게 장난으로 던진 배트에 언니가 쓰러졌다. 운동을 하면서 '주변을 본다'는 기본적인 수칙도 지키지 않았다. 그런 사람들이 '익스트림 스포츠'를 해도 되는 걸까?

왜 운동장 한복판에서, 어느 방향이든 날아갈 수 있는 위험이 있음에도 불구하고 배트를 던지도록 놔뒀는가? 던진 사람이 던지지 말았어야 했다. 그런 사람들을 자제시키기 어려우니까, 쉬운 사람을 골라 당부한다. 항상 조심하던 안경 언니에게 "갑자기 날아오는 배트마저 조심해"라고 말한다면 그건 너무 가혹하지 않을까? 이제는 진짜 문제를 고치자고 했으면 좋겠다.

언니는 왜 그렇게 아파해야 했던 것인가? 결국 그날 언니가 쓰러진 원인은 너무나 가벼운 마음으로 야구를 했던 사람 그 한 명 때문일까? 네 팀이나 모였던 열악한 환경, '운동'을 안전하게 이끌 수 있는 책임자의 부재 등 다양한 이유가 있을 수 있다. 하지만 한 번 부상을 겪으면 다시 운동을 하기는 쉽지 않다. 언니는 결국 완치됐지만, 함몰된 얼굴을 고치는 데 한참 걸렸다. 얼굴에 든 멍이 쉽게 빠지지 않았다. 프로선수도 부상 이후에 트라우마에서 빠져나오기 쉽지 않은데 아마추어는 더 어렵다. 만약 그날 내가 다른 방향으로 뛰어갔다면 쓰러진 사람은 아마 나였을 것이다. 과연 나는 다시 일어나 야구를 하러 나갈 수 있었을까?*

그날 누구 하나 쓰러지는 일 없이 야구를 할 수는 없었을까?

 다시 할 수 있었나 보다. 언니를 10여 년 뒤에 연습 경기에서 우연히 만났다. 마스크를 끼고 있는 데다, 시간이 너무 지나 나를 기억하고 있을지 몰라 말을 걸지 못했다. 안심했다. '아직 야구를 하는구나….' 연습하는 모습을 보니 심지어 타구도 왼쪽, 중간, 오른쪽으로 마음대로 보낼 만큼 성장해 있었다. 쓰러지고 나서 다시 일어나는 사람만큼 강한 사람은 없다. 누구보다 강해 보였던 이들은 야구를 그만 뒀는데, 누구보다 약해 보였던 언니는 누구보다도 오래 야구를 하고 있다. 강함이란 무엇일까?

우천취소…
그만두겠습니다

언니가 다치고 나서 첫 주말. 어수선하다. 일주일 만에 팀원을 만나면 다들 반갑게 인사를 하는 게 보통인데 오늘은 서로 밝을 수가 없다. 지난주에 누군가 크게 다쳤는데, 괜히 운동장에서 밝으면 안 될 것 같다. 언니가 다치기 전까지 연승을 이어가고 있었다. 이제 우리 팀은 이기는 게 당연한 팀이었다. 우리 팀은 강하다는 믿음이 모두에게 있었다. 함께 이겨온, 쌓인 시간만큼 단단해지는 게 아닐까? 하지만 위기는 온다.

"오늘 많이들 안 오셨네요…."

감독님은 팀을 다잡는다.

"지난주에 어수선한 일도 있었고 마음은 무겁겠지만 그 기분을 오래 끌고 가지는 말자. 건강하게 돌아올 거고, 우리도 그때까지 열심히 해야지. 게다가 오늘은 국가대표 연습 때문에 빈 자리가 많다. 서로 많이 맞춰보지 않아서 쉽지 않을 거야. 그래도 질 수는 없지."

"네!"

상황도 있고 전력도 약하지만 질 순 없다. 감독님의 선전포고였다. 뒷주머니에서 주섬주섬 라인업을 꺼내서 읽어주신다.

"6번 7에 김입문."

드디어 기회가 왔다. 몸 풀 때도 느낌이 좋았다. 연습할 때 공도 잘 맞고, 날아오는 공도 다 잡아냈다. 수비커버도 열심히 가고 잘 맞아떨어졌다. 주전 멤버가 빠진 만큼 나에게 기회가 생겼다.

경기 시작 전에 원형으로 다 함께 어깨를 둘러메고 모인다. 오늘은 우리가 홈팀이라 말부터 공격하는 '후공'이다. 수비를 나가기 전에 마지막으로 파이팅을 외친다. 언제나 사진을 찍는다고 두어 발 뒤에서 이 모습을 지켜만 봤는데 오늘은 새로 들어온 친구가 카메라를 뺏어 갔다.

"언니 파이팅 해야죠!"

원에 들어가서 파이팅을 외친다. 내가 찍힌다는 건 어색하다.

"우리 팀! 하나! 이긴다!"

좌익수 위치로 뛰어간다. 안 그래도 넓은 운동장에 좌익수 위치는 가장 멀다. 덩그러니 나와 위치를 못 잡는데 옆에서 중견수 언니가 손짓을 앞으로 한다. 배 앞으로 손짓을 하면 앞으로 머리 뒤로 손짓을 하면 뒤로 가란 뜻이다. 내 위치에서 옆으로 보면 중견수 위치보다 앞으로 두세 발 정도 나온 위치다. 긴장감 때문에 발이 땅에 붙어 있다. 거리가 멀어서 홈에서 무슨 일이 벌어졌는지 잘 보이지 않는다. 아웃을 잡았는지 친 건지. 그나마 유격수가 "원 아웃 내야 볼 퍼스트 외야 볼 세컨(원 아웃 잡았고, 내야는 공 잡으면 1루로 보내고 외야는 2루로 보내)" 하고 사인을 외쳐줘서 아웃 카운트는 귀로 들으면서 알 수 있다. 홈까지는 자세하게 안 보이니 귀에 의존하게 된다.

딱 소리와 함께 공이 떠오른다. 공이 내 모자 챙 위로 넘어간다. 아무래도 공이 빠르다. 재빠르게 뒤돌아서 뛰어가는데 여기(좌익수)보다 중견수 쪽에 더 가까운 것 같다. 중견수도 잡을 수 있을까? 한두 발 차이로 공이 내 뒤로 넘어간다. 중견수가 커버를 들어와줘서 큰 피해는 막았다. 상대 팀에서 난리가 났다. 한두 발 정도 차이가 났다. 발이 빠른 것도 아니고… 잘 보이지도 않고 어쩌면 좋을지 초조해진다. 입술이 바싹 마른다. 마치 상대 팀이 좌익수 자리가 구멍이라는 걸 알고 치는 건가 싶다(아니다. 대부분의 아마추어 선수의 공은 좌익수 쪽으로 간다).

이젠 공이 거의 오지 않는다. 포볼이 몇 번 이어지더니 어느새 이닝 종료. 1점을 내주고 공격에 들어간다. 타격 연습을 하는데도 다들 좀 힘이 없다. 아무래도 훈련이 힘들어서, 바로 팀 경기라 그런가 뭔가 아귀가 안 맞는다. 국대 언니가 말한다.

"몸이 좀 피곤하긴 한데 할 만해."

철인이다. 회사 일하고, 토요일에 국대 연습갔다가 일요일에 경기를 뛴다니. 나는 회사 갔다 오면 누워 있기 바쁜데 이 사람은 나랑은 다른 몸인가 싶다.

같이 연습을 한 국대 멤버들은 타격에 힘이 빠져 있었다. 중견수 앞 플라이, 투수 앞 땅볼로 빠르게 아웃. 국대 언니는 중견수와 좌익수 사이를 찌르는 안타를 치고 왔다. 언니의 활약으로 3점을 몰아 치고 벤치는 다시 여유를 찾았다. 우리 설마 30점 대로 이겼던 팀에게 지겠느냐는 말을 우스갯소리로 하면서 애써 불안함을 감춘다.

다음 회 경기에서도 애매하게 1점을 뺏겼다. 공을 친게 아니라 투수가 일방적으로 포볼을 줬고, 1루로 나간 주자가 당연한 듯이 2루 기세를 타서 3루 도루까지 성공해버렸다. 마지막 단타성 타구에 1점을 쥐어뜯기듯이 내줬다. 이건 속 시원하게 점수를 줬다기 보다는, 점수를 달라고 생떼를 부리는 아이에게 억지로 과자를 한 봉지 주듯 뺏긴 점수였다. 어딘가 석연치가 않다.

오늘은 수영이가 '투수'에 도전한 날이다. 달리 투수를 할 사람이 없었다. 어제까지 연습하다 온 기진맥진한 이들에게 투수를 하라고 올리기도 어려웠던 상황이었다. 마운드 경험이 많지 않았던 수영이는 포볼을 내주고 있다. 공은 세니까 좀처럼 상대팀에게 안타를 주고 있지 않은데 본인이 포볼로 자멸하고 있는 모습이다. 포볼이 많아지면, 타석에 있는 시간보다 수비를 하는 시간이 길어진다. 그러면 몸이 무거워져서 타격할 때도 좋지는 않다. 그런 악순환이 이어지던 3회였다.

좋지 않은 일은 한 번에 몰려온다. 갑작스러운 조직개편이 이뤄진다. 인사발령이 나서 새로운 프로젝트를 맡았다. 조직개편과 한 축을 이루는 태풍의 눈과 같은 신규 프로젝트 담당이 '나'…. 뭐 그런 상황이다. 포볼로 쌓아놨던 주자가 둑이 무너지듯 점수가 났다. 주자가 모이면 얄밉게 하나씩 적시타가 터지면서 점수가 났고 상대 팀 타선을 흐름을 타서 한 바퀴를 돌았다. 우리는 8점을 내줬고, 30점 이상으로 승리했던 그 팀에게 이제 20점 차이로 질 위기에 처했다. 더 이상은 한계라고 생각한 감독님이 투수를 교체했고 한 회마다 1점씩 내주었다. 그나마 앞에서 3점을 따서 패배할 때 10점 이상 나지 않은 것으로 최소한의 자존심을 지켰다고 봐야 할까.

"와… 진짜 졌네."

"감독님 표정 어쩌냐… 아 일단 빨리 정리하자."

침울한 경기 끝. 햇살은 지지리도 밝고, 하늘은 얄밉게도 파란

색이었다. 밥이라도 먹고 가자며 순댓국 집에 들렀다. 신나게 말할 것은 없지만 또 이게 뭐라고 침울할 게 있나. 언니들이 나의 몸 개그를 화제로 꺼냈다. 몸 개그로 낸 땅볼을 상대 팀이 못 잡아서 점수가 났다. 나는 그 이야기가 오히려 편했다. 다 함께 못했던 경기에서 예상치 못하게 점수를 따서 재밌었다. 경기의 진짜 패인에 가까운 이야기는 오히려 피했다. 볼을 많이 던졌건 정말 못 쳤건. 어차피 그 생각을 떨치지 못하는 건 그날 경기를 했던 본인이기 때문이었다. 수영이가 정작 순댓국도 똑바로 못 먹고 멍하게 먹는다. 이겼을 때 기쁨이 큰 만큼, 지고 나면 참 침울하다. 이게 뭐라고, 분하고 열받는다. 놓쳤던 공이 생각나고 못 치고 눈앞을 지나간 상대 팀의 느린 공이 꿈에도 나온다.

우린 국가대표가 5명이고, 저 팀은 우리한테 이겨본 적도 없는데 하여간 말도 안 되는 패배였다. 그만큼 우리 팀의 패배는 충격적이었지만 다시 긴장감을 불러일으키기도 했다. 10위 팀에게도 1위 팀이 질 수 있다. 야구란 그런 스포츠다. 식어버린 순댓국을 마시며 다시 깨닫는다. 밥만 먹자던 언니들 중에 이투수 언니가 있었다. 묵직한 직구만큼이나 술도 얼큰하게 잘 마시는 이른바 '쎈' 언니 중에 하나.

"아! 감독님 안 되겠어요. 오늘은 술 한 병 먹고 가야겠어요."

"야, 너 차는!"

"이 언니 벌써 예약했어요."

대리를 예약했다는 소리였다. 언니는 "아 우리가 어떻게 지냐고!", "오늘 왜 그렇게 볼이 많이 나왔냐고!", "볼은 둘째치고 우리가 30점 내면 되는 거잖아? 빠따는 다들 집에 놔두고 왔냐고!" 하며 말하지 못한 한탄을 시작했다. 언니가 폭주기관차처럼 달릴 듯하여 어린 친구들은 얼른 집에 가라고 보냈다. 실적 안 나왔을 때 하는 한풀이 회식 같다. 다행히 옆에서 아저씨들이 추근대는 것도 없고 실적 압박도 없다. 언니들이 "무한으로 즐겨요" 하는 와중에 머리 고기도 얻어먹었다. 우리 팀 목소리가 점점 커져서 이제 식당을 점령해버렸다.

이쯤 되면 아저씨들이 "거참 시끄럽네. 아가씨들" 하며 한마디 시비를 걸 법도 한데 언니들의 튼실한 등배근을 보더니 눈치만 주고 슬슬 옆으로 빠진다. 우리 주변에 듬성듬성 서 있는 쇠 방망이들이 괴기스러운 분위기를 한층 더해주고 있다. 일찍 갈 예정이었던 카풀 팀 가방에 꽂혀 있는 개인 배트들이 유난히 번쩍거린다. 가게엔 상당한 민폐였지만 달리 매상을 뽑을 만큼 사람이 많지도 않아서 우리 팀이 만들어주는 카오스에도 불구하고 가게 주인분의 얼굴이 미소로 가득했다.

"사장님! 어머니! 여기 고기 하나 더요!"

운동한 직후 여성들이 먹자고 달려들면 얼마나 잘 먹는지는 말하지 않는 게 좋겠다. 야구를 하고 나면 2천 칼로리 정도는 태우는데, 그걸 그대로 먹는 걸로 다시 채울 수도 있다. 우린 참 열심히 공격적으로 먹는다. 먹는 만큼 점수를 냈으면 이미 300점은 냈을 거 같다. 머리 고기 한 입 먹고 오늘 이랬으면 이겼을 거라는 둥, 소주 한잔 마시고 스트레스 풀러 왔다가 이게 뭐냐는 둥 멀리서 언니들이 떠드는 소리가 들려온다.

회식 자리에 남자가 없으니 오히려 놀 때는 편하다. 사회인이 된 이후로는 그 누구와도 술에 취해 쓰러져 마실 만한 사람이 없었다. 믿을 만한 상사나 동료도 (남자라면 더…) 술에 끝까지 취할 정도로 같이 마시기엔 부담스럽다. 다 마시고 나서 무어라 할지, 무슨 일이 일어날지 신경 쓰느라 늘 긴장의 끈을 놓지 못하고 방어벽을 친 채 술자리에 앉아 있게 된다.

이 언니들이랑 있으면 대학교 MT로 다시 돌아간 기분이 든다. 내가 취해서 잠들어버려도 번쩍 들어서 대충 어딘가 던져놓고 갈 거 같고, 반대로 언니들이 쓰러져도 어딘가 볼 가방처럼 질질 끌고 가서 잘 재워놓을 거 같기 때문이다. 내가 술에 취해 잠든다 한들 "으이구 입문이 침 질질 흘러서 웃긴 짤 하나 건졌다" 정도의 놀림거리밖에 더 생기겠는가? 술을 많이 마시지 못하는 술 1.8군인 좌완 언니와 나는 앉아서 사이다를 홀짝거린다. 어차피 언니들 차 타고 가야 하고 고기나 먹다가 가야겠다.

"에고고 저 언니들 누가 말리냐."

"술이 말리지 누가 말리겠어."

예상대로 일찍 잠에 취한 나는 언니들이 비몽사몽 데려간 차에서 한숨 자버렸고 자고 일어나니 이미 언니네들 집이었다. 일요일 아침에 일어나 몽롱하게 라면을 하나 끓여 먹고 오후에 나오면 어쩐지 어제 있었던 일이 어딘가 대학교 MT에서 생긴 일처럼 생각났다. 이날의 패배를 기점으로 나는 자주 경기에 나가게 되었다.

인생은 우리가 생각하는 것만큼 좋지도 나쁘지도 않은 것 같다. 순조롭게 주전이 되어 야구를 계속하리라 생각했다. 하지만 아니었다. 경기에 나가는 만큼 성적이 좋지 않았다. 실력은 부족했다. 팀 경기에 참여하는 시간을 늘려야 하는 상황이 되자 부담스러워졌다. 연습이나 경기에서 실력을 보여주지 못하니 제자리걸음이었다. 그때쯤 현실도 내 발을 붙잡기 시작한다. 밤늦게, 새벽에, 술에 잔뜩 절어 집에 들어가는 날이 많아졌다. 멀쩡한 시간보다 멍한 시간이 많아졌다. 클라이언트의 기괴한 요구에 내장부터 망가지기 시작했다. 같이 일하는 상사도 옆 사람도 믿을 사람 하나 없었다. 일보다 사람이 더 힘들어졌다.

취미는 일보다 중요한가? 야구를 좋아하고 야구단에서 같은 계절을 두어 번 지나는 동안 어려운 순간은 많았다. 지지 말아야 할 팀에게 무참하게 진 다음 날은 그만둬야 하나 고민도 한다. 개인적인 생활을 무척이나 좋아하는데 왜 굳이 야구팀에 들어가서 단체 생활을 하려고 하는가? 불편한데? 그래도 야구를 시작하는데 '좋다'는 이유 외에 다른 게 별로 필요 없었다. 돈이 많이 든다는 것도. 연습을 하는 데 시간이 오래 걸린다는 것도. 룰을 이해하는 데 책 한 권을 봐야 하는 것도. 나는 '좋다'는 이유 하나만으로 다 뛰어넘을 수 있었다. 내가 야구를 하는 것이 그저 좋을 때에는 야구팀을 그만두는 이들의 마음을 전혀 이해할 수 없었다. 이렇게 좋은 야구를 두고 어디로 가는지 궁금했다.

야구를 그만두는 데 수십 가지 이유가 필요했다. 들어올 때는 마음 편하게 들어왔지만 나갈 때는 아니었다. 야구가 싫어져야 했지만 그러진 못했다. 하지만 '주말'이 불편해지기 시작했다. '평일'의 여유가 점점 사라지고 나서부터였다. 일반적인 프로젝트가 아니라 단기간에 많은 인풋을 넣어야 하는 일들이 모일 때 나는 평일에 전혀 쉴 수 없었다. 평일 저녁에 운동을 한다는 건 호사스러운 선택이었다. 평일 새벽에 운동을 하고, 저녁엔 집에 들어가면 다행이었다. 주말 2일 동안 운동을 한다(=쉬지 않는다)는 더 이상 내가 선택할 수 없는 선택지가 되었다. 새벽 늦게까지 일하고 지쳐서 들어오고 나면 주말엔 체력이 단 하나도 남지 않았다. 단기간도 아니라 매일, 매주, 매달, 분기가 넘어가자 체력에 한계가 오기 시작했다. 그러자 마음에서 가장 즐겁고, 가장 오랜 시간을 '낭비'한다고 느끼는 취미를 제일 먼저 뚝 떼어내기로 결심했다.

운동을 제대로 하지도 못하는데, 나가서 우습게 보이는 것도 싫어지기 시작했다. 사회에서도 우습게 보이고 민망한 일투성이인데 취미에서까지 스트레스를 받고 싶지 않아졌다. 꼴사나우니까, 부끄러우니까, 더 이상 해봐야 의미가 없다고 생각했다. 의미의 절벽이었다. 나는 평범한 사람이라 언니들처럼 될 수는 없다 느껴졌다. 나는 안 된다고, 다른 사람이 나보다 낫다고. 내가 바란 건 운동장에서 부끄럽고 꼴사나워지는 모습이 아니었다. 팀에서도 겉도는 거 아닌가? 이럴 바엔 안 나가는 게 낫지 않을까?

'불참1'. 그렇게 시작이었다. 시간이 없어지고 나서는 다른 이유를 줄줄이 찾아낸다. 야구팀에 대한 참여가 늘어날수록, 팀은 나에게 더 많은 시간을 투자하기 원했다. 그럴 만한 열정이 있는 사람이 시간을 더 투자하리라 믿기 때문이다. 가장 열심히 하는 사람이 참여도 가장 많이 하고, 팀 활동 외의 시간에도 팀 활동을 하는 식이 된다. 나에게 열정은 있었지만, 시간을 자산으로 살 정도의 능력이 되지 못했다. 나는 더 이상 팀에 시간을 투자할 수 없는 한계에 이르렀다. 내가 할 수 있는 걸 최대한 했지만, 팀에겐 부족해지기 시작했다. 부담스러운 마음이 커져갔다. '운동 중단 사유 : 체육 활동 가능 시간 부족' 문장이 나에게 현실이 되는 순간이다.

그러고 나면 이유는 하나씩 더 붙는다. 이제 주말마다 만나는 사람 중에 불편한 얼굴들이 생겼다. 평일에도 불편한 사람을 만나야 하는데 주말마저 그렇게 버티면서 힘든 운동을 하는 건 자신이 없었다. 시간이 지나면서 불편해진 이들을 매주 대하기 힘들어졌다. 주말마다 서로의 '감정'을 토해내는 태도를 참기 힘들어졌다. 나 역시 그들과 다르지 않게 스트레스가 쌓여버린 사람이었기 때문이다. 꼬인 오해를 마주 앉아 풀기보다는 그저 더 불편해지지 않기를 바라기 시작했다. 그러다 주말을 마음 편하게 보낼 방법이 있다는 생각이 들기 시작했다. 단절이었다.

나에게 쉬는 시간 없이 일을 주고, 내 마음에 여유가 없도록 나를 몰아가는 건 사실 '야구'가 아니었다. 하지만 나는 마치 내가 부서뜨린 장난감을 엄마 탓으로 만드는 아이처럼 '야구'를 탓했다. 돈을 주는 것은 중요하고, 돈을 주지 않는 것은 중요하지 않다고 믿었다.

어른이 된 이후에는 혼자서 살아남아야 했다. 부모님에게 무언가를 바랄 수는 없었다. 이미 IMF로 너무나 힘든 삶을 수십 년간 살아온 이들이었다. 그렇게 혼자였기 때문에 돈을 버는 건 늘 생존

이 걸려 있었다. 그런 내가 돈을 주는 것은 중요하고 그렇지 않은 것은 중요하지 않다고 믿는 건 선택이 아니었다.

돈 때문에 바빠진 나는 생각하기를 포기하고 체념했다. 멈춰서 고민하고, 의문을 제기하는 건 고통이 따른다. 그냥 이대로 가기로 마음먹었다. 생각하기를 멈추고 나니 책을 포기하게 되었다. 바빠진 나는 난독증에 걸린 것처럼 책을 못 읽기 시작했다. 글자를 보면 마음이 급해져 끝까지 읽을 수 없게 되었다. 문제의 원인도 해결도 어딘가 엇나갔지만, 방법이 없다고 그때의 나는 믿었다. 돈도 없고, 시간이 없는 나는 무언가 잘라내야 했고 그 대상을 '야구'로 택했다. 그걸 없애고 나면 주말도, 급한 마음도 해결이 되리라 생각했다. 이상한 일이었다. 주말에 시간은 생겼지만 내 마음의 생기는 사라졌다. 빈 주말에는 휴식 대신 '스터디'를 하며 일을 위한 기능을 채웠다. 그동안 야구를 그만둔 뒤 내 몸에서 하나씩 이상 신호가 들려오기 시작했다. 만성 위염, 소화불량, 허리는 디스크가 걸리기 직전이었다. 먹고 토하는 술자리 때문에 영양균형이 무너져 (살은 찌지만 영양실조가 자리 잡는다. 운동할 시간이 없다) 내 마음은 더 바빠졌고, 쫓기게 되었다.

내 삶의 중심에 나를 갉아먹는 일을 두었다. 처음엔 일과 나 사이는 나름의 균형이 잡힌 휴전선을 유지했다. 그 선이 점점 남하했다. 어느새 일은 내 대부분을 차지하고 있었다. 그게 돈을 벌어주

고, 그게 중요했기 때문이다. 깨달았을 때는 이미 내 몸이 거의 무너졌던 때였다. 삶이 아닌 삶을 살고 있었다. 망신당하는 건 나쁜 일도 부끄러운 일도 아니었는데, 당당해지지 못했다. 망신당할까 겁나서 호기심과 의욕을 잃어버리는 게 더 나쁜 거였는데 당시엔 깨닫지 못했다. 마음으로 당당해지는 건 시간이 흐르고 나서야 서서히 가능해졌다. 시간이 필요했던 것이리라.

다시 운동을 하기 시작했다. 디스크 위기가 다가온 몸으로 야구를 바로 다시 할 수는 없었다. 처음엔 걸었고, 수영을 했다. 수영을 할 수 있는 몸으로 가볍게 뛰기 시작했다. 가볍게 뛰면서 웨이트를 다시 시작했다. 그리고 하체가 어느 정도 돌아왔다고 느낄 때 다시 야구를 시작할 수 있었다. 그게 꼬박 5년은 걸렸다. 이런 실수를 나는 두 번이나 했다. 그래서 야구를 한 지 10년이 되었지만 나는 여전히 야구를 못한다. 내 중심에 나와 몸을 두지 못했기 때문이다. 자신에 대한 믿음이 없어, 삶에서 무엇이 중요한지 몰랐다.

나는 어쩌면 서로를 독려하는 야성적인 스포츠가 필요했나 보다. 헨리 데이비드 소로우는 깨어 있는 삶을 살기 위해 숲으로 갔지만, 나는 숲이 아닌, 야구를 하러 가야 했는지도. 하지만 나는 치열하게 고민하기도, 반항도 포기한 채 항복선언을 했다.

"그만두겠습니다."

나는 결국 주전이 되지 못했다.

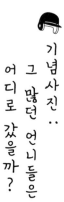

기념사진 ..
그 많던 언니들은
어디로 갔을까?

어느 토요일 밤, 우리 팀 연습이 쉬던 날에도, 회식으로 모두가 곯
아떨어진 날에도 언니는 새벽같이 달려 나갔다. 커다란 야구가방
을 짊어지고 말이다.

"언니 어디가?"

"오늘 국대 연습이 있어서 좀 멀리 나가. 친구가 근처로 픽업 온
대."

밖은 여전히 쌀쌀하다. 비가 온다는 예보 덕에 팀 연습은 휴식인
데, 국가대표 연습은 이 날씨에도 한다니 새삼 놀랐다. 언니가 현
관문을 살짝 열자, 문 틈새로 새벽의 싸늘한 바람이 스며 들어왔
다. 언니는 잠이 깬 나에게 미안했는지 "들어가서 더 자" 하고 속삭

였다. 그렇게 외마디 '쾅!' 하는 문소리만 남긴 채 어둠 속으로 사라졌다.

나가서 한참을 차로 여행한 뒤 늦게까지 연습하고, 지쳐서는 일요일 저녁에 들어온다. 어느 날은 언니가 여권을 챙기고 있었다. 짐도 제법 많다. 트렁크가 고장 나서, 남는 게 있냐고 물어본다. 목베개도 챙기고 정신이 없다.

"언니 어디 출장 가?"

"주말에 국제대회 있어서."

"언니네 회사는?"

"연차 썼지~."

언니는 그렇게 주말 없이 연습했다. 그리고 본인의 휴가를 '휴식'도 없이 계속 써가며 국제대회에 참가한다. 국가로부터 포상휴가라도 받으려나? 뭐라도 챙겨주나? 그런 건 없었다. 개인의 희생으로 이뤄지게 된 국가대표팀, 아쉽게도 결과는 좋지 못했다. 사실 좋은 시스템이 있는 곳에서 지원을 받으며 국가대표 연습에 매진해도 좋은 성적을 이뤄내는 건 쉽지 않다. 그런데 생업하랴, 연습하랴 힘겹게 진행한 만들어낸 국가대표 팀은 오죽할까?

언니들의 패배 뉴스에 비난의 댓글이 달려 있다. 격려하는 댓글이 이렇게도 없다니…. 여간 속상한 일이 아닐 수 없다. 온라인에서 많은 걸 바라는 건 아니다. 격려는 없어도, 비난은 너무한 것 아닌가? 비난의 댓글들을 보다 보면 언니는 주말뿐 아니라 평일에도 매일 연습에 매진해야만 할 것 같다. 어디까지 희생을 해야 할까? 생업도 힘든데 밤낮 가리지 않고, 주말까지 불태워가며 개인에게 희생을 강요하는 건 가혹하다.

그렇다고 언니가 평일에는 야구에 손도 안 대는가 하면 그것도 아니다. 평소에는 트레이닝 하면서 늘 컨디션을 조정한다. 여유가 생기면 초보인 나나 다른 팀원들의 연습을 봐주곤 한다. 입문자는 근력도 부족하고, 몸을 섬세하게 움직이지도 못한다. 수비 자세나, 타격 자세 등 멀리서 보면 그냥 잡는 거 같고 휘두르는 것 같아 보이지만 머릿속에서 섬세하게 이미지 트레이닝을 하고 수많은 연습을 한 뒤에 멋진 자세가 나온다. 이미지도 연습도 없이 무작정 움직이는 것이 아니다. 너무나 어설픈 자세에 화가 날 법도 한데 언니는 묵묵히 가르쳐준다.

"자, 이 동작은 최대한 자세를 낮게 해서 안전하게 포구하는 게 중요해."

내 수비 자세를 찍은 영상을 보다가 언니의 수비 자세를 보면 확연하게 선수와 일반인의 차이가 느껴진다. 그림을 보거나 영상을 보는 방법도 있지만 눈앞에서 물 흘러가듯 움직이는 언니의 움직임은 세상 어디에도 없는 '여자야구 교과서'다. 남자야구인의 책

318

과 영상은 많지만, 여자의 몸으로 야구 동작을 어떻게 최적화하는 지는 어디에도 잘 나와 있지 않다. 남자와 여자가 똑같은 사람이 지만, 근육의 모양도 골반의 모양도 움직임도 다르다. 결국은 보고 배우는 게 가장 좋은 방법이 아닐까? 그렇게 초보들 평일 운동을 봐주고는 또 주말이 온다.

이런 지난한 준비 기간을 거치고 국제대회에 나갔다 온다. 그런 상황에서 우수한 성적을 거두고 오기는 쉽지 않다. 심지어 몸도 만 신창이다. 다쳐서 올 때도 있다. 온몸을 테이핑하지 않으면 움직이 기도 어렵다. 그런 사람이 태극마크를 달고 있다. 너무나 야구를 좋아한 게 죄라면 죄다. 때론 저 태극마크가 신물이 난다. 저 마크 때문에 얼마나 많은 사람이 희생을 하는걸까? 이 나라가 우리에게 준 건 주입식 교육의 스트레스와 삼포의 미래. 무한 경쟁의 불안 함 아닌가? 저 태극마크를 위해 이렇게까지 해야 하나. 언니의 희 생이 먹먹하다. 야구뿐만이 아니다. 국가라는 이름으로 극한의 상 황으로 몰리는 선수들이 있다. 금메달 이후에는 삶이 안정될까? 그 렇지도 않다. 삶이 안정적인 선수는 몇이나 될까? 금메달 따기라도 했으면 다행이다. 이름 없이 연습만 하다 다친 이들은 어떻게 하면 좋을까?

다시 시선을 그라운드로 돌린다. 언니가 무릎을 살짝 매만진다. 연습을 많이 해서 팔꿈치가 아프고, 또 수술하고, 돌아와선 또 병원을 가고 난리도 아니다. 그러고는 말릴 새도 없이 또 운동장을 나간다. 계속 야구를 보고, 연습을 하고 공을 던진다. 그래서 오늘도 또 그라운드다. 무릎이 신경 쓰이나 보다. 그런데 이 언니는 치고야 만다. 이 사람이라면 쳐야 마땅하다. 단단한 믿음으로 말할 수 있다. 기다리기 무섭게 명쾌한 쇳소리가 구장을 울린다. 언니의 호쾌한 배트 휘두르기. 궤적이 깔끔하게 돌아간다. 공은 멀리 우익수 너머로 날아갔다. 무릎 때문에 빠르게 뛰지 못해서 1루까지밖에 못 갔다. 뭐 어떤가! 언니가 쏘아 올린 공은 그라운드를 꽉 채운 주자들을 싹 정리했다. 3타점! 1루 위에서 언니가 힘차게 주먹을 올린다. 이게 승리다!

나만 알고 있고 싶다. 묘한 팬심. 너무 유명해지기 전에, 내가 먼저 팬이었다고 말하고 싶기 때문이다. 국가대표 언니들은 힘차게 달린다. 현실에 치여 매일 같이 일하고, 남는 시간을 쪼개 야구를 한다. 그 시간을 다시 쪼개 아무것도 주지 않는 나라의 승리를 위해 연습한다. 20XX년에도 어느 한켠에서 연습하고 있을 것이다. 메달을 따야만 알아주는 냉엄한 사회에서, 메달 따위는 아무래도 좋다는 마음으로 언니들을 꿋꿋하게 응원한다. 언니들의 땀은 고작 메달 하나로 평가할 수 없기에.

올해의 전국대회도 거의 끝나간다. 이제 또 다른 준결승전이 코

앞으로 다가왔다. 한 달째 주말 내내 뛰어서 모든 선수들이 진이 빠졌다. 평일에는 일하고 주말에는 온몸이 뻐근하게 운동한다. 한 주 정도는 가능한 일이다. 한 달쯤 되면 슬슬 일상생활에도 무리가 가기 시작한다. 오전에는 쌩쌩하다가, 오후가 되면 소금물에 절인 배추마냥 흐느적거린다. 멍때리기도 했다가, 온몸의 피곤함 때문에 날카로워지기도 한다. 다들 절인 배추가 되기 전에 교체를 해야 하는데 쉽지 않다. 벤치에 앉은 이들 중에 마땅한 대체 카드가 없기 때문이다. 대타나 주자로 잠깐이야 나갈 수 있겠지만 시합 전체를 대체하기엔 역부족이다.

누군가 없을까 하다 그 언니가 생각이 났다. 2루면 2루, 3루면 3루. 어디에 서 있어도 든든했던 언니였다. 키는 작지만 단단하다. 어깨를 만져보면 찰진 근육이 잡혔다. 다리와 팔, 그 어디에도 군살이 보이지 않던 언니였다. 그렇게 강해 보이던 그 언니는 핸드폰에 딸 사진만 보면 그렇게 귀엽게 웃었다.

"어 그 언니 왜 요즘 안 와요?"

"어… 그게….”

그렇다. 언니가 안 온 지 벌써 석 달째. 이제 계절이 바뀌어가고 있었다. 언니도 선수 출신이었다. 예사롭지 않은 근육은 수십 년간 닦아온 것이었다. 그리고 언니의 남편도 운동을 하던 사람이었다. 운동을 좋아하는 그 마음을 너무도 잘 알던 사람이었다. 그래서 늘

그 사람에게 고마워했다. 아이 때문에 한참 운동을 하지 못한 자신을 위해 주말마다 야구하러 가도록 등을 밀어준 남편이다. 머릿속에서 근육질 가득한 남자가 어색한 표정으로 아이를 보고 있을 장면이 떠올랐다. 그가 혼자서 아이를 보는 게 상상이 잘 가지 않았다.

보통은 토요일이나 일요일 중 하루 연습하러 나온다. 하지만 전시상황이라는 게 있다. 어느 야구팀이건 야구대회를 앞두고는 바짝 준비 기간을 가진다. 그때는 토요일이나 일요일 중에 하루만 나오면 안 된다(안 되는 분위기다). 나올 수야 있지만 주전에서 밀리고 만다. 대회 기간 중 하루만 나오는 사람이 있고, 이틀 다 나오는 사람이 있다고 하면 누구를 선택하겠는가? 묘한 압박감이 생긴다. 당연히 이틀 꾸준하게 나온 선수들이 대회 출전 기회가 많아진다. 대회 기간에는 언니도 빠듯하지만 양일 연습을 다 나오곤 했다. 그렇게 대회를 참가하고 나면 언니는 한참 동안 쉬었다.

그런 방식으로 언니가 팀에 참여한 기간은 생각보다 길게 갔다. 하지만 결국 그럴 수 없는 순간이 왔다. 2년차가 되자 언니는 대회 때만 용병처럼 잠깐 나타났다가 사라졌다. 좋아하는 글러브를 틈날 때마다 만지작거리고 자기보다도 훨씬 큰 가방에 배트까지 챙겨 다니는 사람이 말이다. 언니는 이틀 다 나올 수 없었다. 자연스럽게 이틀 다 나오는 사람들에게 기회가 주어졌다. 공정했지만 공정하지 않았다. 나갈 기회가 없어지는 언니는 아이를 두고 벤치에 앉아 있을 수 없었다. "더 나올 수가 없겠다." 그렇게 봄 대회를 끝으로 언니의 얼굴이 보이지 않게 되었다. 원인은 자명했다. 취미는 다른 것보다 중요하지 않았다. 만약에 IMF와 같은 경제 한파가 나에게 왔다고 생각해보자. 그러면 무슨 항목부터 줄이게 될까? 생활에 크게 중요하지 않은 외식, 사치품 같은 항목을 먼저 줄인다. 돈에 대한 한파가 아니라 시간에 대한 한파가 몰아닥쳤다고 생각해보자. 마찬가지다. 사치품에 해당하는 시간부터 줄인다. 생산적인 시간들은 남기고, 비생산적인 시간들을 줄인다. 바로 '쉬는 시간', 취미를 하는 시간이다. 취미는 필수적이지도 않고, 비생산적이기도 하다. 그래서 가장 먼저 줄이게 되는 것이다.

모두가 바쁘지만 여자는 취미를 포기할 이유가 더 많다. 아이를 낳는다는 생각을 하는 순간, 육체적으로 포기해야 할 만한 이유가 생긴다(움직일 수가 없다). 아이를 낳고 나면 육아라는 큰 벽 앞에서 '남편의 일'과 '본인의 일' 중 선택해야 한다. 업무강도가 너무 세서 아이를 기르는 일과 전쟁과 같은 일을 병행하기 쉽지 않다. 일도 야구와 마찬가지로 토요일만 희생하는 사람들에게는 기회가 가지 않는다. 토요일과 일요일 이틀을 희생하는 사람들에게 기회를 준다. 그러니 '독하다' 싶은 사람들이 살아남는다. 매일 저녁 아이를 데리러 가기 위해 6시 땡하고 집에 가는 엄마들에게는 당연히 기회가 가지 않는다. 공정하기 때문이다. 그렇기 때문에 30대 중후반 여성 중 남아 있는 사람은 거의 결혼하지 않았거나, 했더라도 아이가 없는 사람이다.

이렇게 회사조차 그만두는 상황이었다. 취미를 그만두는 건 고민할 것도 없는 일이었다. 일과 집안일을 병행하기도 어려운데, 일과 집안일에 취미까지 병행한다는 건 사실 불가능에 가까운 일이 아닌가? 가족이 생기고 나면 마치 블랙홀처럼 그 안에 빠져든다. 개인은 사라지고, 가족을 향해 달려가는 하루하루. 그래서 내가 기억하는 팀원의 대부분은 '미혼'이었다. 만화로 나온 남자 사회인 야구 이야기에서도 육아의 어려움은 나온다. "눈치를 보느라 나올 수 없다는 이들." 그렇게 새벽에 몰래 나온다는 그들의 이야기, 같은 야구를 하는 사람으로서 아련했다. 하지만 나는 언니들이 더 아련하다. 언니들은 애를 낳아야 해서 몸을 움직일 수가 없다. 그래서 나오지 못했다 아니 꼼짝도 못했다고 말하는 게. 낳고 나서는 가슴에 안겨 있는 아이에게 당장 젖을 줘야 한다. 남편은 눈치를 보고 나갈 수 있었지만 '언니'는 아이들과 홀로 남겨져 있다. '내가 먹이지 않으면 애들은 죽는다.' 언니에게 있어 눈치 보고 피할 수 있는 선택의 문제가 아니었다.

올해엔 언니들을 다시 볼 수 있을까?

그 많던 언니들은 어디로 갔을까?

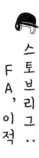

스토브리그,
FA, 이적

학생에서 회사원이 되었다. 큰 틀에서 변화는 없었다. 아침에 일어나 씻고 어딘가 나가는 일상이 이어졌다. 결과적으로 나가서 돈을 쓰고 오느냐, 벌어 오느냐가 달라지긴 했다. 그렇지만 어딘가로 나가 무언가 만들고 오는 생활은 바뀌지 않았다. 학생과 회사원의 결정적 차이는 1년 뒤에도 삶이 이어지는지의 여부가 아닐까? 학생은 1년 뒤에 자동으로 새롭게 시작한다. 반면 회사원은 1년 뒤에도 이전의 삶이 이어진다. 야구는 1년마다 팀의 구성이 달라진다는 점에서는 학생 같고, 그럼에도 불구하고 팀이 매년 바뀌는 게 아니기 때문에 회사원 같기도 하다. 팀에서 몇 년 전에 같이했던 야구팀 멤버가 다 같이 다시 모이기는 쉽지 않다. 팀이 바뀌는 것과 상관없이 나의 시간은 이어져서 마음속 어딘가 남은 상처는 흉이 진 채 그 자리에 남아 있다.

나에게 야구는 실패한 프로젝트 중 하나였다. 바빴다. 부정할 수 없는 사실이다. 야근이 많아 새벽에 들어왔고 피곤했다. 운동을 하지 못했다. 그 사실이 있어 다른 사실들을 외면할 수 있었다. 야구를 하던 나는 사실 꼴사나웠다. 공이 날아오고, 주목받고 실수했다. 팀에겐 망신이었고, 부끄러운 모습이었다. 부끄러운 만큼 열심히 해서 스스로를 넘어서야 했지만, 하지 못했다. 분하다기보다 포기했다. 언제부턴가 이기지 못하는 승부를 거는 건 포기했다. 나는 평범한 사람이라 운동하던 언니들처럼 될 수 없다고 믿었다. 언니들과 같이 경기에 들어가는 선발 라인업에 들어가지 못했다. 아무리 노력해도 나는 그물망 밖이다. 언니들은 편했지만, 나는 팀에서 겉돌고 있다는 마음을 지울 수 없었다. 노력했지만, 인정받지 못한 기분이었다. 나는 결국 그물망 밖이었으니까. 이 상태로는 진정한 의미의 팀이 되지 못한 게 아닐까? 상황은 나아질 것 같지 않았다. 아무리 해도 나보다 다른 사람들이 훨씬 잘하는데 주전은 무리겠지. 더 이상 해봐야 의미가 없다. 망신당할까 겁나 더 이상 열심히 할 의욕조차 잃어버렸다. 자신감을 송두리째 뺏겼다. 그렇게 포기했다. 나의 실패였고, 실패는 상처가 되었다. 야구는 좋았지만, 실패는 아팠다.

여러 번의 가을이 지났다. 하늘이 주체할 수 없이 파란 날에는 어김없이 캐치볼을 떠올렸다. 나는 파란 하늘에 달처럼 떠 있는 공이 좋았다. 내가 던지는 공보다 훨씬 빠르고 묵직한 공으로 샌드백을 때리는 듯 글러브에 소리를 내던 언니들과의 캐치볼이 그리워졌다. 그게 하고 싶어서 글러브를 팔지도, 버리지도 못했다. 그래서 야구장에 갈 때마다 끼고 갔다. 글러브를 버리지 않을 좋은 구실이었다. 야구장에서 딱 한 번 실전에 사용할 수 있었다. 내 쪽으로 날아온 파울볼, 그 하나의 공조차 한심하게 놓쳐버린 나였다.

이렇게 모든 게 끝난 겨울, 스토브 리그는 의외로 학생 때처럼 새롭게 기회를 준다. 야구의 겨울은 새 둥지를 찾는 계절이다. 성공한 이들은 보상을 받는다. F. A.(프리에이전트) 자격을 얻어 누구든 자신을 필요로 하는 팀으로 간다. 실패한 이들은 방출된다. 팀에서 성장을 보여주지 못한 선수는 쫓겨난다. 매년 학교를 졸업한 가능성이 많은 선수들이 들어와야 할 자리를 만들어줘야 하기 때문이다. 방출된 선수는 다시 도전할지, 포기할지 선택할 수 있다. 다시 도전해서, 다른 팀으로 옮기는 데 성공한 선수들은 분한 마음을 품을 수밖에 없다. 나를 버린 전 팀에게 복수하고 싶은 마음이 생긴다. 분한 마음을 가지고 처음부터 다시 시작한다. 확률이 높다고는 할 수 없지만 분명히 기적처럼 다시 살아나는 선수들이 있다. 깔끔하게 엘리트 야구 코스를 밟고, 우승하고, 드래프트 상위 순서로 들어와 바로 1군에 안착하고 성공하는 선수들이 성공할 확률이 높다. 하지만 그러지 못했던 연습생들도 분한 마음을 먹고 연습을 거듭해 놀라운 성적을 거두고 성공하는 경우도 분명 있다.

방출 선수가 다시 부활한다. 그걸 기대하고 다시 야구를 하자 마음먹은 건 아니다. 어쩌다 보니… 야구 글을 쓰게 되었다. 야구를 그만두고 나서 코로나까지 겹치는 바람에 기억이 희미해졌다. 위기였다. 글을 쓰는 건 의외로 손이 아니라 몸이었다. 유려한 글솜씨는 가질 수 없지만, 가슴을 때리는 경험은 어떻게든 쓸 수 있다. 그러던 와중에 예전 팀 언니들이 "너네 동네 근처에서 누군가 야구를 한다"라는 이야기를 해줬다. 완전히 처음 하는 것도 아니니까 예전처럼 리플렛을 보고 찾아갈 필요는 없었다. 팀이 1년 동안 어떻게 움직이는 정도는 이제 알고 있으니까. 겨울엔 야구팀이 동계훈련에 들어간다. 정해진 실내 연습 장소가 있을 테고, 시간이나 장소 변동이 크지 않다. 한 계절 정도만 가볍게 운동을 해보면 기억이 살아나지 않을까?

걸어서 15분. 연습장 중에 역대급으로 가까웠다. 다시 시작해도 복장은 고민된다. 몇 년 만에 동네에서 흰 바지를 입고 걸어 다닐 엄두가 나지 않았다. 예전 유니폼이 있긴 하지만 살도 쪘고 무엇보다 쑥스럽다. 야구 잘하는 사람도 아닌데 야구했던 티를 낼 필요는 없잖아?

머쓱한 표정으로 실내 연습장으로 들어섰다. 예전에 느꼈던 첫 날 그대로 멋쩍고 어색했다. 하나 다른 건 나는 이제 미래를 예측할 수 있게 되었다. 내 눈이 3개라, 미래가 보여서? 아니, 대충 비슷할 거니까. 처음 왔으니 인사를 할 테고, 스트레칭으로 몸을 데우고, 캐치볼, 수비, 타격, 쿨 다운, 끝. 처음은 매번 어색하지만, 미래를 알고 있으니 불안함은 없다. 이거 하나는 확실히 달라졌다.

예전보다 힘도 붙었다. 꾸준히 했던 기초 운동 탓인가? 공이 예전보다 세게 날아갔다. 나이가 들면 더 잘할 거란 언니들의 말이 떠올랐다. 프로선수들은 나이가 들면 기량이 확연히 떨어진다. 기이하게도 사회인 야구는 경험이 쌓인 만큼 더 잘하는 것 같다. 에이징 커브가 묘하게 꼬인 세계다. 나보다 덩치도 크고, 근육도 넘치고, 담배도 피우고 있어서 다소 무서웠던 언니들은 이제 없다. 나랑 비슷하거나 더 작고 어린, 심지어 채식까지 하는 동생들이 많아졌다. 무섭지도, 위축되지도 않는다. 이건 뭐랄까, 초보 운전이지만 사륜구동을 타고 있을 때 마음과 비슷하다. 못하는 건 비슷한데 이상하게 덜 무섭단 말이지. 나이가 들면 자연스럽게 생기는 여유가 있다던대 이게 그런걸까? 나는 팀에게, 팀원들에게 존중받고 있다는 느낌이 든다. 그 안정감은 즐거움으로 이어졌다.

"언니가 와줘서 좋아요. 오래오래 같이 야구해요."

나도 좋다. 이젠 내가 언니라는 거 빼곤. 다시 하는 운동은 즐거웠다. 걷거나, 달리던 이유를 찾은 기분이다. 운동장에서 다치지 않기 위해 책상에서 일하다가도 걸었고, 더 세게 던지기 위해 웨이트 운동을 했다. 새로운 팀의 선수들은 부족함이 많은 나를 필요로 해주었다. 자연스럽게 헬멧을 빌려주고, 내가 있어 좋다는 이야기를 한다. 표현을 잘 못하던 예전 팀과 다른 분위기였다. 예전 팀이 '운동인 대 일반인' 비율이 8 대 2였다면, 지금은 5 대 5 정도다(만화를 보고 야구를 시작한 이들의 비중이 높아진 탓인가?). 마음이 편해지니 더 이상 눈치를 볼 필요가 없어졌다. 주전 선수와 후보 선수의 차이는 더 이상 넘을 수 없는 4차원의 벽이 아니었다. 성실한 노력과 조금의 운이 합쳐져 우리의 길이 달라진 것뿐이라 믿게 되었다. 이기지 못할 싸움이 아니기 때문에 승부욕이 생긴다. 무엇보다 지는 건 싫다. 관중석에서 지켜만 보고 있던 내가 경기장에 내려와 달리는 느낌이 든다.

이제야 즐겁기 시작했는데, 남은 시간이 얼마 안 남았다. 아침 9시엔 퇴근 시간을 체크하지 않는다. 아주 오랫동안 남아 있을 거라 생각하니까. 퇴근 시간을 시시각각 체크하기 시작하는 건 오후 3시 이후다. 그때부턴 시간이 잘 안 간다. 곧 끝날 거라 느끼니까 여러 번 시계를 본다. 그런 마음이다. 이제는 야구를 할 수 있는 시

간이 얼마 남지 않은 걸 안다(언니들이 '헹?'이라 웃을 것 같다). 종종 '이제 얼마나 야구를 할 수 있을까?' 하고 고민한다. 예전엔 남은 시간을 체크해본 적이 없었다. 앞으로 야구할 날이 많이 남았다고 생각했으니까. 이제는 시한부 인생을 사는 환자처럼 야구를 시한부로 하고 있다. 간절하게 보낸 하루는 즐겁다.

스토브 리그엔 헤어짐도, 만남도 생긴다. 어떤 선수는 오랜 시간 동안 지낸 팀을 떠나고, 어떤 선수는 처음 본 선수들과 만난다. 어렸을 때는 신인 드래프트로 들어왔던 신인 선수들만 보였다. 실패를 겪지 않은 화려하고 어린 스타들. 이제는 실패를 많이 한 은퇴 직전의 선수들이 눈에 밟힌다. 은퇴를 앞둔 선수들도 학생들의 새 학년 새 학기처럼 새롭게 시작한다. 매년, 몇 번이건 간에, 어김없이. 실패를 했어도, 꼴사나웠어도 겨울이 지나면 새로운 시작을 한다. 스토브 리그가 있어 다행이다. 새로운 팀을 만나, 다시 도전할 수 있어서. 다시 야구를 사랑할 수 있어서. 절실하게 노력하는, 그래서 뭐라도 해주고 팀원들이 있어 좋다. 이번 가을엔 상상이 아니라, 진짜로 파란 하늘에 하얀 공을 던질 수 있다.

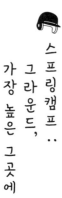

스프링캠프··
그라운드,
가장 높은 그곳에

"피처볼 좋아요~ 좋아요! 좋아요!"

이 팀의 시그니처 응원이다. 여러 응원이 있지만, 나는 이 응원이 참 좋다. 상업성이 짙은 프로야구는 때론 응원단에게 지나친 여성성을 요구한다. 자극이 되니까…. 나는 이게 가끔 불편하다. 하지만 이 응원은 여자팀에서 만든 여자들의 응원. 담담해서 좋다. 여성성을 굳이 숨기지도, 지나치게 강조하지도 않는다. 가장 좋아하는 응원이다. 그리고 투수 응원이기도 하니까. 투수는 오랫동안 가지고 있던 나의 버킷 리스트 중 하나다. 투수는 멋있기도 하고, 야구를 제일 잘하는 사람들만 하는 것 같다. 나는 팀에서 야구를 제일 잘하진 못하더라도, 야구의 모든 분야 중에 '던지기'를 제일 좋아한다. 예전 팀에서 소리 높여 "투수하고 싶다"라고 말해보지도 못했다. 할 수 없다는 게 분명해서, 이길 수 없는 싸움은 걸지도 않기에.

그 많던 언니들이 어디론가 사라지고, 10여 년 동안 몇 남지 않은 이들이 야구를 하고 있다. 매주 야구를 하다 보면 옆에 있는 사람을 늘 볼 수 있을 것 같다는 착각을 한다. 다음 주에도 볼 수 있을 거라고. 그게 착각이라는 걸 이제 안다. 도시의 삶은 의외로 쉽게 변해서, 야구를 하다가 다른 도시로, 나라로 가기도 한다. 다치기도 하고, 결혼을 해서 이사를 가기도 한다. 우리 삶의 항상성은 의외로 쉽게 무너진다. 굳건하리라 믿었던 나의 항상성도 너무도 쉽게 무너졌다. 집에 돌아오면 밥 냄새가 난다. 김치찌개, 계란 프라이, 진미채를 먹으면 하루가 끝나는 그런 하루가 매일 이어질 거라 여겼다. 어느 날부터 집엔 아무도 없었고, 밥도 찌개도 내가 만들지 않으면 먹을 수 없게 됐다.

돈을 벌어야 했다. 독립을 한 이후에 누군가에게 기댈 수 없었다. 10대까지는 누군가가 주는 밥을 먹을 수 있었지만, 20대부터는 내가 벌어오지 않으면 밥을 먹을 수 없었다. 돈을 벌지 않는 현실적이지 못한 삶을 그려본 적이 없었다. 나의 선택지는 정해져 있었다. 현실적인 삶. 내일 바로 일하고, 벌어오는 돈이 끊기지 않는 삶. 불안했기 때문이다. 무언가에 쫓기듯 할 수 있는 일을 했다. 나는 초중고 10여 년의 생활을 하며 내가 일반 교과목을 집중할 수 없다는 결론에 다다랐다. 수많은 A/B테스트를 했지만 이건 맞지 않았다. 다행히 좋아하는 일(언어를 배우는)은 몰입해서 할 수 있었다. 성과가 생겼다. 엘리트 코스에 합격할 수 있을 거란 이야기를 들었다. 좋아하는 일만 3년 내내 할 수 있었다. 다른 건 내가 할 수 없었다. 다행히 그 선택이 성공해서 대학도 다녔고 일도 했다. 문제는 그다음이었다.

　학생 때와는 다르게 더 이상은 '좋아하는 일'을 고를 수 없는 순간이 왔다. 월세도 내야 했고, 내일 내야 할 카드값도 있었다. 해야만 했다. 내가 좋아하는 일이 아니더라도. 좋아하는 일 말고는 집중할 수 없는데도 불구하고. 무언가 이야기를 만들고 싶은 건 분명했지만 준비할 시간이 없었다. 나에게 예술은 죽음과 가까웠다. (내가 아는) 예술을 한다는 이들 가운데 멀쩡히 살아남은 전례가 없는 것도 한몫했다. 글을 쓰다 아사하거나, 콩나물국을 끓이다 쓰러졌다. 옷 안에 돌을 집어넣고 강물에 빠져들거나, 귀를 자르거나, 아니 파트라슈 주인은 눈길을 걷다 쓰러지지 않았나. 이걸 하면 죽는 게 분명하다. 지난 야구의 경쟁처럼 이길 수 없는 경쟁이라 여겼다. 이길 수 없는 싸움은 걸지도 않는다.

어영부영 시간은 흘러갔다. 그러는 사이 일을 할 시간도, 야구를 할 시간도 얼마 남지 않았다. 절벽이 몇 발자국 앞에 있는데, 시간은 계속 내 등을 절벽으로 밀고 있다. 이젠 이기고 지고가 문제가 아니다. 내가 할 수 있을까도 아니다. 해보고 끝내느냐, 못 해보고 끝내느냐 그것이다. 새로 팀에 합류하고 나니 다시 처음부터 시작이었다. 사람들 사이에 어색함이 풀리고 서서히 편해졌다. 같이 뛰던 동생이 포지션 중에 뭘 제일 하고 싶냐고 물어보기에 아무런 제약이 없다면 (그리고 아마 내일 야구를 못 하게 된다면 그 전엔 한 번쯤) 투수가 제일 하고 싶다고 했다. 해본 적도 없지만. 발 없는 말은 천 리를 가, 전국대회 날 감독님이 팀원 전체 앞에서 물어보기에 이른다. "너 투수 하고 싶은 거 맞아?", "(장기적으로…) 하고 싶습니다!" 서동요 설화도 아니고(투수 공주를 얻을 수 있다면 그것도 괜찮긴 한가)…. 소문이 나서, 엉겁결에 다음 주에는 투수 연습을 하기로 했다.

밤 9시. 라이트가 켜져 있다. 마운드에 올랐다. 새벽의 야구장과 비슷한 차분함. 선선하고 약간 싸늘함이 묻은 공기가 기분 좋다. 숨을 한껏 들이마신다. 눈이 이것저것 주변이 많이 보이겠지만 이럴 땐 눈이 안 좋은 게 다행이다. 내 눈엔 라이트에 비친 포수의 노란 미트* 밖에 보이지 않는다. 주변이 웅성거리기는 하는데 아무 소리도 들리지 않는다. 마치 수영장 물에 풍덩 빠져 있는 기분이다. 물속에서는 내 눈앞에 가야 하는 레일만 보인다. 여기서 공을 던진다는 건 이렇게 기분 좋은 것이었구나.

마구를 던질 수는 없었다. 처음 던지는 공이 강할 리도 없기에 마구 난타당했다. 그러나 마음이 조금도 작아지지 않는다. 처음 던지니 이 정도 맞아야 하는 게 아닌가? 오히려 맞을 만한 위치에 공이 가는 게 더 신기하다. 가끔 팔이 다른 곳으로 가서 공이 완전히 다른 곳을 향하긴 하지만 들어갈 때는 포수가 꼼짝도 하지 않아도 그 자리로 공이 들어간다. 실패도 하지만 성공도 한다. 신기하다. 처음 야구를 하던 날 캐치볼을 했던 날 생각이 난다. 이제는 주장님도 이 동네에 살지 않아서 자주 만날 수 없다. 국가대표급 포수였던 주장님마저 놓치던 내 공. 그날의 주장님이 내 공을 받을 수 없지만, 이제는 이렇게 좋은 공을 던져줄 수 있다고 전해주고 싶다. 공을 던지고 나면 내가 공을 던질 수 있다는 사실을 알게 된다. 던지지 않으면 내가 던질 수 있는 사람이라는 걸 알 수 없다.

나는 살아남았다. 어깨도 좋지 않고, 가만 보니 악력도 약하다.

 포수의 글러브다. 투수의 공을 잡은 만큼 두껍고 무겁다.

공도 느리고, 굴러가는 공도 못 잡지만 아직도 야구를 하고 있다. 해야 하는 일과 하고 싶은 일 가운데, 하고 싶은 일을 하고 싶다 말하게 되었다. 글은 유려하지 못하지만, 그래도 쓴다. 책을 쓸 만한 능력은 없지만 책을 쓴다. 어떻게든 되겠지. 목표를 세우고 하고 싶은 걸 도전하며 살고 싶다. 입문의 입문을 계속하고싶다. 포기하지 않고 버틸 용기를 주세요.

"피처볼~ 좋아요. 좋아요! 좋아요!"

공 별로 안 좋은 거 다 아는데, 70킬로미터로 날아가는데. 이런 나에게도 응원을 해준다. 너네들도 알 텐데 자주 빗나가는 거. 그런데 그렇게 응원을 하면 나는 미트를 보고 공을 던질 수밖에 없다. 이제야 알겠다. 투수는 혼자라서 잘 하는 게 아니라, 같이 있으니 혼자라도 잘하는 자리다. 내가 무언가 새로운 걸 할 수 있는 건 70킬로미터 공이라도 응원해주는 이들이 있어서다. 글도 그림도 잘 못하지만, 글 쓰고 그림도 그려보라고 응원한다. 운동도 잘 못하지만, 운동도 야구도 다시 해보라고 그렇게 최선을 다해서 응원해주는 이가 내 뒤에 있다. 그들을 뒤에 두고 있으면, 나는 앞을 볼 수밖에 없다. 이번엔 스트라이크를 잡고 싶으니까. 우리 팀을 지켜주고 싶으니까. 나도 이기고 싶으니까. 버텨보는 거다. 버틸 때까지. 하고 싶은 걸 향해 공을 던진다.

느리지만 찬란한 나의 너클볼, 나는 살아남았다.

불타는 그라운드, 가장 높은 그곳에 내가 서 있다.*

 달빛요정만루홈런의 〈너클볼〉. 사회 초년생 시절에 당신의 공연을 보아 영광이었습니다. 잠실구장에 마주 앉아 야구 이야기를 하며, 티격태격 싸울 수 있다면 좋았을 텐데.

다시 여름이 돌아온다

야구를 하러 가기 전날 밤은 바쁘다. 소풍 가기 전날 어린이처럼 가방을 싸야 한다. 살포시 엎어둔 글러브를 2개 챙기고, 캐치볼을 위한 깨끗한 공을 사이에 끼워준다. 잔뽕화, 헬멧, 배팅 장갑, 수비 장갑 자잘한 것들이 다 들어 있나 살펴본다. 지난주에 넣어둔 그대로라 괜찮겠지. 간식이랑 물통을 하나 챙겨서 현관에 놔둔다. 다음 날 새벽엔 스트레칭도 하고, 폼롤러로 다리 근육을 풀어준다. 후다닥 슬라이딩 팬츠를 입는다. 긴 양말을 신고, 위에 언더티, 바지, 위에 야구복을 입고 나서 허리띠를 맨다. 아, 모자 써야지 모자. 가을이라 바람막이 점퍼도 하나 입고 나간다. 부스럭거려서 등산가는 사람처럼 보인다. 지하철의 시선은 아랑곳하지 않고 이동한다. 익숙한 듯이 운동장에 도착해서 짐을 풀고, 야구를 하러 뛰어간다.

"언니, 어떻게 하면 공을 칠 수 있어?"

나는 그날의 김이루 언니가 되어 있었다. 이제는 운동장에 나가는 일이 두렵지 않다. 긴장은 하지만 떨리지는 않는다. 공을 놓친 뒤에 당황하지 않는다. 스스로에게 화나지만, 뻔뻔스럽게 "어쩔 거야. 다음엔 반드시 잡는다" 하고 이를 간다. '다음엔 잘하겠지.' 그렇게 마음을 정리하는 건 쉽지 않았다. 10년 동안 쉬지 않고 운동을 해온 엘리트를 따라갈 수 없었다. 줄일 수 없는 격차는 '아무리 노력해도 안 된다'라는 자괴감이 이르렀다. 실력은 늘 제 자리걸음, 연속으로 삼진을 먹기도 한다. 달리다가 넘어져서 근육이 올라오거나, 발목을 접지른다. 주말은 늘 야구를 해야 해서 친구들도 가족도 볼멘소리를 낸다. 그리도 힘들었는데, 시간이 지나도 여전히 캐치볼이 하고 싶다.

햇볕이 참 좋았던 어느 날, 야구장을 함께 뛰어다닌 우리 아홉 명과 벤치에서 목이 터져라 응원했던 그때의 우리는 '환상의 팀'이었다. 그 기억이 너무나 즐거웠고, 행복했고, 그리웠다. 그런 마음으로 글 쓰는 일을 시작했다. 성장이 없는 일을 하는 데 진력이 나서. 멀리 나가지 않던 그날의 내 타구처럼 글 쓰는 일도 쉽지 않다. 하지만 어느 날 늘어난 내 비거리만큼, 이것도 '하다 보면 늘겠지.'

여전히 혼자가 편하지만, 우리 팀을 만나는 건 여전히 즐겁다. 우리는 가끔 싸우고, 또 화해하고 다시 야구를 한다. 우승하지 못했더라도 몸은 건강해졌고, 계단을 즐겁게 오르게 되었다. 이를 갈고 다음 공을 잡을 수 있게 됐다. 다음엔 우승도 하리라.

샤첼 페이지(Satchel Paige)는 42세 때 야구를 시작해 58세까지 마운드에서 공을 던졌다. 다른 사람들이 말리지 못했다면, 62세에도 공을 던졌을 게 분명하다. 우리나라엔 70대 할아버지들도 달리고 있다. 할머니가 되어도 질 수 없다. 백인이 가득한 구장에 흑인 재키 로빈슨(Jackie Robinson)이 서기까지 40여 년이 걸렸다. 우리는 얼마나 걸릴까? 끝날 때까진 끝난 게 아닌 야구, 인생.

가을이 오고 겨울이 와도, 봄이 돌아온다.

다시 여름이 온다.

감
사
의
말

애는 없지만, 이제는 알 수 있다. 첫째는 아니 첫 책은 어렵고, 특별하다. 책의 저자로 내 이름이 올라갔지만, 책 한 권을 만드는 데는 많은 이들의 도움이 필요했다. 한 아이를 키우는 데 한 마을이 필요하듯.

부족한 글을 밖으로 내보내기 위해 애써주신 카카오 브런치, 엮어주신 위즈덤하우스와 KHY 편집자님. 새로운 길을 도전할 수 있게 도와주셔서 감사합니다.

리드오프로 다시 야구를 시작하게 하고 글을 쓰라고 힘차게 등

떠밀어준, 얼결에 책 삽화까지 입문해버린 JWW에게 무한 while 감사. 겁내지 않고 새로운 것에 도전하는 삶을 살게 해주신 테이블 세터 엄빠, 어딜 가든 집처럼 내 마음을 편하게 해주는 클린업 트리오. C, W, D. 집요하게 읽어준 지명타자 P. 몸치에게 야구를 알려주려 애썼던 야구 언니들. (특히 고생이 많으셨던 곽국대, 오좌완, 김이루) 그리고 불쏘시개처럼 야구의 열정을 다시 불러일으켜주고 든든하게 지켜주는 필승조. 우리 팀 E. S. (초대해준 31, 도와준 9, 교정을 함께 봐준 매의 눈 16, 42) 고마워!

여자들이 야구할 수 있는 판을 만들고 10여 년간 버티고 있는 1천여 명의 언니들. 동료이자 라이벌로 함께 리그를 만들어주셔서 덕분에 저도 야구를 합니다. 누구나 선수가 되는 그날까지 다치지 말아요. 우리 할머니 리그도 해야죠.

언젠가 이 책 제목에서 '여자'를 뗄 수 있는 그날이 오기를 바라며,

감사합니다.

여자야구입문기

초판 1쇄 인쇄 2022년 7월 4일 초판 1쇄 발행 2022년 7월 11일

지은이 김입문
펴낸이 이승현

편집1 본부장 한수미
와이즈 팀장 장보라
편집 김혜영
디자인 하은혜

펴낸곳 ㈜위즈덤하우스 출판등록 2000년 5월 23일 제13-1071호
주소 서울특별시 마포구 양화로 19 합정오피스빌딩 17층
전화 02) 2179-5600 홈페이지 www.wisdomhouse.co.kr

ⓒ 김입문, 2022

ISBN 979-11-6812-363-2 03810

본 도서는 카카오임팩트의 출간 지원금과 무림페이퍼의 종이 후원을 받아 만들어졌습니다.